SIN SALIDA

LOS MISTERIOS DE LA DETECTIVE KAY HUNTER

RACHEL AMPHLETT

SAXON
PUBLISHING

CAPÍTULO 1

Los cuervos deberían haberle alertado.

Agachándose y girando a través de un cielo sombrío de finales de primavera, las aves graznaban mientras se lanzaban sobre el paisaje ondulado y fangoso antes de elevarse nuevamente al aire.

Parecían distraídos, vacilantes en abandonar el campo en persecución del tractor que rugía sobre el terreno adyacente, arrastrando una sembradora a su paso. De un lado a otro, siguiendo los surcos dejados por el arado apenas unas semanas antes.

Un viento frío azotaba el campo, sacudiendo los setos y amenazando con arrancar los capullos maduros de un grupo de arbustos de avellano que se acurrucaban bajo un dosel de abedules. Una segunda ráfaga de aire empujó contra la puerta metálica de cinco barras, haciendo tintinear la cadena enlazada entre el marco y un poste de madera.

Luke Martin sopló en sus manos y deseó haberse puesto un par extra de calcetines.

En cambio, el barro húmedo se filtraba alrededor de sus botas de goma hasta la pantorrilla y le helaba los dedos de los pies, y cada bocanada de aire que tomaba era expulsada en una nube de condensación.

Sus dedos no estaban en mejor situación.

Los guantes térmicos que había comprado prometían en la etiqueta proteger sus extremidades de temperaturas de hasta cinco grados bajo cero, pero ahora pensaba que esa afirmación era demasiado ambiciosa.

Se percató de un vehículo que se acercaba, el ronroneo del motor se mezclaba con el crujido y el chasquido de las ramas y los desechos del bosque que desaparecían bajo sus ruedas.

Luke se apartó del campo para ver un destartalado todoterreno doblar la esquina en el camino de un solo carril.

Su techo se enganchaba en los zarcillos bajos de fresnos y robles mientras el vehículo se balanceaba de lado a lado, con la suspensión gimiendo bajo la tensión.

La luz del sol se reflejaba en su parabrisas

manchado de suciedad, borrando las facciones del conductor, pero no la forma en que sus manos agarraban el volante.

Señalando hacia un terraplén cubierto de hierba a la derecha de la puerta, Luke caminó alrededor de su propio coche mientras el todoterreno se detenía con un chirrido momentos antes de que el ruido del freno de mano llegara hasta él, casi como una ocurrencia tardía.

El conductor abrió su puerta de golpe y maldijo cuando sus botas se encontraron con la tierra empapada.

Tirando de su gorro de lana sobre sus orejas para proteger su cráneo calvo, Luke se movió alrededor del frente del todoterreno y extendió su mano.

—Quizás Sonia tenía razón —dijo—. Tal vez deberíamos habernos dedicado al golf. Eso es lo que hacen la mayoría de los tipos de nuestra edad.

—Aun así haría un frío de mil demonios. —Tom Coker tomó la mano extendida en un apretón firme, luego miró con enojo el barro manchado a lo largo del costado del vehículo. Señaló con la barbilla el coche de Luke—. ¿Cuánto tiempo llevas aquí?

—Unos quince minutos. El tráfico era más ligero de lo que pensaba.

—¿Ya has echado un vistazo?

—No parece demasiado pantanoso. Difícil para andar, pero no anegado como pensé que estaría.

—Eso es algo, al menos. Pongámonos en marcha. Cuanto más tiempo nos quedemos aquí hablando, más frío vamos a pasar.

Luke regresó a su coche, abrió el maletero y examinó el equipo dispuesto sobre una lona para proteger el forro alfombrado.

Sacó primero la pala, una herramienta antigua que su abuelo le había pasado a su padre, y ahora era suya. Desde que se mudó a la casa más pequeña en Seal hace seis meses, la estaba usando para su hobby en lugar de cuidar un huerto, y recordó por qué cuando su espalda se resintió al enderezarse.

—Vamos, viejo —dijo Coker—. Dennis dijo que quiere preparar este campo mañana, así que tenemos que darnos prisa.

Luke miró por encima de su hombro. —¿Algún problema con el contrato?

—Ninguno en absoluto: si encontramos algo, él se lleva un treinta por ciento y el resto es nuestro.

—Genial. —Sacó el detector de metales de su envoltorio de mantas y cerró el maletero del coche—. ¿Este es el único campo que podemos usar?

—Por ahora. Tendremos otra oportunidad hacia finales de septiembre después de la cosecha, y dijo que podría haber otro campo más cerca de la casa al otro lado del bosque que también podríamos examinar.

—Vamos entonces.

Luke forcejeó con la cadena mientras la desenrollaba de la puerta, sus dedos entumecidos torpes mientras sus pensamientos se dirigían al termo de café caliente que Sonia había empacado junto con dos sándwiches de ensalada de atún que había insistido en que llevara. El termo y la comida permanecían en el coche, y así seguirían hasta media mañana.

Perder la noción del tiempo era una de las razones por las que disfrutaba de la detección de metales.

—¿Ha habido algún hallazgo cerca de aquí? —dijo mientras aseguraba la puerta de nuevo en su lugar y tropezaba a través de los surcos junto a Coker.

—No en el terreno de Dennis, pero creo que nunca ha tenido a nadie que eche un vistazo. Se encontraron un par de broches del siglo XIII a unas millas de aquí hace tres años. Y muchas balas de mosquete.

Luke gimió. —Siempre las malditas balas de mosquete.

—Recuerdo cuando solías emocionarte con esas.

—Eso fue antes de llegar a las dos cifras.

Honestamente, si la gente de Carlos I desperdició tanta munición durante la Guerra Civil, no es de extrañar que perdieran ante el ejército de Cromwell. Obviamente no podían disparar bien ni de coña.

Su amigo resopló, luego se detuvo y observó el paisaje frente a ellos. —Estaría tan tranquilo aquí, si no fuera por esos malditos pájaros. Dennis dice que ni siquiera puede oír la A20 a menos que el viento sople en esta dirección.

Luke entrecerró los ojos contra el frío que azotaba el cuello de su abrigo, luego inhaló el rico aire terroso. —También es mejor que estar en el trabajo.

—¿Estás ocupado en este momento?

Arrugó la nariz. —Entre contratos. Pasé el día de ayer enviando presupuestos, y un par de ellos deberían concretarse en la próxima semana o dos. ¿Y tú?

—Escaqueándome. Se suponía que debía estar revocando una casa en Sevenoaks esta mañana, pero envié a dos de los muchachos en su lugar. Bien, ¿nos separamos?

Luke dirigió su atención al paisaje ondulado, el ruido del tractor llegando por encima del seto.

Y aún, se oían esos malditos cuervos.

—Creo que me dirigiré hacia allá. Parece que hay una ligera elevación, luego una hendidura marcada en el mapa del Ordnance Survey que revisé antes de que llegaras. Podría haber algo allí. ¿Qué hay de ti?

Coker señaló hacia el seto que separaba el campo yermo del que trabajaba el granjero. —Empezaré allí. Hay un sistema de zanjas que corre paralelo al límite. Podría ser un antiguo sendero o algo así, así que vale la pena revisarlo.

Luke chocó su puño contra la mano extendida de su amigo. —Que tengas suerte. ¿Tomamos un descanso en un par de horas?

—Suena bien.

Se colocó los cascos sobre la cabeza y ajustó las almohadillas sobre sus orejas, encendió la máquina y escuchó sus pitidos y zumbidos mientras se acomodaba en la configuración que había programado. Satisfecho de estar listo, comenzó a marchar hacia su área de búsqueda prevista, barriendo el detector de metales frente a sus pies mientras caminaba.

Sería muy mala suerte si se perdiera un hallazgo en su prisa por llegar al terreno perfilado que se había propuesto.

El mundo se contrajo a su alrededor mientras trabajaba, moviendo el detector de metales de derecha a izquierda y de vuelta casi hipnotizado. Cualquier preocupación sobre el trabajo lo abandonó mientras se concentraba en lo que estaba escuchando.

Se movía sin propósito, simplemente mirando los mechones de hierba larga que sobresalían de la tierra en un último intento por reclamarla antes de que las plántulas de cebada se adueñaran durante los meses de verano.

Después de unos minutos, levantó la mirada hacia su izquierda para ver a Coker de espaldas a él, concentrado en su propio progreso. No se lo admitiría a nadie, pero una competitividad surgió en el pecho de Luke mientras volvía a su trabajo.

Quería ser él quien lo encontrara.

El hallazgo.

Sonia bromeaba diciendo que era su vana esperanza de pagar una parte de la hipoteca antes de que su hijo se fuera de casa. Por supuesto, sus posibilidades eran escasas, pero un hombre podía soñar, ¿no?

Los pájaros se hicieron más ruidosos a medida que se acercaba a la elevación en el campo.

Podía oírlos por encima de los pitidos y chirridos en sus auriculares.

Luke frunció el ceño en la cima de la pendiente, y luego se detuvo.

El campo descendía hacia un límite que Luke

sabía que bordeaba un arroyo; era otro de los objetivos de él y Coker para la exploración del día, con la esperanza de encontrar rastros de un campamento de la Guerra Civil que se rumoreaba había estado en la zona.

Los cuervos se habían agrupado (un grupo de cuervos era una bandada, recordó) a mitad de camino entre su posición y el límite. Discutían y se llamaban entre sí mientras dos o tres pájaros a la vez se elevaban en el aire, luego se zambullían de vuelta y ruidosamente se abrían paso de nuevo hacia el centro de la bandada.

—¿Qué demonios...?

Se quitó los auriculares de la cabeza, poniéndolos alrededor de su cuello, y frunció el ceño.

No podía ver qué estaba causando tanto interés para los cuervos porque fuera lo que fuese yacía en una pequeña depresión en el campo.

¿Un zorro muerto?

¿Un tejón?

Intrigado, Luke se acercó a donde se reunían los pájaros, ignorando sus graznidos indignados mientras se acercaba, enviándolos al aire una vez más.

Los cuervos aterrizaron a unos pasos de distancia, ojos oscuros y brillantes observándolo, desafiándolo.

Una forma rosa pálido yacía estirada entre los

surcos causados por las rodadas del tractor, las huellas de neumáticos embarradas creando un patrón en zigzag que reflejaba su progreso inestable.

Luke frunció el ceño mientras la forma se convertía en una figura, y luego la figura se convirtió en el contorno de un hombre.

Un hombre desnudo.

—¿Estás bien, amigo? —Mantuvo su voz jovial, a pesar del aumento en su ritmo cardíaco.

¿Qué pasaba? ¿Estaba borracho?

Tendría que estarlo, aquí expuesto a los elementos, excepto que...

Luke se detuvo, luego tragó saliva.

Con la garganta seca y un sabor amargo y ácido en la parte posterior de su lengua, la realidad alcanzó a su cerebro.

El hombre no estaba borracho.

Todo su cuerpo yacía contorsionado en suelo marrón, sus brazos en ángulos antinaturales. Sus piernas (Jesús, ¿qué le había pasado a sus piernas?) eran desproporcionadas en tamaño respecto a su torso, y el barro salpicaba su piel como si se hubiera tropezado sin intentar amortiguar la caída.

Y su cara...

Luke se dio la vuelta, con el estómago revuelto, y

vio entonces lo que los cuervos habían estado haciendo.

Los ojos del hombre lo miraban desde otro surco, acusadores, ensangrentados y desgarrados.

Y a sus pies, alrededor de los dedos congelados de Luke envueltos en sus inútiles calcetines térmicos y botas de goma, había dientes.

Muchos, muchos dientes.

CAPÍTULO 2

Un cielo sombrío cargado de lluvia envolvía los destellos de luz que atravesaban el denso dosel de árboles sobre el camino boscoso lleno de baches.

La inspectora Kay Hunter se agarraba a la correa sobre la ventanilla del pasajero del coche del parque móvil salpicado de barro, mientras los muelles del desgastado asiento chirriaban con cada bache y el vehículo se balanceaba de lado a lado.

A su lado, el oficial Ian Barnes apretaba la mandíbula y maldecía por lo bajo cuando una rama se retorció y golpeó contra el parabrisas, sus manos aferradas al volante.

—Deberíamos haber cogido uno de los Land Rovers de Tráfico —dijo.

Ella contuvo la respiración cuando el coche

atravesó un charco profundo, y se preguntó si debería levantar los pies del suelo en caso de que el agua comenzara a acumularse bajo el sello de la puerta.

Barnes aceleró, el barro soltó el coche con un espeso sonido de reticencia, y entonces los árboles se despejaron, dejando al descubierto un área de terreno irregular.

Una hilera de coches estaba aparcada de cualquier manera junto a un seto de zarzas dividido por una puerta metálica de cinco barras, y Kay divisó dos coches patrulla con el logotipo de la Policía de Kent junto a una furgoneta de color oscuro.

Abrió la puerta del coche, sacó las piernas y alcanzó un par de botas de goma que había tirado detrás del asiento del pasajero cuando Barnes la había recogido en casa hacía media hora.

Barnes estaba haciendo lo mismo, reemplazando sus zapatos de cuero con cordones por un par de botas desgastadas. Se volvió hacia ella una vez terminado.

—¿Lista?

—Como siempre.

El viento le revolvió el pelo cuando se levantó de su asiento y cerró de golpe la puerta del coche. Mirando por encima del techo, divisó dos figuras vestidas de blanco que se movían desde la furgoneta hasta la puerta, una de ellas llevando un maletín metálico plateado.

Junto a uno de los coches patrulla, tres hombres rondaban mientras un policía hablaba con ellos.

Barnes se unió a ella. —Testigos. Hughes dijo que dos de ellos estaban detectando metales, uno encontró el cuerpo. El otro tipo debe de ser el granjero que es dueño del terreno.

—Vamos a tener una charla rápida con ellos primero, y luego vamos a ver qué está haciendo el equipo de Harriet. ¿Ya está aquí Lucas?

—Su coche está allí, detrás del tractor.

—Vale. Lo veremos en un momento. ¿Quién fue el primero en llegar a la escena?

—Ben Allen, de Tonbridge. Estaba en una patrulla rutinaria cuando llegó la llamada del granjero, y era el más cercano a la escena.

Como si lo hubieran invocado, Ben salió del asiento del conductor del segundo vehículo, murmurando una actualización en la radio sujeta a su chaleco. Asintió cuando vio a Kay y Barnes dirigiéndose hacia él, y terminó la llamada.

—Buenos días, jefa.

—Buenos días, Ben. ¿Todo bajo control?

—Está tranquilo, no hay nadie por aquí, aparte de estos tres. —Señaló con el pulgar por encima de su hombro hacia donde su colega había reunido a los testigos—. Lucas llegó hace quince minutos, y ya confirmó la muerte. No es que hubiera mucha duda de eso.

—Oímos que es el cuerpo de un hombre —dijo Kay—. ¿Desconocido para el granjero?

—Para ser honesto, jefa, no queda mucho cuerpo. Nunca había visto nada parecido. —Ben arrugó la nariz.

—¿Qué quieres decir?

—Está todo deformado. Y desnudo. —El policía sacudió la cabeza—. Es un caso extraño.

—¿Puedes presentarnos?

—Por supuesto.

Kay lo siguió a través del barro resbaladizo hasta donde los tres hombres se apiñaban al lado del coche patrulla, casi como si estuvieran tratando de poner la mayor distancia posible entre ellos y lo que yacía en el campo.

Hechas las presentaciones, los dos oficiales uniformados se excusaron y se dirigieron hacia la puerta.

Kay dirigió su atención al granjero. —Señor Maitland, me disculpo, puede que haya respondido preguntas similares a mis colegas, pero tenemos que aprender todo lo posible sobre lo que ha sucedido aquí. ¿Cuánto tiempo lleva cultivando este terreno?

Maitland dio una calada temblorosa al cigarrillo que sostenía entre el dedo y el pulgar, y luego la miró con los ojos entrecerrados. —Yo personalmente, unos treinta años. Ha estado en la familia durante un par de cientos.

—¿Qué cultiva?

—Principalmente granos. Cebada, trigo. Mi mujer me ha convencido para probar con lavanda este año por primera vez. No estoy seguro de cómo saldrá.

—¿Cuándo fue la última vez que estuvo en ese campo, antes de esta mañana? —dijo Barnes.

—La semana pasada. El martes. Estaba volteando la tierra para preparar la sembradora. Se suponía que se plantaría mañana.

El granjero se interrumpió, su rostro sombrío mientras miraba el cordón improvisado de cinta policial azul y blanca.

Kay se volvió hacia los dos hombres a su lado. —¿Cuál de ustedes encontró el cuerpo?

—Fui yo —dijo Luke.

—¿Está bien?

El hombre se encogió de hombros. —¿Saben quién es?

—Aún no. ¿Lo reconoció?

—No. Nunca lo había visto antes. Bueno, por lo que pude ver. Su cara estaba toda destrozada, y...

Se detuvo, cubriéndose la boca con la mano.

Kay extendió la mano hacia su brazo. —Tómese su tiempo. Está bien. Sé que esto es difícil.

—Los cuervos lo habían empezado a revisar, creo. Los vi cuando llegué aquí a las ocho y media. Me pregunté por qué no estaban siguiendo la sembradora en el otro campo como suelen hacer.

—¿Tocó algo?

—Dios, no. Le grité a Tom a través del campo, le dije que se mantuviera alejado y que había un cadáver, y nos fuimos de allí. Pusimos los detectores de metales y demás en los coches, y luego fuimos a decírselo a Dennis. Después de eso llamamos a la policía.

—Dennis, ¿entró usted al campo donde estaba el cuerpo? —dijo Kay.

—No. Imaginé que ustedes no me lo agradecerían.

—Bien. De acuerdo, tenemos sus declaraciones así que pueden irse. Luke, si lo necesita, hable con su médico de cabecera sobre lo que ha visto, ¿de acuerdo? No se lo guarde dentro.

Él asintió, y luego se dirigió arrastrando los pies hacia su coche junto con Tom y el granjero, los tres hombres murmurando entre dientes.

—¿Quieres echar un vistazo ahora? —dijo Barnes.

—Sí, vamos.

Se acercaron a la entrada, y Kay saludó al policía que les entregó un portapapeles.

—Gracias —garabateó su firma en el registro de entrada de la escena del crimen.

Barnes levantó la cinta y ella se agachó para pasar por debajo, su mirada ya fija en el segundo cordón que se había erigido cerca de donde se había encontrado el cuerpo del hombre.

Un grupo de técnicos forenses vestidos de blanco se agachaban en un semicírculo irregular, cada uno de ellos trabajando metódicamente para registrar cualquier evidencia que pudiera ayudar a determinar por qué el hombre había sido asesinado y cómo había muerto.

El patólogo forense del Ministerio del Interior, Lucas Anderson, estaba de pie fuera del cordón, con la cabeza inclinada mientras observaba.

—Lucas —dijo Barnes.

—Buenos días —respondió, mientras el traje de papel crujía al extender la mano—. Se ha declarado la muerte. Completaré el papeleo cuando regrese a mi coche para que puedan moverlo una vez que el equipo de Harriet haya terminado, pero es inusual.

—¿Causa de la muerte? —preguntó Kay.

Lucas frunció los labios.

—Sabes que no me gusta hacer suposiciones, Hunter.

—Vamos, solo tus pensamientos iniciales. Por favor.

En ese momento, uno de los técnicos forenses se levantó y se movió a un lado, y Kay obtuvo una vista clara del hombre muerto.

—Jesús.

—Diferente, ¿verdad?

—¿Qué le pasó?

—Buena pregunta —dijo Lucas—. Mira, no daré mi opinión oficial sobre la causa de la muerte hasta que haya completado la autopsia…

—Pero tienes una opinión —dijo Barnes—. ¿Cuál es?

—La única vez que he visto lesiones vagamente similares a las de sus piernas ha sido en suicidios. Específicamente, personas que han saltado de edificios.

Barnes entrecerró los ojos mirándolo.

—Está en medio de un campo, Lucas.

—Lo sé. Dije que era inusual, ¿no?

CAPÍTULO 3

Una cacofonía de actividad llenaba la sala de incidentes mientras detectives, agentes uniformados y personal administrativo se apretujaban en busca de espacio y se gritaban instrucciones e insultos amistosos entre sí.

Kay estaba de pie frente a una pizarra recién limpiada en el extremo más alejado de la sala y miraba fijamente las fotografías que el agente Gavin Piper había colgado en la pizarra momentos después de que Barnes hubiera subido los archivos de su móvil al regresar a la comisaría del centro de la ciudad.

Afuera, el estrépito del tráfico de media mañana se filtraba por las ventanas, los sonidos se desvanecían y volvían a la conciencia de Kay mientras su mente trabajaba.

Se mordisqueó una uña irregular y luego destapó un bolígrafo y garabateó sus pensamientos iniciales en la pizarra.

—Aquí tienes, jefa. Sopa. Pensé que te ayudaría a descongelarte. —Gavin sonrió mientras le ofrecía la taza, y luego señaló con la barbilla las fotografías—. ¿Crees que murió por accidente y alguien lo movió allí?

—Honestamente, no lo sé en este momento, Gav. —Sopló sobre la superficie caliente y tomó un sorbo—. ¿Quién hizo esto?

—Yo lo hice. Mi hermana y su novio me regalaron una máquina para hacer sopas por mi cumpleaños. Es la primera vez que la pruebo. Esa es de chirivía picante. ¿Está bien?

—Sí, está buena, gracias.

—Espero que una de esas tenga mi nombre, Piper —dijo Barnes mientras se unía a ellos, y luego sonrió cuando Gavin le entregó una taza de la bandeja—. Campeón.

—Reúne a todos los demás, Gav. Vamos a empezar esta reunión y luego podremos volver al trabajo.

Kay esperó mientras el creciente equipo de

policías se unía a sus colegas administrativos y acercaban sillas a la parte delantera de la sala. Una vez que estuvieron listos, proporcionó una breve descripción general sobre la investigación y quiénes serían los puntos de contacto clave.

Como oficial superior de investigación, ella seguiría siendo responsable de informar sobre el progreso al comisario Devon Sharp, pero al menos su papel significaba que no tendría que pasar demasiado tiempo en la Jefatura tratando de argumentar su caso para que se asignara más personal a su investigación.

Completada la introducción, golpeó con el dedo la fotografía más cercana.

—Ya tenemos impresa la primera de estas, Ian. Se han tomado las huellas dactilares, pero mientras esperamos esos resultados, mira esto. Hay un pequeño tatuaje en su bíceps aquí. Es viejo, pero ¿puedes distinguir las letras debajo?

—Espera. —Barnes dejó su taza de sopa en el escritorio junto a la pizarra, luego sacó sus gafas de lectura del bolsillo interior de su chaqueta antes de mirar fijamente la imagen—. Parece militar, ¿no? Aunque la escritura está toda desvanecida, no puedo distinguirla.

—Apuesto a que dice "Mamá" —dijo Gavin.

—Muy gracioso. —Kay examinó la fotografía—.

¿No hay alguien en la Jefatura que sepa de estas cosas?

—Llamaré a Joanne Fletcher —dijo Barnes—. Puede que haya alguien en el equipo de relaciones con los medios que pueda ayudar. Sharp probablemente también tendrá algunas ideas, dado su tiempo en la policía militar.

—Me pondré al día con él cuando llegue. Envía la foto a Joanne también, pero con la condición de que el equipo de medios no la comparta con la prensa. Lo último que necesitamos es que se difunda antes de que tengamos algunas respuestas.

La agente Carys Miles se acercó, libreta en mano.

—Simon Winter acaba de llamar del Hospital Darent Valley. Lucas va a hacer la autopsia mañana por la mañana, pero dice que los dientes han sido enviados a un ortodoncista especialista para su examen. —Frunció el ceño—. ¿Sus dientes no estaban en su boca?

—No —dijo Barnes—. La mayoría de ellos estaban esparcidos por el suelo a su lado. Junto con sus ojos.

—Puaj. —Carys arrugó la nariz—. ¿Fue un bate de béisbol en la cara?

—No lo sabemos —dijo Kay—. Lucas tenía algunas ideas, pero no se comprometerá a dar una opinión hasta que se haya hecho la autopsia. Mientras tanto, ¿puedes contactar con Delitos Rurales y ver si han tenido algún problema en la zona últimamente?

—Lo haré, jefa —dijo Carys—. ¿Qué hay del granjero, Dennis Maitland? ¿Vio algo?

—No, y no creo que vaya a ser de mucha ayuda. Eché un vistazo en línea y esos dos campos están en el límite exterior de su terreno. Dice que aró el campo la semana pasada y no ha vuelto desde entonces. Supongo que hasta que esté todo plantado, no lo necesita. No hay nada allí para robar, ¿verdad, Ian?

El oficial negó con la cabeza.

—Supongo que por eso estaba feliz de que los dos tipos usaran sus detectores de metales, no es como si pudieran causar algún daño en este momento.

—¿Por qué desnudarlo? —dijo Kay, girando el bolígrafo entre sus dedos—. Quien hizo esto podría simplemente haberle quitado cualquier identificación.

—Podría haber estado usando un uniforme, señora. —La voz de la agente en periodo de prueba Laura Hanway se elevó por encima de las cabezas de sus colegas—. Podría haber sido militar, o tal vez un guardia de seguridad privado de algo. Especialmente dado el tatuaje, quizás.

Kay escribió su sugerencia en la pizarra.

—Buen comienzo. ¿Alguien más?

—Siguiendo con eso, tal vez había algo más sobre la ropa —dijo el sargento Harry Davis—. Si no era un uniforme, podría haber tenido algún tipo de logotipo distintivo o etiqueta que pudiera vincularlo a un lugar o persona en particular.

—Sí, otro buen punto —dijo Kay—. Había restos de una brida de plástico alrededor de uno de sus tobillos, así que quien hizo esto lo inmovilizó antes de matarlo.

Recorrió con la mirada el cuerpo tendido del hombre en la segunda de las fotografías.

—Bien, ¿qué hay de la ubicación? ¿Por qué allí? El equipo de Harriet ha tomado moldes de huellas de zapatos, pero hasta ahora solo han coincidido con las botas que llevaba nuestro testigo, Luke Martin. Han tomado otras huellas como evidencia, pero podría llevar algo de tiempo analizarlas. El granjero les dijo a los uniformados que hay un sendero que corre a lo largo del límite izquierdo de ese campo.

—Depende de cuánto tiempo estuvo allí antes de ser descubierto, supongo —dijo Carys—. Llovió el viernes por la noche. Maitland cree que aró ese campo el martes pasado, así que si el cuerpo de nuestro hombre fue abandonado entre entonces y cuando llovió, cualquier huella perteneciente a un sospechoso o sospechosos podría haberse borrado.

Kay se apartó de su equipo y recorrió con la mirada las notas que había añadido a la pizarra.

Sin evidencia, sin identidad y sin testigos del crimen.

¿Cómo diablos iban a resolver este caso?

—Primeros pasos —dijo, encarando a su equipo una vez más—. Investigaciones puerta a puerta en un radio de un kilómetro y medio alrededor de la granja, y quiero datos de las cámaras de videovigilancia y Reconocimiento Automático de Matrículas de todas las carreteras que pasen a menos de un kilómetro y medio de este terreno. Carys, ¿puedes contactar a alguien en la Jefatura para que componga un boceto del rostro de nuestra víctima a partir de estas fotografías? Así tendremos algo apropiado para mostrar a los propietarios. No voy a dejar que nadie vea estas imágenes; tendrán pesadillas durante meses.

—Lo haré, jefa.

—Muy bien, todos. Podéis retiraos. Pongámonos en marcha con esto.

CAPÍTULO 4

Gavin se levantó el cuello de su abrigo de lana y se bajó el gorro de punto sobre las orejas antes de meter las manos en los bolsillos.

A pesar de que la temperatura del aire a media mañana casi alcanzaba los dos dígitos según el tablero de su coche, un frío penetrante se aferraba al aire húmedo en el camino bordeado de árboles, y una débil luz solar proyectaba un tono amarillo grisáceo en el cielo, brillando en los charcos que bordeaban los márgenes de hierba llenos de barro.

Más adelante, dos coches patrulla estaban estacionados en un apartadero, y sus ocupantes ya estaban llamando a las puertas de un grupo de propiedades acurrucadas al lado del camino que parecían ser antiguas casas de trabajadores agrícolas.

Miró por encima del techo del coche mientras Laura salía del asiento del pasajero, maldiciendo entre dientes mientras se subía la cremallera del abrigo.

—Maldita sea, Gavin. ¿Qué pasó con la primavera temprana que se suponía que íbamos a tener? Hace un frío que pela aquí fuera.

Él sonrió y luego hizo un gesto hacia la carretera en dirección a la cabaña más cercana.

—¿Empezamos? Agradece que ya no estés de uniforme.

La agente en periodo de prueba sonrió.

—Gracias a Dios. Febrero casi me destroza: ese último turno andando por el centro de la ciudad con siete centímetros de nieve a las dos de la mañana esquivando charcos de vómito...

Negó con la cabeza, con un tono de asombro en su voz.

Gavin cerró el coche, miró por encima del hombro para ver si venía tráfico y luego se dirigió hacia las casas.

—¿Cómo te estás adaptando?

—Muy bien, gracias. Creo que ayuda que todos os estéis esforzando para asegurarse de que no me sienta fuera de lugar.

—Probablemente ayude que ya te conozcamos después de haber colaborado en esa investigación de secuestro el año pasado. ¿Cuándo es tu próximo examen?

Laura pateó un guijarro en la carretera, haciéndolo volar hacia el otro lado donde rebotó y se deslizó en un profundo bache con un chapoteo audible.

—La semana después de la próxima. Estoy tratando de mantenerme al día con el trabajo de repaso, pero no sé cómo voy a hacerlo ahora. Me imagino que vamos a estar trabajando muchas horas hasta que resolvamos este caso, ¿verdad?

—Eso espero. Yo tuve el mismo problema hace unos años: tuvimos un par de casos grandes uno tras otro mientras estudiaba.

—¿Cómo lo manejaste? Soy inútil para levantarme temprano, y para cuando llego a casa, lo último que quiero hacer es sentarme a estudiar; todo lo que quiero hacer es ser un vegetal.

—La única manera en que pude hacerlo fue dedicar un par de horas cuando terminaba mi turno y estudiar en mi escritorio, o pedirle a Hughes que me reservara una sala de entrevistas libre si no quería que me interrumpieran. Descubrí que si hacía mi repaso en el trabajo, en lugar de tratar de hacerlo cuando llegaba a casa, se convertía en parte de mi rutina laboral. —Gavin se encogió de hombros—. Parecía funcionar, de todos modos. Podría valer la pena intentarlo.

Laura sonrió.

—Lo haré, gracias. Estas casas... dan a los bosques cerca de donde se encontró el cuerpo, ¿verdad?

—Sí. —Gavin sacó un mapa del Ordnance Survey de su bolsillo, con los bordes ya arrugados por donde lo había doblado del revés. Lo extendió y señaló el campo representado debajo de la A20—. Tienes Sevenoaks a unos pocos kilómetros al norte aquí, y estamos aquí en esta carretera secundaria. Estas son las casas de campo marcadas aquí. El campo donde se encontró el cuerpo está más o menos aquí, y estos son los bosques que dan al jardín de la primera propiedad.

—De acuerdo, entendido. —Laura se protegió los ojos con la mano mientras se acercaban a la casa—. ¿Alquilada o viven los propietarios?

—En esta y la de al lado viven los propietarios —dijo Gavin, volviendo a doblar el mapa y metiéndolo en su chaqueta—. El vecino de al lado es dueño y alquila las otras dos propiedades del final también, así que dejaremos que los uniformados se encarguen de los alquileres y nosotros nos ocuparemos de estas dos. De esa manera, podemos seguir adelante y llegar a la siguiente aldea. Kay tiene otras cinco patrullas trabajando al otro lado de la granja de Maitland también. Con suerte, tendremos todas las declaraciones iniciales hechas para el final de mañana.

Laura se estremeció cuando una nueva ráfaga de viento sacudió el seto a su izquierda, apartando un mechón suelto de su cara.

—¿Cómo es que nos tocó la parte más difícil de estar aquí fuera mientras Barnes y Carys se quedan en el calor? ¿A quién molestaste para merecer esto?

Gavin sonrió.

—Todavía me consideran el novato cuando les conviene, y tú acabas de unirte. Por lo tanto, nos toca el trabajo con el clima frío.

—Pongámonos manos a la obra entonces, ¿de acuerdo?

Empujó una puerta de madera cubierta de musgo hacia un jardín delantero poco profundo, se hizo a un lado para dejar pasar a Laura, y luego se frotó las manos para deshacerse de los restos de liquen que se aferraban a su piel antes de golpear con los nudillos en la puerta principal.

Dando un paso atrás y levantando la mirada, notó un puñado de tejas de pizarra faltantes en el techo a dos aguas y la pintura descascarada de los cuatro alféizares de las ventanas que daban al camino.

Si no fuera por la antena parabólica de última generación que sobresalía de la mampostería junto a una de las dos ventanas del piso superior, habría jurado que el bosque circundante estaba tratando de recuperar la propiedad de su dueño una temporada a la vez.

La puerta se abrió con bisagras chirriantes después de unos momentos y un hombre se asomó, con su cabello gris y fino sobresaliendo en mechones a ambos lados de sus orejas.

—¿Sí? ¿Quiénes sois vosotros? Si estáis vendiendo algo, podéis volver y leer el letrero en la puerta.

Gavin levantó su placa y presentó a Laura.

—¿Y cuál es su nombre, por favor, señor?

El hombre tomó la placa de él, la inspeccionó y luego se la devolvió.

—Humphrey Godmanstone.

—¿Cuánto tiempo lleva viviendo aquí, señor Godmanstone?

—Treinta años en abril. Heredé la propiedad de mis padres.

—¿Vive alguien más aquí?

—No. Me deshice de la esposa hace una década. —Sonrió, exponiendo dientes torcidos—. No os preocupéis. No maté a la vieja zorra. Se largó. Se llevó a los dos niños también. A Northampton, creo. Ahí es donde vivía su hermana, de todos modos. Buen viaje y adiós.

Gavin se aclaró la garganta, sabiendo que Laura estaría observando cada uno de sus movimientos en un intento de aprender de él, y deseando que Carys estuviera a su lado en su lugar.

Intentó ignorar el calor que le subía desde el cuello hasta la mandíbula. —Nos preguntábamos si podríamos hacerle unas preguntas sobre un incidente que estamos investigando en la zona.

—¿Como cuáles?

—¿Podríamos pasar?

—No.

Gavin forzó una sonrisa. —No se preocupe. Estamos investigando la muerte de un hombre cuyo cuerpo fue encontrado en el límite exterior de la granja de Maitland.

—¿Ah, sí? —La mano de Godmanstone se alejó de la puerta, y se apoyó en el marco, con los brazos cruzados—. ¿Qué tiene que ver eso conmigo?

—Tengo entendido que el bosque en la parte trasera de su propiedad colinda con ese terreno. Estamos realizando investigaciones puerta a puerta en la zona para tratar de determinar si alguien ha notado alguna actividad sospechosa en la última semana, o si ha escuchado algo.

—¿Como qué?

—Desconocidos en la zona tal vez merodeando por el camino. Cualquier vehículo que haya parecido fuera de lugar, o algo suyo, como herramientas de jardín, que pudiera haber desaparecido en las últimas semanas.

—No he notado nada, y si alguien intentara robar algo del cobertizo del jardín, tendría que pasar primero por los gansos.

—¿Gansos? —dijo Laura.

—Sí, señorita. Gansos. Mejores que los perros guardianes. Más baratos, y si te cansas de ellos, al menos puedes comértelos.

Gavin apretó los dientes y luego continuó. —¿Ha oído algo extraño por la noche, algo que parezca fuera de lugar aquí?

—No. Una vez que apago la luz, me duermo. No me despierto hasta que la radio se enciende a las siete en punto para las noticias. Aunque, hoy en día no sé por qué me molesto, solo me pone de mal humor antes de siquiera empezar el maldito día.

—Muy bien, Sr. Godmanstone. —Gavin cerró de golpe su libreta y forzó una sonrisa mientras le entregaba una tarjeta de visita—. Gracias por su tiempo. Si pudiera...

La puerta se cerró de un portazo.

Gavin suspiró y empujó la tarjeta por el buzón, luego se volvió hacia Laura.

La agente se cubrió la boca con la mano, pero no pudo ocultar las arrugas en las comisuras de sus ojos.

—Ni una palabra, Hanway —dijo por encima del hombro mientras atravesaba la puerta del jardín—. Ni una maldita palabra.

Una mujer estaba de pie en el umbral de la casa de al lado, sonriendo mientras rodeaban la esquina del bajo seto de ligustro que separaba su casa de la propiedad de Godmanstone.

—Es un encanto, ¿verdad? —dijo sin rencor—. No sé por qué mantiene los gansos, él solo es suficiente para asustar a cualquiera.

—Hay de todo, señorita...

—Señora. —Extendió su mano—. Beverley Winton.

Gavin hizo las presentaciones, notando las manchas de pintura blanca que cubrían los dedos de la mujer, y luego inclinó la barbilla hacia las propiedades a su derecha. —¿Y usted también es dueña de estas, tengo entendido?

—Así es. Estamos arreglando esta en este

momento, y luego esa también estará disponible. ¿Quieren pasar?

—Si pudiéramos, gracias.

—Disculpen el desorden. No tropiecen con las sábanas para el polvo, he estado pintando las balaustradas de la escalera esta mañana. No sé cómo los fabricantes de pintura se salen con la suya poniendo "solo una capa" en la lata. Esta es la tercera mano y todavía no estoy satisfecha.

Abrió una puerta hacia una sala de estar desordenada. Las cortinas ondeaban en las ventanas abiertas, y Gavin paseó la mirada por las cajas de embalaje apiladas contra una pared.

—Solo tenemos unas pocas preguntas —dijo—. Estamos investigando la muerte de un hombre que fue encontrado en uno de los campos exteriores de la granja de Maitland esta mañana. Nos preguntábamos si había notado alguna actividad sospechosa en la zona durante la última semana.

La mujer palideció. —¿Un hombre muerto? No, no he notado a nadie nuevo por aquí. El camino está bastante tranquilo una vez que todos los que viven por aquí se han ido a trabajar. Es lo mismo por la noche. ¿Creen que estamos en peligro?

—Nos inclinamos a creer que este es un incidente aislado, Sra. Winton —dijo Laura—. ¿Ha notado algo que pudiera considerarse inusual para esta época del año? ¿O algún robo de su cobertizo de jardín, por ejemplo?

—Mi marido, Peter, no ha mencionado nada. De todos modos, mantiene el cobertizo cerrado con llave, solo por costumbre después de haber vivido en la ciudad durante tantos años. No tenemos la misma naturaleza confiada que nuestros inquilinos.

—Ni gansos —dijo Gavin.

—No, gracias a Dios. —Winton logró reír, luego sus ojos se volvieron serios una vez más—. Lamento no poder ser de más ayuda. Puedo preguntarle a Peter al respecto cuando llegue a casa, si quieren.

—Apreciaríamos mucho eso, Sra. Winton —dijo Gavin, y le entregó una tarjeta de visita—. Incluso si cree que podría no ser significativo, es mejor que nos lo haga saber.

CAPÍTULO 5

Kay levantó la vista de la pantalla de su ordenador cuando la puerta de la sala de incidentes se abrió y el comisario Devon Sharp cruzó la habitación con paso decidido, su expresión denotaba preocupación.

Varios centímetros más alto que Kay, el ex policía militar mantenía su cabello castaño con canas recortado y se movía con el porte de alguien acostumbrado a un campo de entrenamiento.

Se aflojó la corbata mientras se dirigía hacia su oficina detrás del escritorio de ella, con la atención puesta en la pantalla de su teléfono móvil y el ceño fruncido.

Kay se mordió el labio mientras él pasaba a su lado con la cabeza aún inclinada, luego reunió las copias de las fotografías que había recopilado.

Empujando su silla hacia atrás, se acercó a la puerta abierta de su oficina y llamó.

—¿Jefe? Me preguntaba si tenías un minuto.

Él levantó la vista de su móvil, momentáneamente sorprendido, y luego parpadeó.

—Lo siento, Kay, estaba en las nubes. Pasa.

—¿Está todo bien? —dijo ella, cerrando la puerta detrás de sí y tomando la silla más cómoda de las dos para visitantes frente a su escritorio. Observó los hilos desgastados del reposabrazos y se preguntó si la Jefatura alguna vez le proporcionaría muebles nuevos al comisario.

Probablemente no.

—Acabo de pasar tres horas esta mañana discutiendo por un aumento en nuestro presupuesto para el próximo año.

—Oh. Supongo que no fue bien, ¿verdad?

—Hubiera preferido una endodoncia. —Su boca se torció en una sonrisa sardónica mientras tiraba su móvil sobre el escritorio y se hundía en su asiento—. He oído que tuviste un cadáver en un campo esta mañana, cerca de Sevenoaks.

—De hecho, esperaba que pudiera ayudarme. —Kay le proporcionó un resumen del descubrimiento de la mañana y luego deslizó las fotografías sobre el escritorio—. Barnes tomó estas mientras charlábamos con Lucas y Harriet. Nos preguntábamos si podrían tener algún tipo de significado militar.

Sharp alargó la mano para coger las imágenes de tamaño A4 y se reclinó en su silla mientras las examinaba. Se detuvo varios momentos en cada una, girando la fotografía en diferentes ángulos, y luego las bajó a su escritorio y frunció el ceño.

—Me recuerda al tipo de tatuajes que algunos soldados se hacían después de completar un periodo de servicio —dijo—. Como una especie de recordatorio, una forma de probar que habían sobrevivido intactos. ¿Cuál es la edad de la víctima?

—Llamé a Lucas hace una hora para ver qué pensaba, ahora que tiene el cuerpo en la morgue. Dijo que no podrá precisarlo adecuadamente hasta después de la autopsia mañana por la mañana, pero estima que la edad del hombre está entre los cuarenta y tantos y los cincuenta y tantos años.

Sharp se pasó la mano por la barbilla y cogió otra fotografía.

—Ese grupo de edad situaría a nuestra víctima en cualquier lugar desde el conflicto de las Malvinas si tiene cincuenta y tantos años, hasta las campañas de Afganistán de los últimos años.

—Eso es mucha gente, jefe.

—Lo sé. No estoy familiarizado con este diseño

en particular. No hay nada aquí que me indique que sea de un regimiento específico u otro.

—¿Qué hay de la escritura debajo? ¿Te suena de algo?

—Parece una especie de código abreviado. Si era de las Fuerzas Especiales o algo así, podría estar relacionado con su unidad. ¿Sabes que trabajan en equipos de cuatro hombres?

—Sí. Entonces, ¿estás diciendo que podría limitarse a un grupo pequeño, en lugar de tener un significado regimental más amplio?

—Exactamente. ¿Y dices que no había nada más para identificarlo?

—No, nada en cuanto a ropa o piercings. Lucas ha enviado los dientes sueltos que estaban por todo el suelo a una ortodoncista especializada. Espero que ella pueda obtener más información de ellos para nosotros.

—Va a ser condenadamente difícil si no estaban in situ —dijo Sharp—. A menos que la odontología sugiera que le hicieron trabajo mientras estaba en el extranjero.

—¿Crees que vamos por buen camino al pensar que este tatuaje tiene algo que ver con el ejército?

—Creo que vale la pena investigarlo, sí. —Sacó una libreta de su bolsillo y garabateó en una página en blanco antes de señalar las imágenes con la punta del bolígrafo—. ¿Puedo quedármelas?

—Por supuesto.

—Bien, lo que haré será hacer algunas llamadas telefónicas, hablar con algunos de los contactos que tengo que se han retirado o siguen en servicio. ¿Qué más está haciendo tu equipo?

—Gavin y Laura están fuera ayudando con las investigaciones puerta a puerta alrededor de la granja de Maitland. Barnes está actualmente revisando los informes de Reconocimiento Automático de Matrículas con Debbie West para ver si alguno de ellos levanta sospechas. Nos estamos concentrando en vehículos propiedad de personas con condenas previas por agresión y ese tipo de cosas que podrían haber estado en el área. —Kay empujó su silla hacia atrás y se estiró—. Carys ha comenzado a trabajar en las búsquedas de propiedades en un radio más amplio alrededor de la granja en caso de que haya alguien que tenga condenas previas con quien deberíamos hablar. No hay nadie dentro de los parámetros actuales de la investigación puerta a puerta que aparezca en el sistema.

—Parece que todo está bajo control —dijo Sharp, y apoyó los codos en el escritorio—. ¿Cómo se está adaptando nuestra nueva recluta?

—¿Laura? Realmente bien, de hecho. Será interesante ver cómo equilibra esta investigación junto con sus exámenes, pero he encargado a Gavin que sea su mentor. Dado que él estuvo en la misma situación hace un par de años, con suerte ella aprenderá de él.

—Bien. De acuerdo, mantenme informado.

CAPÍTULO 6

Kay se encogió dentro del grueso cuello de su abrigo de lana y miró por encima del hombro antes de cruzar Palace Avenue.

Sus tacones bajos se tambaleaban sobre la superficie irregular de la calle peatonal que conducía hacia High Street y, mientras sus músculos de la pantorrilla se tensaban con la pendiente de Gabriel's Hill, se concentró en respirar profundamente para ayudar a aliviar el estrés de las últimas horas.

Una frescura pellizcaba el aire a su alrededor, como si el invierno aún no estuviera listo para soltar su agarre del condado, mientras su aliento escapaba de sus labios en una fina neblina.

Dejó vagar su mente mientras miraba los escaparates de las tiendas que pasaba.

A su izquierda, la librería benéfica había cambiado su exhibición a una centrada en guías locales, sin duda esperando que algunos turistas de principios de temporada aprovecharan la oportunidad de aprender más sobre la ciudad del condado y contribuir a una buena causa al mismo tiempo.

Sonrió, en parte agradecida de que la puerta estuviera cerrada con llave y el letrero se hubiera volteado en la ventana para que se leyera "cerrado", de lo contrario habría estado tentada a hojear los libros de bolsillo que alineaban los estantes.

Adam, su otra mitad, tendría un ataque al corazón si comprara más libros. Los estantes de su sala de estar ya se estaban arqueando con el peso de sus pasiones lectoras combinadas, sin mencionar los pesados tomos técnicos que él guardaba para el trabajo.

Una antigua discoteca permanecía cerrada, y el lugar parecía desolado mientras pasaba frente a sus escalones de concreto desnudos.

Su boca se torció al recordar cuando patrullaba la calle como una joven agente uniformada en los meses previos a comenzar su entrenamiento como detective. El callejón podría estar despejado en este momento, pero durante el fin de semana solo sería cuestión de unas pocas horas antes de que las aceras estuvieran cubiertas de bandejas de kebab vacías, envoltorios de hamburguesas para llevar y cosas peores.

Entre semana, sin embargo, la ciudad estaba más tranquila, más sosegada y un poco menos conflictiva.

Cuando llegó al final del callejón, giró a la izquierda hacia Jubilee Square y se apresuró a cruzar la calle hacia el pasaje conocido como Market Buildings.

Le encantaba el atajo hacia Earl Street: boutiques de ropa y cafeterías artesanales se apretujaban por el espacio junto a tiendas de vapeo y pubs, siendo estos últimos los únicos que hacían negocio a esta hora de la noche.

Adam había reservado la mesa para las siete; a pesar de ser entre semana, había una obra en el pequeño teatro más arriba en la calle, y ambos sabían lo concurridos que podían estar los restaurantes locales después de una función, cuando tanto el público como los actores se volcaban en pubs y restaurantes a lo largo y ancho de la calle.

Pasó junto a un cartel de color verde oscuro en la acera frente a la puerta del restaurante mientras una oleada de aromas de cocina la envolvía.

El maître sonrió mientras tomaba su abrigo y lo colgaba en un perchero detrás del mostrador de recepción.

—Me alegro de verla. Su otra mitad ya está aquí.

—¿Lleva mucho tiempo esperando?

Él negó con la cabeza y señaló hacia las mesas dispuestas en una sala a la izquierda de la puerta principal.

—Llegó hace unos quince minutos. Les estoy llevando una botella de Verdelho australiano a la mesa. Bien frío.

Kay se detuvo en seco.

—¿En serio? ¿Cómo lo consiguieron? No lo encontramos en ninguna parte.

Él le guiñó un ojo.

—Es un secreto. El jefe me mataría si se lo dijera.

Ella se rio cuando llegaron a la mesa.

Adam se levantó de su asiento, la besó en la mejilla y esperó mientras el maître la acomodaba en su silla. Cuando el hombre se alejó hacia otra mesa, él extendió la mano hacia la de ella y pasó su pulgar por sus dedos.

—Estás preciosa.

—Llevo mi ropa de trabajo.

—Es mejor que la mía, que actualmente está remojándose en un cubo de agua caliente en casa.

—Oh, no... ¿qué fue esta vez?

—Mejor no preguntes. Espero que las manchas salgan.

Ella se rio y luego vio a un camarero cruzando la sala hacia ellos. Rápidamente recorrió con la vista el menú que Adam le entregó y realizó su pedido.

Cuando el hombre se dirigió a la cocina, ella emitió un suspiro de satisfacción.

—Esta fue una buena idea.

—Pensé que si tenías un nuevo caso, no te vería mucho durante las próximas semanas, así que quiero tenerte para mí solo mientras pueda.

—Probablemente no sea una mala idea. Tengo la sensación de que este no va a ser un caso fácil.

—¿Sombrío?

—Mucho, y poco común. —Le dio una breve explicación, sin querer quitarle el apetito para la cena y consciente de la naturaleza confidencial de su trabajo—. Con suerte, obtendremos los resultados de la autopsia mañana. Esperemos que eso ayude.

—Mejor aprovechemos esta noche, entonces.

Llegaron sus entrantes; una mezcla de aceitunas, pan y salsas en un plato para compartir que se colocó entre ellos. Después de que se rellenaron sus copas de vino, el camarero les deseó una agradable cena y se retiró al bar.

Kay desmenuzó una rebanada de pan entre sus dedos y la sumergió en un recipiente de vinagre balsámico.

—No hemos salido en condiciones desde hace siglos. ¿No tienes algún desamparado esperando en casa para ser atendido?

—Esta semana no, a menos que quieras dos cerdos panzudos vietnamitas muy amigables en tu cocina.

—Eh, no, gracias.

—Eso pensé. No te preocupes, están felizmente aprovechando uno de nuestros corrales en la clínica. Si necesitas un descanso de la oficina, deberías pasar a verlos.

—Lo intentaré.

—Sin embargo, las cosas podrían cambiar la semana que viene, solo para advertirte. Recibimos una llamada de un centro de rescate de vida silvestre en Thurnham esta tarde. Han recibido algunas llamadas sobre una camada de crías de zorro que se vieron en el Pilgrim's Way en mal estado. Si no tienen a nadie que los acoja durante unos días una vez que hayan sido capturados y se les haya dado un certificado de buena salud, podría trabajar desde casa y hacerme cargo de ellos. Puedo mantener la rutina de alimentación entre terminar un artículo que tengo que presentar antes de fin de mes.

—¿Crías de zorro? Dios, no se lo digas a Carys, se mudará con nosotros.

Mientras se limpiaba las últimas migas de los dedos, el camarero vino a retirar los platos, y minutos después llegaron sus platos principales.

Kay miró su bistec con deleite mientras traían los acompañamientos a la mesa, un gran cuenco rebosante de verduras al vapor y un plato cargado de patatas que brillaban con un lustre de mantequilla.

Esperó hasta que Adam comenzó a cortar la tierna carne del pollo que había pedido, y se inclinó más cerca. —Esta es la parte que odio de las investigaciones. Esperar y preguntarme dónde podríamos obtener un avance.

—¿Todavía estamos en la hora dorada, no?

Ella arrugó la nariz.

Adam tenía razón, las primeras horas de cualquier investigación de un crimen importante eran las más cruciales, pero no siempre las más fructíferas.

—El problema —dijo, bajando la voz mientras la mujer de la mesa de al lado pasaba y se sentaba— es que no sabemos cuándo llegó allí. No sabemos cuánto tiempo estuvo tirado ahí fuera. Podría haber sido en cualquier momento entre el martes pasado y esta mañana.

—Conozco a algunos propietarios de pequeñas explotaciones al norte de esa zona. Si te quedas atascada, puedo ponerte en contacto con ellos. Los propietarios de fincas más pequeñas tienden a cuidarse entre sí, especialmente cuando se trata de robo de equipos o cosas así. Podrían ser de ayuda.

—Gracias. Espera por el momento, te avisaré si llegamos a ese punto.

—De acuerdo. Mientras tanto, mantendré los oídos abiertos cuando esté por ahí haciendo mis rondas. —Señaló su bistec con el tenedor—. Ahora, come. Puedo oír tu estómago rugiendo desde aquí.

CAPÍTULO 7

—Buenos días, detectives.

Lucas Anderson miró por encima del hombro mientras Kay y Carys entraban por las puertas dobles a la sala de examen, con sus monos protectores crujiendo en la quietud del aire acondicionado.

El lugar de trabajo del patólogo forense en el Hospital Darent Valley era un espacio reducido escondido en el primer piso detrás de la farmacia y el departamento de radiología. A pesar de esto, él y Simon Winter, su asistente, de alguna manera lograban lidiar con las autopsias solicitadas tanto por el hospital como por el forense del condado de Kent.

Kay nunca se había acostumbrado al olor.

Por mucho que lo intentara, el hedor de la muerte se aferraba a sus fosas nasales, su ropa y su piel durante al menos veinticuatro horas. No estaba segura si era su imaginación o un hecho científico, pero al hablar con sus colegas de vez en cuando, todos estaban de acuerdo.

Kay no sabía cómo Lucas lo soportaba, pero se alegraba de que lo hiciera. A menudo, su investigación podía depender de la información que el patólogo obtenía de las almas desafortunadas que se encontraban en su compañía.

—¿Empezaste sin nosotras, Lucas? —dijo Carys, acercándose a la mesa de aluminio—. ¡Jesús!

Kay se rio entre dientes cuando su colega retrocedió en el último momento, llevándose el dorso de la mano cerca de la boca.

—Te dije que no sería bonito.

—Aun así, jefa. —La agente parpadeó y luego volvió a mirar el cuerpo tendido frente a ellas—. Pobre diablo.

—En efecto —dijo Lucas. Hizo un gesto al asistente de la morgue, un joven larguirucho de unos veinte años que se mantenía en segundo plano, con las manos enguantadas sosteniendo dos cuencos de aluminio con contenidos indeterminados. Asintió a las dos detectives y luego dirigió su atención a una colección de instrumentos y equipos en un mostrador que recorría toda la longitud de la pared trasera—.

Simon y yo empezamos hace media hora, así que os habéis perdido lo peor.

Kay soltó el aliento que había estado conteniendo.

—¿Has logrado obtener más información sobre cómo lo mataron?

Lucas suspiró y señaló el cuerpo frente a él. —No es sencillo, me temo. Tiene laceraciones en los antebrazos, varias costillas rotas, la pelvis fracturada... podéis ver aquí lo mal que tiene las piernas rotas. Eso me sugiere una lesión por un gran impacto, pero estoy esperando los resultados de las radiografías para aclararlo. Simon está realizando algunas pruebas en el hígado, corazón y páncreas allí. También hay marcas de ligaduras en sus muñecas, lo que sugiere que fueron atadas con bridas de plástico similares a las encontradas alrededor de uno de sus tobillos. En una primera inspección, podemos ver lesiones por compresión en los órganos vitales, todos ellos, no solo los que Simon ha estado analizando. Cuando termine aquí, haré algunas llamadas a algunos colegas míos en el área del Gran Londres porque hay algunos puntos que quiero discutir con ellos antes de continuar.

—¿Tienes una causa de muerte? —preguntó Kay.

El patólogo soltó una risa sin humor y luego se encogió de hombros. —Es difícil determinarla en este momento. Cualquiera de esas lesiones habría sido suficiente para matarlo. O el shock de cualquiera de estas lesiones podría haber causado un ataque al corazón. Solo tenemos que averiguar el orden en que se produjeron. Las yemas de sus dedos y la piel de sus manos nos llevan a creer que trabajaba como obrero manual. Había rastros de astillas en la palma de su mano, y sus uñas, las que no están rotas, parecen desgastadas.

—Así que no era un trabajador de oficina, entonces.

—No lo creo. Incluso si fuera un jardinero entusiasta o un manitas en su tiempo libre, este tipo de desgaste se acumula durante un largo periodo de tiempo, quizás años.

—¿Qué hay de las lesiones antiguas? —dijo Carys —. ¿Hay algo como trabajo dental o placas de titanio en alguna lesión de pierna o brazo, por ejemplo, que pueda usarse para identificarlo?

—Le quedaban media docena de dientes en la boca cuando lo trajimos aquí —dijo Lucas—. Dos más se cayeron durante el transporte, y por supuesto Harriet y su equipo recogieron el resto en la escena.

—Tengo algunos de ellos aquí —dijo Simon, y levantó una bandeja de aluminio—. El resto ha sido enviado a la especialista.

Carys arrugó la nariz cuando el asistente de laboratorio sacudió la bandeja y su contenido resonó. —¿Alguna pista entre todo eso?

—No había ido al dentista en mucho tiempo — dijo Simon—. Pero no, no hay dentaduras postizas ni implantes con los que podamos trabajar.

—Hay una lesión antigua en el hueso del tobillo —dijo Lucas, y les hizo señas para que se acercaran a lo largo de la mesa hasta los pies del hombre—. Será más fácil mostrároslo una vez que tenga las radiografías a mano, pero podéis ver que la piel está ligeramente elevada aquí; esto ha sido roto antes, y dada la forma en que la piel ha cicatrizado, me inclino a pensar que esta lesión tiene varios años. Ciertamente no la sufrió al mismo tiempo que todas estas otras.

Kay contuvo la frustración que amenazaba con surgir. —¿Qué hay de su edad? ¿Alguna idea más sobre eso?

—No puedo precisarlo mucho más que decir que está entre finales de los cuarenta y principios de los cincuenta.

—Y no puedes darnos una causa de muerte hasta que escuches de tus colegas en el Gran Londres...

—Lo siento, Kay. —Se encogió de hombros—. Le he pedido a Brian o a Hugo que me llamen lo antes posible. Saben que es urgente; espero tener noticias de ellos esta mañana. Tan pronto como lo haga, y si pueden arrojar algo de luz sobre esto, te llamaré.

—Gracias, Lucas. Lo entiendo, es frustrante, eso es todo. No sabemos nada de él. Nos preguntábamos si el tatuaje en su bíceps podría ser militar —dijo Kay—. Sharp va a hablar con algunos de sus contactos ex militares.

—Bueno, dado el estado de su fisiología, no ha estado en las fuerzas armadas durante mucho tiempo. Simplemente no tiene la definición muscular.

—Un verdadero hombre misterioso entonces —dijo Kay.

Como si percibiera la decepción en su voz, Lucas agitó un dedo.

—Aún no me doy por vencido con él —dijo—. Tengo algunas ideas sobre esto, pero quiero asegurarme de que mis hechos sean correctos antes de enviarlos por el camino equivocado con sus investigaciones.

CAPÍTULO 8

Ian Barnes sorbió su té, se subió las gafas de lectura y acercó su silla al escritorio.

Un zumbido constante de actividad llenaba la habitación a su alrededor, un ruido blanco que fluctuaba dentro y fuera de su conciencia mientras trabajaba. El traqueteo de la fotocopiadora al detenerse bruscamente contrastaba con el incesante timbre de los teléfonos fijos y móviles mientras cada uno de los detectives trabajaba en las tareas que Kay les había asignado en la reunión informativa de esa mañana, tratando de avanzar en sus investigaciones.

Un fino velo de condensación se aferraba a los cristales de las ventanas mientras el constante zumbido del tráfico en Palace Avenue pasaba por debajo. A lo lejos, sonó una sirena y Barnes hizo una pausa en su trabajo por un momento antes de determinar que pertenecía a una ambulancia y no a uno de los coches patrulla de sus colegas.

La puerta se abrió de golpe cuando Kay entró apresuradamente a la habitación con Carys pisándole los talones, su emoción era palpable.

—Todos, al frente de la sala ahora —dijo—. Hemos tenido un avance y necesito toda su atención.

Barnes arqueó una ceja mientras ella arrojaba su bolso debajo del escritorio después de sacar su libreta. —Supongo que Lucas ha dado en el clavo, ¿no?

—No vas a creer esto, Ian —dijo ella—, pero creo que sí. Vamos, te explicaré todo.

Bloqueó su pantalla, empujó el teclado a través del escritorio y siguió a la inspectora mientras ella serpenteaba entre los policías y el personal administrativo que se reunían, sus expresiones una mezcla de confusión e intriga.

Las voces se apagaron cuando Kay llegó a la pizarra y se volvió para enfrentarlos, y Barnes asintió a Gavin en agradecimiento mientras tomaba una silla libre junto al agente.

Carys se mantuvo en la periferia del grupo, su atención centrada en Kay. Barnes podía sentir la impaciencia de su colega mientras los últimos miembros del equipo de investigación se unían a ellos, empujándose por el espacio.

—Bien, ¿estáis todos aquí? —dijo Kay—. Carys y yo asistimos a la autopsia de nuestra víctima esta mañana, cuya identidad sigue siendo desconocida por el momento. El informe de Lucas Anderson ha sido enviado por correo electrónico a Debbie. ¿Ya está en HOLMES2?

—Lo haré inmediatamente después de esta reunión, jefa —dijo la policía.

—Por favor, hazlo. Ayudará si todos lo leéis para familiarizaros con el alcance de las lesiones de nuestra víctima y lo que estoy a punto de deciros. — Kay golpeó con los nudillos la fotografía en el centro de la pizarra, una imagen que mostraba a la víctima despatarrada entre los surcos fangosos del campo—. Lucas estaba esperando noticias de uno de sus colegas en el área del Gran Londres antes de estar dispuesto a dar su opinión final sobre la causa de la muerte después de la autopsia, pero me llamó mientras regresábamos. Según su contacto, y Lucas ha confirmado que, en lo que a él respecta, las lesiones de la víctima respaldan completamente sus afirmaciones, nuestro hombre cayó de una aeronave.

Barnes saltó en su asiento mientras las voces explotaban a su alrededor.

Rostros conmocionados se miraron unos a otros, la cacofonía alcanzó un crescendo antes de que la voz de Kay los atravesara a todos.

—Silencio, por favor. calmaos y os explicaré lo que hemos aprendido en la última media hora.

Se removió en su asiento y pasó a una nueva página en su libreta, ansioso por descubrir lo que sus colegas sabían, y casi (casi) deseando haber sido él quien hubiera ido a la autopsia.

Carys se apoyó contra un archivador mientras su mirada recorría la habitación, una sonrisa conocedora en sus labios mientras evaluaba las reacciones de sus colegas.

—Antes de explicaros las noticias que acabamos de recibir, repasaré los aspectos básicos del informe. Nuestra víctima tiene entre cuarenta y cincuenta años, pesa alrededor de noventa y cuatro kilogramos, y antes de golpear el suelo, Lucas estima que su altura era de alrededor de un metro ochenta. El impacto le rompió las piernas en varios lugares, por eso en las fotografías parece ser más bajo.

—No era un tipo pequeño, entonces —dijo Gavin.

—Correcto —dijo Kay—. El contacto de Lucas en Londres Central revisó sus hallazgos y dijo que la única vez que ha visto lesiones como las encontradas en nuestra víctima fue en un caso donde un polizón cayó del tren de aterrizaje de una aeronave mientras descendía hacia Heathrow. Ese polizón aterrizó en un parque de patinaje y, afortunadamente, no mató a nadie que estuviera en el parque en ese momento. Sin embargo, en ese caso, la víctima habría sufrido falta de oxígeno e hipotermia primero, y luego habría caído porque habría estado inconsciente, si no cerca de la muerte, cuando se bajó el tren de aterrizaje. El otro problema que tenemos es que, además de las lesiones que tenía el polizón con destino a Londres, estaba cubierto de hielo, y mucho, debido a la altitud de crucero del avión antes de aterrizar. Así que estamos cerca, pero aún hay lagunas en nuestro conocimiento de los hechos.

La inspectora cruzó los brazos mientras comenzaba a caminar por la alfombra. —Tengo tres problemas con los hallazgos de Lucas. No digo que esté equivocado, pero las implicaciones para esta investigación nos van a poner a prueba. Primero, a menos que hubiera un problema importante con un vuelo internacional la semana pasada que no haya sido revelado por las autoridades de Heathrow o Gatwick, ninguna aeronave bajaría su tren de aterrizaje tan lejos de esos aeropuertos. Segundo, habríamos recibido cientos de quejas de los residentes si una aeronave comercial estuviera volando tan bajo sobre Kent. Ya es bastante malo cuando hay espectáculos aéreos. Tercero, nuestra víctima estaba desnuda. ¿Dónde está su ropa? El contacto de Lucas en Londres dice que el único caso que ha visto donde los cuerpos han caído del cielo en ese estado es cuando el avión en el que viajaban se desintegró en pleno vuelo. El efecto repentino de las velocidades del viento en altitud o una corriente de aire puede arrancar la ropa de los cuerpos.

Laura Hanway levantó la mano. —Jefa, disculpa que diga lo obvio, pero si nuestro hombre se estaba escondiendo en el tren de aterrizaje y se congeló hasta morir, seguramente cualquier hielo se habría derretido rápidamente. ¿Lucas encontró algún rastro de congelación entre las otras lesiones de la víctima?

—No, no lo hizo. Tampoco encontró rastros de hipotermia, lo que habría sido consistente con esas temperaturas extremas. —El rostro de Kay estaba sombrío cuando sus ojos se encontraron con los de Barnes—. No hay una manera fácil de decir esto, pero Lucas afirma categóricamente en su informe que, dados los hechos y la evidencia disponible para él en este momento, nuestra víctima no estaba inconsciente cuando cayó. Sus pulmones contenían partículas de tierra que coinciden con las muestras tomadas del campo donde fue encontrado. Tomó sus últimos alientos boca abajo en ese barro.

Un silencio atónito recibió sus palabras, y Barnes tragó saliva.

—Pobre desgraciado —dijo.

—Lo sé —dijo Kay. Paseó la mirada por los oficiales reunidos—. Así que tenemos a un hombre muerto, con lesiones similares a las sufridas por un polizón el año pasado, sin signos de congelación que indicarían que cayó desde una altura idéntica a la de incidentes conocidos de polizones, y no hemos recibido informes de residentes locales sobre el paso de grandes aeronaves la semana pasada. Eso me deja con una conclusión por ahora: que nuestra víctima cayó de una aeronave, pero no tan grande como un avión comercial, y no desde una altura que lo habría hecho perder el conocimiento antes de golpear el suelo. Y, dado que no hemos recibido informes de miembros del público que hayan visto que sucediera, lo más probable es que ocurriera de noche. En cuanto a su ropa, no tengo idea.

—¿Crees que fue un accidente? —preguntó Barnes, golpeando el extremo de su bolígrafo contra su rodilla—. ¿Tal vez algún tipo de broma de un club de paracaidismo que salió mal?

—Quizás —dijo Kay—. Ciertamente no lo descarto hasta que sepamos lo contrario.

—No se reportó nada de los equipos de búsqueda en los campos adyacentes, jefa —dijo Carys—. Y el equipo de Investigación de la Escena del Crimen de Harriet no encontró nada parecido a un paracaídas en los setos o la maleza cerca de donde se encontró el cuerpo.

—Bueno, si algo cambia, aseguraos de que se informe —dijo Kay—. Mientras tanto, estas son vuestras tareas para el resto de la semana, todos. Quiero que contactéis con clubes locales de paracaidismo, para averiguar si ha habido informes de actividades extracurriculares en la zona. Quiero un registro de todos los aeródromos registrados en el área recopilados y puestos a disposición del equipo, y quiero que nuestra búsqueda incluya a cualquiera con licencia de piloto, incluyendo ultraligeros y microligeros. También necesitamos establecer cuáles son las reglas con respecto a los saltos nocturnos, porque no puedo imaginar que nadie notara a un tipo cayendo por el aire a plena luz del día. Marcad cualquier cosa inusual para cada informe y tomaremos una decisión sobre cuándo y cómo seguirla, especialmente si esas actividades incluyen a alguien que decide saltar de un avión sin ropa.

Cuando se pasó una mano por el pelo, Barnes pudo ver los esfuerzos de su colega por no dejarse abrumar por el rápido giro de los acontecimientos, y una oleada de orgullo creció en su pecho.

—Eso es todo—dijo, y forzó una sonrisa—. No dije que iba a ser fácil, ¿verdad?

CAPÍTULO 9

Kay regresó a su escritorio y exhaló mientras el equipo se dispersaba a su alrededor, formando parejas o trabajando en grupos más pequeños para difundir la información y las tareas que les había asignado para las próximas cuarenta y ocho horas.

Envió un mensaje de texto a Adam para avisarle que llegaría tarde a casa, y luego levantó la mirada cuando Barnes se acercó.

—Vaya resultado impresionante, jefa.

—¿Verdad que sí? ¿Todo lo demás bien por aquí?

Él asintió. —Todo bajo control. Debbie ha introducido en el sistema todas las declaraciones del puerta a puerta, y ella y Phillip las cotejarán una vez que suba el informe de Lucas. Gavin y Laura han pasado a revisar el resto de las grabaciones de videovigilancia que recibimos esta mañana de un par de moteles de la zona, y yo me muero por un café. ¿Vienes a dar un paseo?

Ella metió el móvil en su bolso y sonrió. —¿Sabes qué? Suena como una maldita buena idea. Dios sabe cuándo volveremos a tener un descanso, así que busquemos algo de comer también. Yo invito.

El rostro de Barnes se iluminó. —Sabía que me caías bien por algo, jefa.

—Ja, ja.

Cinco minutos después, Kay y Barnes habían cruzado Palace Avenue y caminaban por East Street pasando una hilera de despachos de abogados distribuidos a lo largo de la concurrida calle.

—Buen momento, Ian. Media hora más tarde y habríamos tenido que lidiar con toda esta gente —dijo Kay—. ¿Dónde te apetece ir?

Él miró por encima del hombro y luego la guio hacia la zona peatonal de Bank Street. —No hace demasiado frío. ¿Compramos algo en el café de aquí y nos sentamos junto al río? Hay menos posibilidades de que nos escuchen.

—Suena bien. ¿Te parece bien media hora? Quería hablar con Gavin para ver cómo le va a Laura antes de intentar ponerme al día con Sharp.

—Sin problema. Adelante.

—Gracias.

Kay entró por la puerta que él mantenía abierta, el aroma de pasteles salados recién horneados, hierbas y especias envolviéndola mientras miraba el menú en la pizarra clavada en la pared. Dejó de lado el plan de comer un simple sándwich y pidió una de las empanadas, casi salivando cuando el dueño del café usó unas pinzas para colocarla en una bolsa de papel antes de entregársela.

Una vez que su colega tenía su almuerzo para llevar, un pastel de pollo, y sus cafés estuvieron listos, se dirigieron a su lugar favorito en el camino de sirga del río, a solo un corto paseo de distancia.

Para cuando Kay se sentó en el banco de madera detrás del Archbishop's Palace, la empanada se había enfriado lo suficiente para comer y gimió de placer al dar el primer bocado.

—Buena elección, Ian. Hacía siglos que no comía una de estas.

—Por el amor de Dios, no se lo digas a Pia. Se supone que debo perder peso antes de irnos de vacaciones en junio.

—Tu secreto está a salvo conmigo.

—¿A qué hora vas a la Jefatura?

—Sobre las dos. Sharp iba a llamar a algunos viejos contactos del ejército sobre ese tatuaje, y espero que tenga algunas noticias para mí sobre nuestra víctima. Cualquier cosa sería de ayuda en este momento, aunque sea un regimiento en particular o un grupo de personas con quienes podamos contactar. No me hace gracia la perspectiva de tener que revisar todos los registros de personal que deben tener viviendo en Kent. Y eso si nuestra víctima es de esta zona. Si vivía más lejos, no sé qué vamos a hacer.

—¿Por qué crees que cayó en ese campo, entonces? —dijo Barnes, usando una servilleta para limpiar la salsa que le había goteado en la barbilla—. Debes tener algún tipo de teoría que no quisiste plantear al equipo, para evitar que se centraran solo en eso.

Ella se encogió de hombros, terminó su bocado y luego entrecerró los ojos mirando hacia donde estaban amarrados los barcos turísticos. —No lo sé, para ser honesta. Hay una parte de mí que se pregunta si es algo como una despedida de soltero que salió mal... Quiero decir, seamos realistas, hemos visto suficientes borrachos desnudos y estúpidos que han terminado en Urgencias a lo largo de los años, o muertos.

—Todos los clubes de paracaidismo y ese tipo de cosas tienen que estar registrados, ¿no?

—Sí. Por eso quería que se verificaran y

contabilizaran todas las licencias de piloto en la zona, no solo las relacionadas con los clubes. Si se trata de un accidente, entonces una fiesta privada en lugar de una a través de un club establecido podría haber estado infringiendo las normas y tendría sentido que guardaran silencio sobre un accidente.

—Eso requeriría mucho esfuerzo. —Barnes terminó su pastel, extendió la mano para tomar la bolsa de papel desechada de Kay y caminó hacia el contenedor junto al sendero. Estaba frunciendo el ceño cuando regresó—. La culpa no es una emoción fácil de ocultar, y un secreto así dentro de un grupo de personas sería difícil de contener. Alguien acabará hablando eventualmente.

—Lo sé. —Kay se levantó del asiento y se sacudió la parte trasera de los pantalones antes de caminar junto a él.

Echó la cabeza hacia atrás hasta que pudo apreciar la ornamentada piedra de la Iglesia de Todos los Santos mientras pasaban. Disfrutaba de este remanso de tranquilidad dentro del ajetreado centro de la ciudad y saboreaba el exuberante entorno verde que suavizaba la arquitectura de hormigón y asfalto más allá de los jardines paisajísticos.

Haciendo una pausa, se volvió hacia su colega que estaba revisando su móvil. —Ian, si no fue un accidente, ¿qué tipo de persona empujaría a un hombre desde una aeronave en pleno vuelo? ¿Y se tomaría todas esas molestias quitándole toda la ropa y cualquier identificación primero?

Él respiró hondo mientras recorría con la mirada las antiguas lápidas a su izquierda. —Odio decirlo, pero si tienes razón, me inclino a pensar que han matado antes. Es demasiado calculado; demasiado bien planeado.

—Lo sé. Comparando los dos escenarios, de alguna manera espero que sea simplemente un accidente que no se ha denunciado, y que quienquiera que esté involucrado está tratando de distanciarse de lo que salió mal.

—Podrías decir que nuestra víctima voló bajo el radar, entonces —dijo Barnes, con hoyuelos apareciendo en sus mejillas.

Kay entrecerró los ojos mirándolo. —La próxima vez tú invitas el almuerzo.

CAPÍTULO 10

Carys se puso a caminar al lado del sargento Harry Davis y se abrochó la chaqueta.

El zumbido constante de una avioneta llegó a sus oídos, y se giró a tiempo para verla rodar por la pista de césped antes de elevarse en el aire.

Había un hangar de ingeniería en el lado más alejado del estacionamiento, detrás de una cerca de alambre, con las puertas dobles abiertas de par en par y el sonido de la maquinaria llegando hasta donde caminaban. Todo el aeródromo bullía de actividad frenética, como si todos estuvieran aprovechando al máximo el alivio en el clima antes de que se instalara una ráfaga de lluvia pronosticada.

—¿Estás bien? —dijo Harry, metiendo las llaves

del coche en su bolsillo—. Estuviste un poco callada en el camino.

Ella sonrió. —Sí, bien. Gracias, solo estaba pensando en el caso, eso es todo.

—Es un caso extraño, ¿no? ¿Crees que Lucas tiene razón y nuestro hombre se cayó de una aeronave?

—Si eso es lo que indican las lesiones, y su contacto en Londres cree que coincide con ese polizón de hace unos años, entonces me inclino a creerle.

—Una forma horrible de morir. —El sargento mayor se estremeció, luego se animó—. Aunque me saca del uniforme por unos días mientras los ayudo, así que no me quejo.

—Es una locura en este momento. Escuché a Kay y Sharp hablando la semana pasada, y la Jefatura no puede proporcionarles personal. No hay suficientes graduados que pasen por el proceso de reclutamiento y entrenamiento, y hay una congelación de ascensos en la División Oeste, o eso he oído.

—Es lo mismo en uniforme —dijo Harry—. Demasiados turnos y no hay suficientes de nosotros para cubrirlos. Voy a tener que volver a revisar el horario para el fin de semana tal como está.

Carys inclinó la cabeza y olfateó el aire. —Puedo oler algo cocinándose.

—Hay una cafetería al lado del edificio principal. ¿Quieres comer algo antes de que empecemos con las entrevistas?

Ella miró las mesas de picnic y las sombrillas que se agitaban con el viento frío que soplaba desde el campo de aviación más allá, y negó con la cabeza. —Después. Huele bien, ¿verdad?

Harry le abrió la puerta hacia el área de recepción del aeródromo, y ella recorrió con la mirada el tablón de corcho fijado en la pared derecha.

Coloridos folletos mostraban paracaidistas en tándem sonrientes, con los brazos extendidos mientras caían por un cielo azul. Junto a estos, se habían clavado una serie de avisos de salud y seguridad al lado de más folletos que ofrecían lecciones de vuelo, espectáculos aéreos y más.

—Buenos días, ¿puedo ayudarles?

Ella dirigió su atención al hombre que estaba detrás del mostrador de recepción, con rostro entusiasta. Estaba a finales de sus treinta, con cabello rubio un poco largo, y su deleite ante la perspectiva de nuevos clientes se desvaneció cuando ella sacó su placa e hizo las presentaciones.

—¿Y usted es? —dijo ella.

—Michael Childs. Soy uno de los instructores aquí. ¿Hay algún problema?

—En realidad, esperábamos que pudiera ayudarnos. Es sobre el club de paracaidismo de aquí. ¿Hay alguien con quien podamos hablar sobre eso?

—Yo podría responder sus preguntas. Hago algunos vuelos para los paracaidistas en tándem los fines de semana si falta un piloto.

—Genial, gracias. —Carys sacó un boceto de artista que se había creado usando una composición de imágenes del rostro de la víctima y se lo entregó —. ¿Lo reconoce?

Childs tomó el boceto y levantó una ceja. —No puedo decir que sí. ¿Es un piloto?

—Creemos que era un paracaidista —dijo Harry —. O un practicante de paracaidismo deportivo. En este momento, estamos tratando de identificarlo.

—No creo que haya estado aquí. He estado volando aquí desde hace casi seis años y conozco a la mayoría de los habituales.

—¿Podría proporcionarnos una lista de sus nombres? —dijo Carys.

—Tendré que consultarlo con el jefe, pero deme su dirección de correo electrónico y si él dice que está bien, se los enviaré.

—Gracias. —Ella le entregó una de sus tarjetas de

visita y guardó el boceto en su bolso—. ¿Qué hay de los paracaidistas ocasionales?

—¿Se refiere a los que tienen tarjetas de regalo y cosas así para saltos en tándem? Sí, estamos obligados a mantener un registro de todos ellos también. Tenemos que hacerlo: no pueden saltar sin un certificado médico que haya sido aprobado por su médico habitual. Sin formulario, no se vuela, como decimos.

—¿Es así? —Carys miró a Harry y luego de nuevo a Childs—. Mire, esto va a sonar extraño, pero ¿qué pasa con las personas que quieren hacer algo un poco diferente cuando saltan?

—¿Como qué?

Ella sintió que el calor subía a sus mejillas bajo los ojos verdes del instructor de vuelo, pero continuó. —¿Qué pasa si alguien quisiera saltar de un avión desnudo?

Childs soltó una carcajada, un ruido gutural que hizo eco en las delgadas paredes de la oficina. Se limpió los ojos y le sonrió. —Sería un hombre valiente el que intentara eso, y más en esta época del año.

—¿Nunca ha oído de alguien que hiciera eso? —dijo Harry.

—No —dijo Childs, con el rostro serio—. Y

tampoco lo permitiríamos. De hecho, no me imagino que ningún club lo permita, no si quieren mantener su licencia. ¿De qué se trata todo esto, de todos modos?

—Voy a tener que pedirle que mantenga esto confidencial por el momento, ya que hasta que podamos identificarlo, no podemos informar a su familia, pero estamos investigando la muerte de un hombre cuyo cuerpo fue descubierto en un campo a un par de millas al sur de Sevenoaks —dijo Carys—. Lo último que queremos es que esto se filtre a la prensa; sería traumático para sus familiares.

—No hay problema, pueden contar conmigo.

—Gracias. Si pudiera avisarme cuándo podrá enviar esa lista de miembros del club, se lo agradecería.

—No hay problema. —Agitó la tarjeta de visita de ella y sonrió—. Tengo su número de teléfono y correo electrónico.

—Gracias. —Carys le devolvió la sonrisa y se dirigió hacia la puerta.

—¿Qué tan alto dijo que era?

Ella se detuvo y se giró, con los dedos en el pomo de la puerta. —Poco más de un metro ochenta.

—¿Sabe cuánto pesaba?

Ella frunció el ceño, captó la expresión perpleja

de Harry y luego volvió al mostrador. —Sí, casi noventa y cinco kilos. ¿Por qué?

Childs frunció el ceño. —Si ese es el caso, entonces no se le habría permitido saltar. Ningún piloto en su sano juicio lo habría dejado.

—¿Por qué no?

—Tenemos restricciones de peso establecidas: cualquiera que pese más de noventa y dos kilos es demasiado pesado. Desequilibraría la aeronave al saltar, y eso puede tener consecuencias catastróficas para el piloto porque altera el centro de gravedad. Es demasiado peligroso.

—¿Es lo mismo en todos los clubes?

—Es una norma de la Asociación Británica de Paracaidismo. No hay forma de evitarla, a menos que fuera parte de un club privado. —Arrugó la nariz—. Pero sería un riesgo enorme.

—Última pregunta —dijo Carys, con el bolígrafo suspendido sobre su libreta—. ¿Qué hay del paracaidismo nocturno?

—Dios mío, no, aquí no. Ni hablar. —Childs guiñó un ojo—. Dejamos ese tipo de locuras para los paracaidistas militares.

CAPÍTULO 11

Kay se frotó los ojos cansados y logró sonreír mientras su equipo de investigación se abalanzaba sobre los bocadillos de beicon y huevo que Debbie West había pedido en la cafetería al final de la calle.

Una mirada al volumen de información que se había recopilado al finalizar su turno la noche anterior, y había tomado la decisión de convocar un inicio temprano para informar al equipo y organizar un cronograma para el fin de semana.

—¿Nos estás sobornando, jefa? —dijo el policía Phillip Parker. Se sentó en una silla cerca del frente del semicírculo que se había formado cerca de la pizarra, y hundió los dientes en el grasiento bocadillo.

—Como siempre —respondió ella—. ¿Cómo te fue ayer?

Él tragó y se lamió los dedos.

—Hemos terminado de recopilar la lista de aeródromos, incluyendo a cualquiera que use terrenos privados para volar microligeros y ultraligeros. Los ingresaremos en HOLMES2 esta mañana.

—Gracias, Phillip. Parece que tienes toda la información bajo control.

—Estamos avanzando, jefa.

Kay se levantó de su posición en la mesa junto a la pizarra mientras el resto del equipo comenzaba a agruparse. Asintió a Sharp, que salió de su oficina sosteniendo su teléfono móvil, y dio inicio a la reunión informativa.

—En primer lugar, ¿alguien obtuvo una identificación positiva de nuestra víctima o alguna pista sobre quién podría ser de las declaraciones que tomasteis ayer?

Un murmullo de respuestas negativas encontró su pregunta.

—No importa, supongo que era una posibilidad remota —dijo—. Mientras tanto, he recibido un correo electrónico de Lucas Anderson esta mañana. Simon Winter ha estado realizando algunas pruebas en los órganos vitales de nuestra víctima y tuvo algunos resultados interesantes que informar. Al parecer, nuestro hombre sufría un grado de enfermedad cardiovascular que podría haber contribuido a dolores en el pecho o dificultad para respirar; como ya era un hombre corpulento, habría empezado a mostrar signos de enfermedad cardíaca que, sin tratamiento, podrían haber resultado fatales en dos o tres años sin atención médica.

Carys levantó la mano.

—¿Sí?

—Jefa, cuando hablamos con el recepcionista del aeródromo de Headcorn ayer, dijo que nuestra víctima era demasiado pesada para que se le permitiera hacer un salto en paracaídas. Dado que también tenía un corazón en mal estado y no se le habría expedido un certificado médico para saltar...

—No parece ser el caso de que dejara la aeronave por voluntad propia —dijo Kay—. Lo que ahora tenemos que establecer es si subió al avión por elección propia o si fue coaccionado o forzado.

—Era un tipo grande —dijo Barnes—. No puedo imaginar que se hubiera subido al avión si hubiera sabido cómo iba a terminar todo para él.

Kay tomó la copia del informe de la autopsia que había estado revisando.

—Lucas señala aquí que había rastros de fibras bajo las uñas de la víctima, y desgarros en la piel alrededor de las palmas y las yemas de los dedos. Si hubo una lucha, o intentó aferrarse antes de caer a su muerte, entonces podrías tener razón en eso. Debbie, ¿puedes asegurarte de hacer una referencia cruzada de eso en HOLMES2? Si llegamos a un punto en el que tenemos suficiente evidencia para respaldar lo que Barnes ha sugerido, tendremos que sacar todos los registros de las aeronaves que han registrado planes de vuelo en esta área y echar un vistazo a qué interiores podrían coincidir con estas fibras. Con suerte, si llegamos a ese punto, los fabricantes podrán ayudarnos.

—Lo haré, jefa.

Mientras el equipo se dispersaba de vuelta a sus escritorios, Kay vio a Sharp hacerle señas.

Se apresuró a acercarse y lo siguió a su oficina.

—¿Qué ocurre, jefe?

—Cierra la puerta, Kay, y toma asiento. Esto podría llevar un tiempo explicarlo.

El comisario llevaba una expresión agobiada, con el ceño fruncido en concentración mientras reunía notas informativas, actas de reuniones e informes, y luego los empujaba hacia la bandeja junto a la pantalla de su ordenador.

Su desgastada silla tapizada en cuero crujió cuando se sentó, y se reclinó, apoyando las manos sobre la superficie picada del escritorio, y quitó polvo imaginario de su superficie.

Kay sabía que su disciplina militar significaba que guardaba un paño de limpieza y abrillantador de muebles en el cajón inferior del archivador, pero no dijo nada mientras él organizaba sus pensamientos.

Finalmente, su mirada se encontró con la de ella.

—Parte de lo que estoy a punto de contarte no puede ser compartido con el equipo —dijo—. Así que confío en que escucharás toda la historia, y luego decidiremos entre nosotros qué podemos divulgar para avanzar en esta investigación. ¿Entendido?

—Por supuesto, jefe. —Kay colocó su libreta y bolígrafo sobre el escritorio antes de cruzar las manos en su regazo—. ¿De qué se trata?

—Uno de mis viejos contactos del ejército logró rastrear los orígenes de ese tatuaje. Como sospechábamos, se pensaba que solo un puñado de soldados lo tenían, y debido a eso, ha sido pura suerte que hayamos conseguido esta pista. —Tamborileó con los dedos sobre el escritorio, luego se detuvo—. Intentaré ser breve. En 1999, un equipo de especialistas de un regimiento de infantería decidió infiltrarse en un conocido bastión enemigo en una ciudad de Kosovo. No sé cuánto recuerdas del conflicto, pero fue un desastre sangriento.

Parpadeó y luego exhaló.

—Lo siento. Fue hace tiempo, pero...

—No sabía que habías estado allí, jefe.

—Solo brevemente, como parte de un grupo de observación. —Negó con la cabeza, una tristeza nublando sus ojos—. Tan frustrante, no poder hacer nada para ayudar.

Kay se mordió el labio y bajó la mirada a sus manos. Después de unos momentos, Sharp se aclaró la garganta.

—Los hombres que se hicieron ese tatuaje se rumoreaba que ya habían tenido suficiente de lo que habían visto. Una noche, partieron de un campamento improvisado y se dirigieron a una base en la montaña que era uno de los tres bastiones pertenecientes a una de las bandas de crimen organizado que operaban libremente.

—No hace falta decir que las bandas tenían muy poco que ver con las fuerzas armadas de ese país fracturado, pero todo que ver con bienes del mercado negro que se estaban introduciendo y sacando de contrabando, incluyendo esclavos sexuales (mujeres y niños) a través de Europa y hacia el Medio Oriente.

Kay apretó la mandíbula. —bastardos. ¿Los soldados los detuvieron esa noche?

Sharp negó con la cabeza y recogió un clip suelto

de su teclado. —No, eso estaba más allá de sus capacidades; solo eran seis contra un contingente de al menos veinte. Mis contactos no pueden verificar todos los hechos; después de tantos años, es difícil descifrar qué es verdad y qué se ha convertido en mito y leyenda. Lo que se sabe es que esos seis hombres rescataron a catorce mujeres y niños de esa base en la montaña, escaparon sin perder ninguna vida de ese equipo de seis hombres, e insistieron en que los refugiados fueran evacuados bajo el amparo de la oscuridad la noche siguiente. Los sacaron de contrabando a través de la frontera hacia un lugar seguro. —Logró esbozar una sonrisa—. Como te puedes imaginar, se armó un escándalo cuando los altos mandos se enteraron, pero para entonces no había mucho que pudieran hacer al respecto. No podían simplemente devolver a los refugiados a sus captores; todos sabemos lo que ocurría allí durante ese tiempo.

—¿Qué les pasó? —preguntó Kay.

—Fueron transportados con un convoy de suministros médicos esa mañana; el comandante de la base no podía esperar para deshacerse de ellos. Para entonces, era bastante conocido que el campamento estaría bajo vigilancia del cártel una vez que se corriera la voz de que esos refugiados habían sido rescatados y llevados allí, y el deber del comandante era mantener a sus hombres a salvo. —Desenrolló el clip mientras hablaba, retorciendo el fino alambre alrededor de su pulgar—. Por suerte, recibieron la noticia a través de la red de traductores e informantes de que la banda criminal se había marchado, y que creían que las mujeres y los niños habían intentado escapar por su cuenta pero habían perecido en las condiciones de la montaña. Nunca supieron que el equipo de seis hombres había estado allí.

Los hombros de Kay se relajaron. —Gracias a Dios. ¿Y qué hay de los hombres? ¿Los seis soldados que los rescataron?

Sharp se aclaró la garganta y alcanzó un vaso de agua junto al teléfono de su escritorio. Tomando un sorbo, la contempló por encima del borde del vaso antes de dejarlo.

—Ahí es donde se pone interesante —dijo—. Obviamente, el comandante del campamento no podía permitir que se corriera la voz sobre lo que habían hecho; estaría invitando a represalias contra la base y el resto de sus hombres. Por la misma razón, no podía parecer que aprobaba lo que los seis hombres bajo su mando habían hecho; de lo contrario, todos habrían estado haciendo sus propias misiones de rescate, poniendo en riesgo todo el delicado proceso de las negociaciones de alto al fuego.

—Entonces, ¿qué hizo?

—La única opción sensata que tenía a su alcance, y una que sabía que sería apoyada por sus superiores. Los dio de baja a los seis. Los envió de vuelta al Reino Unido tres días después. Se rumorea que fueron interrogados en Brize Norton a su llegada, se les ordenó no hablar sobre su misión con nadie bajo amenaza de procesamiento, y se les dijo que habían perdido todos sus derechos a la pensión del ejército por insubordinación y por poner en riesgo las vidas de sus compañeros.

—Joder —dijo Kay—. Pero eran héroes.

—Tal vez, pero no se podía confiar en que siguieran órdenes —dijo Sharp—. Piénsalo de esta manera: ¿qué hubiera pasado si los hombres del enemigo hubieran visto a esas mujeres y niños en un campamento del Ejército Británico? ¿Qué habría sucedido entonces?

—¿Qué pasó con los soldados? —preguntó Kay—. ¿Simplemente tomaron caminos separados?

—Eventualmente, según mi contacto. Se les permitió salir de la base después de las sesiones de interrogatorio, hasta que se firmó todo el papeleo. Fue entonces cuando creo que se hicieron los tatuajes, para recordar lo que habían hecho. A pesar de todo, creían que era lo correcto.

Kay se pasó una mano por el pelo. —Dios mío, jefe. Es una historia increíble, pero ¿cómo nos ayuda esto? ¿Tu contacto tenía una nota con sus nombres?

La boca de Sharp se estrechó. —Desafortunadamente, no. Como dije, es difícil discernir cuánto de la historia se ha convertido en leyenda urbana, en lugar de hechos. Sin embargo, pudo averiguar que uno de los hombres provenía del área de Thanet, y que estuvo en el regimiento de infantería por un tiempo antes de ser dado de baja. —Levantó la mano—. Y, antes de que preguntes, no; no tenemos un nombre ni datos de contacto porque el archivo está sellado. Nadie va a mirar eso durante al menos otros cincuenta años.

—Pero ¿cree que volvió a la zona de Kent? —preguntó Kay.

—Esa es su opinión, sí. —Sharp alcanzó el ratón de su ordenador e hizo clic para abrir un buscador—. Hay algunas asociaciones de veteranos en la zona, así que mientras el resto del equipo trabaja en esa lista de aeródromos este fin de semana, me gustaría que empezaras a hablar con estas. Con cuidado, eso sí. Veamos qué puedes averiguar en los próximos días, y luego discutiremos los siguientes pasos.

—Lo haré, jefe.

—Te enviaré esta lista por correo electrónico.

—Gracias. —Kay se levantó de su silla, recogió su libreta y bolígrafo, y luego frunció el ceño—. Jefe, ¿crees que nuestra víctima fue asesinada como represalia por esa misión de rescate de hace tantos años? Tal vez uno de los comandantes en jefe sobrevivió al conflicto y ha decidido que quiere venganza.

Sharp hizo una pausa, con el dedo suspendido sobre el botón "enviar" en la pantalla.

—Sinceramente espero que no, Hunter. Ese sería un problema que preferiría evitar.

CAPÍTULO 12

Ian Barnes miró con furia el radiador bajo el alféizar de la ventana en la sala de incidentes, observó el desastre marrón empapado entre las páginas arrugadas de papel de cocina en su puño y luego arremetió con el pie.

Su zapato se encontró con la superficie de metal corrugado con un satisfactorio estruendo, pero no hizo nada para arreglar el sistema de calefacción central.

—¿Eso funciona?

Carys se acercó con una expresión divertida en los ojos.

—No. Tampoco sirvió de nada purgar la maldita válvula. —Levantó la evidencia de color óxido—. Lo arreglaron hace solo un par de años, por el amor de Dios.

—Mañana voy a traer un suéter extra o algo. —Se estremeció—. Esto es ridículo. No puedo sentir las puntas de mis dedos.

Barnes lanzó el papel de cocina al bote de basura. —No tiene sentido reportarlo. No harán nada y de todos modos ya será verano.

Su teléfono comenzó a sonar mientras se sentaba. —¿Qué tienes, Hughes?

—Hay un tipo aquí abajo que dice tener información sobre tu investigación —le informó el sargento de guardia—. Al parecer, Gavin y Laura hablaron con su esposa el jueves mientras él estaba en el trabajo.

—Bueno, ellos están explorando aeródromos este fin de semana —dijo Barnes—. ¿Podrías llevarlo a una de las salas de interrogatorios mientras le echo un vistazo rápido a la declaración de la esposa?

—Sin problema. La número cuatro está libre, así que estará allí cuando estés listo.

—Gracias por eso.

Barnes colgó el teléfono y luego inició sesión en la base de datos HOLMES2, desplazándose por las entradas hasta que encontró la declaración de Beverley Winton.

—¿Algo interesante? —dijo Carys.

—Podría haber más información de uno de los residentes que vive en una propiedad que limita con la granja de Dennis Maitland. ¿Estás ocupada o quieres venir?

Carys frunció el ceño. —Estoy haciendo referencias cruzadas de licencias de pilotos.

—Vamos, entonces. Parece que te vendría bien un descanso.

Él lideró el camino escaleras abajo, pasó su tarjeta de seguridad por el panel junto a la puerta que conducía a las salas de interrogatorios y la sostuvo abierta para ella. Después de ponerla al día con los escasos detalles de la declaración de Beverley, entró en la sala de interrogatorios número cuatro y se presentó a Peter Winton.

El hombre vestía una camisa de trabajo de manga larga de chambray con el logo familiar de una empresa local de montaje de neumáticos bordado sobre el bolsillo del pecho. Llevaba el pelo de color ceniza corto y contemplaba a los dos detectives con penetrantes ojos azules.

—Espero no estar haciéndolos perder el tiempo —dijo, y se rascó el lóbulo de la oreja derecha—, pero Beverley me dijo que debería venir a verlos, por si acaso.

—No hay problema, señor Winton. —Barnes se desabrochó la chaqueta mientras el hombre volvía a su asiento, y sacó una silla frente a él mientras Carys se acomodaba a su derecha.

—Por favor, llámeme Peter.

—Gracias. Ahora, he leído la declaración de su esposa. Ustedes son dueños de la casa de campo junto a Humphrey Godmanstone, y alquilan las dos propiedades al otro lado de la suya, ¿es correcto?

—Sí. Tienen un par de cientos de años. Originalmente eran casas de trabajadores agrícolas. Sin embargo, no están catalogadas, así que hemos podido hacer lo que queremos con las renovaciones.

—Eso es bueno —dijo Barnes, y sonrió—. Ahora, ¿qué quería contarnos en relación con nuestra investigación?

—Bien, pues. —Peter se inclinó más cerca y juntó las manos—. El asunto es que no duermo muy bien por las noches. Sufro de insomnio, ¿sabe? Solía trabajar como camionero continental, así que todos esos años haciendo turnos nocturnos deben haber alterado mis biorritmos o como se llamen.

Se aclaró la garganta, luego bajó la mirada. —He estado sufriendo un poco de estrés últimamente, también, aunque no se lo diría a Beverley porque no querría que se preocupara. Es solo que nos excedimos comprando estas casas para arreglarlas hace un par de años, y luego perdí mi trabajo y pasaron unos meses antes de que me contrataran en el lugar de los neumáticos. En fin, sí, no duermo mucho.

—¿Y entiendo que escuchó algo en una de esas noches la semana pasada? —dijo Barnes, en un intento de encauzar los pensamientos divagantes del hombre.

—Exactamente. El domingo por la noche, de hecho. —El rostro de Peter se animó más, las líneas de tensión grabadas bajo sus ojos se suavizaron—. Beverley se había ido a la cama, y yo había intentado dormir, pero a la una y cinco, estaba dando vueltas y, bueno, no quería despertarla. Ella trabaja tan duro. Bajé, y pensé en hacerme una taza de té y sentarme en uno de los sillones a leer. Esa es la única cosa buena de todo este asunto del insomnio, supongo: estoy leyendo todos los libros que he comprado a lo largo de los años. En fin, escuché una furgoneta o algo pasar por la casa y dar la vuelta. —Frunció el ceño—. No tenemos mucho tráfico pasando por nuestro lado, no a esa hora de la noche, y creo que eso fue lo que me hizo detener lo que estaba haciendo y prestar atención.

—¿Puede recordar a qué hora fue eso?

—Sí, porque miré el reloj en la repisa de la chimenea. Eran poco más de las dos y media para entonces.

—¿Y qué le hace pensar que esto podría tener algo que ver con nuestra investigación? —dijo Carys —. ¿Por qué le resultó sospechoso este vehículo en particular?

—Sonaba como si estuviera yendo por el lado de la casa de Humphrey. Aunque ninguno de nuestros vecinos tiene una furgoneta, así que subí las escaleras y miré a través de las cortinas, pero no pude ver nada. Pensé que alguien podría haber conducido hasta la parte trasera de los jardines donde están nuestros cobertizos. Creo que deben haber conducido por el camino hacia la parte trasera de la granja de Maitland en su lugar. Eso sí, no pude ver ninguna luz.

—¿Vio u oyó regresar a la furgoneta?

Peter asintió. —Unos veinte minutos después escuché el motor, pero no volvieron a pasar por la casa: continuaron por el camino. Quiero decir, podría no tener nada que ver con su investigación; podrían haber sido cazadores furtivos. Son un dolor de cabeza por nuestra zona, siempre cortando las cercas de alambre para sacar ciervos muertos y cosas así. Pero cuando se lo mencioné a Beverley, ella dijo que debería decírselo a ustedes, por si acaso ayudaba.

Barnes terminó de escribir en su libreta, luego se quitó las gafas de lectura y levantó la cabeza. —Le avisaremos si es así, Peter. Gracias.

CAPÍTULO 13

Gavin le sonrió a su colega mientras ella se ataba su largo cabello en una coleta y alzaba la mirada al cielo, con los ojos llenos de asombro.

—¿Te apetece saltar? —dijo él.

—Ni de coña —respondió Laura—. Están locos, todos ellos.

Él dirigió su atención a las personas que caían en picada desde el avión a varios miles de metros sobre ellos. —Siempre pensé que podría hacerlo, pero no después de ver las fotos de nuestra víctima. Creo que me quedaré con el surf.

—Claro —dijo Laura—. Allí solo tienes que preocuparte por los tiburones, las medusas y las corrientes turbulentas. ¿Qué podría salir mal?

—¿Lo has intentado alguna vez?

—Ni hablar. Tú serás un adicto a la adrenalina, pero yo no.

—¿No montas a caballo en tu tiempo libre?

—¿Y qué?

—Bueno, eso es igual de peligroso; esos animales tienen mente propia.

Contuvo la respiración mientras observaba las figuras en caída libre dar vueltas en el aire, con la garganta seca. Aunque parecían flotar con gracia, sabía que viajaban a varios metros por segundo.

—No puedo imaginar lo aterrado que debió estar, sabiendo que iba a morir —dijo Laura, con voz apenas audible—. Es decir, incluso si estaba oscuro, habría visto las luces de las casas, ¿no? Habría sabido cuándo iba a impactar contra el suelo.

Se estremeció, y Gavin observó cómo, uno por uno, los paracaídas de los saltadores se abrían.

Los brillantes rectángulos de nailon de colores no hicieron nada para levantar su ánimo sombrío, y apretó los puños.

—Vamos a buscar a alguien con quien hablar sobre los horarios de vuelo aquí —dijo.

Laura caminó pesadamente junto a él, con el dobladillo de sus pantalones de traje rozando la hierba alta que crecía entre el estacionamiento y el edificio de concreto de dos pisos que se alzaba más allá de una cerca de alambre.

Una antena de radar giraba sobre su eje en el techo plano, y Gavin se sobresaltó cuando un sistema de megafonía fijado en la pared sobre una ventana de la planta baja cobró vida, anunciando la hora del próximo salto programado para esa tarde.

Dentro del edificio, los vestuarios de hombres y mujeres estaban señalizados a la izquierda de las puertas de entrada, mientras que un aviso pegado a la pared advertía a los clientes que los propietarios del aeródromo no se hacían responsables de los objetos personales dejados en los casilleros.

El resto de la planta baja parecía desprovisto de cualquier otra persona, y Gavin dirigió su atención a las escaleras de concreto que conducían hacia arriba.

—Este lugar parece que ha estado aquí desde la Segunda Guerra Mundial —dijo Laura, su voz haciendo eco en las paredes desnudas mientras subían.

—Oí que el aspecto de búnker estaba muy de moda en la decoración de interiores esta temporada.

—Muy gracioso.

Cuando llegaron a lo alto de las escaleras, un conjunto de pesadas puertas de madera bloqueaba su avance y Gavin presionó un timbre que había sido instalado bajo un teclado de seguridad.

—¿Hola?

La misma voz del megáfono crepitó a través de un altavoz del tamaño de una tarjeta de crédito sobre el timbre.

—Agente Gavin Piper, y mi colega la Agente Hanway. Nos preguntábamos si podría responder algunas preguntas sobre una investigación en curso.

—Un momento.

Un zumbido llegó hasta él, y Gavin sintió que la puerta cedía bajo su toque cuando la cerradura se desenganchó.

Se abrió hacia adentro, y un hombre de unos cuarenta años la terminó de abrir.

—Necesito ver sus identificaciones.

Gavin y Laura mostraron sus placas.

—Gracias. Vengan a registrarse aquí. También tendrán que completar el cuestionario de salud y seguridad. ¿Quieren té o un vaso de agua?

—Estamos bien, gracias —dijo Gavin. Pasó la vista por las líneas de texto bajo el logo del aeródromo, aceptó que asumía todas las responsabilidades enumeradas y que seguiría las instrucciones del personal en caso de emergencia, y garabateó su firma donde se indicaba antes de pasarle el bolígrafo a Laura.

—Disculpen, soy Carl Brightwater —dijo el hombre y extendió su mano—. Mi colega allá, que dirige la torre de control esta tarde, es Len Walters.

Un hombre mayor de cabello blanco los miró por encima de la consola central, levantó la mano y luego ajustó los cascos que llevaba antes de volver a su trabajo.

—Déjenme revisar el pronóstico del tiempo para nuestros pilotos y luego estaré con ustedes —dijo Brightwater—. Hay una mesa y sillas junto a la ventana si quieren tomar asiento mientras esperan.

Gavin se deslizó junto a un conjunto barato de muebles de oficina cubierto de documentación y se dirigió hacia donde Brightwater había indicado.

Cuatro sillas metálicas (ninguna de las cuales parecía cómoda) habían sido colocadas alrededor de una vieja mesa de jardín de plástico, con las esquinas redondeadas rayadas y astilladas. Más allá de la mesa, ventanas del suelo al techo ofrecían una vista del aeródromo donde una mezcla de planeadores, ultraligeros y aviones de hélice estaban esparcidos por los bordes o estacionados cerca de un gran hangar en la esquina cerca del estacionamiento.

Todo el lugar bullía de actividad.

Mientras observaba, una avioneta aterrizó, el piloto corrigiendo su posición momentos antes de que el avión rebotara en la pista de césped y rodara hasta detenerse al final de una línea de modelos similares.

—Esa es la escuela de vuelo que opera aquí —dijo Brightwater. Dio un sorbo a un vaso de agua mientras se movía hacia la ventana junto a Laura—. Solo tiene tres aviones, pero han estado en el negocio por casi diez años y tienen una reputación fantástica.

Se volvió y señaló las sillas. —Supongo que no están aquí por clases de vuelo. ¿De qué querían hablarme?

Esperando hasta que Laura se hubiera acomodado, Gavin se aseguró de que estuviera lista y prestando atención antes de comenzar su interrogatorio. Sabía lo importantes que eran estos primeros meses para cualquiera que estudiara para convertirse en un detective de pleno derecho, y dado el apoyo que había recibido de Kay, Barnes y Carys, estaba decidido a asegurarse de que su nueva colega recibiera el mismo nivel de ayuda.

Después de todo, algún día dependería de sus habilidades investigativas.

—¿Cuánto tiempo lleva trabajando aquí, señor Brightwater? —dijo.

—Aquí en la torre de control, unos seis años. Fui

uno de los primeros alumnos de Matt cuando aprendí a volar aquí. —Señaló con el pulgar por encima del hombro hacia donde el instructor de vuelo ahora caminaba hacia la torre de control con su último alumno—. Cuando me despidieron en Londres, me acerqué a los propietarios del aeródromo para ver qué oportunidades había disponibles. Tuve que renunciar a mi sueño de tener mi propio avión algún día, pero pensé que aún podría hacer algo aquí. Comencé ocho meses después de salir por la puerta de la institución financiera en la que trabajaba en Cheapside.

—¿Cuántos pilotos usan este aeródromo regularmente?

—Hay ocho propietarios privados, luego hay dos grupos de tiempo compartido (comparten el uso de una aeronave para ahorrar en costos operativos, igual que haría con una casa de vacaciones) y luego tenemos una docena de pilotos que alquilan una de las dos aeronaves que tenemos disponibles. Además, hay seis propietarios de ultraligeros que utilizan el aeródromo y, por supuesto, cualquiera que visite esta parte de Kent también puede utilizarlo. Podrían estacionar aquí durante una o dos noches mientras alquilan un coche para explorar la zona o ponerse al día con amigos.

—¿Y mantiene registros de todos ellos?

—Absolutamente.

Gavin se tomó un momento para revisar sus notas, marcando el ritmo de la entrevista para que Brightwater no se sintiera bombardeado por preguntas, y decidido a mantener al hombre relajado para obtener tanta información como fuera posible.

—Veo que tiene algunos paracaidistas aquí hoy, ¿es algo habitual?

—Sí. Los propietarios del aeródromo trabajaron con la Asociación Británica de Paracaidismo para abrirlo a los entusiastas hace dieciocho meses. Tenemos dos pilotos: Matt Pendergast, el instructor de vuelo, es uno de ellos, y Clive Asher, uno de los dos propietarios, es el otro. Puede ver la aeronave allí, la que tiene la franja azul a lo largo del fuselaje.

—¿Cuántos de los pilotos registrados aquí tienen permiso para volar de noche?

—Solo Matt. No ha registrado vuelos nocturnos desde hace un tiempo, pero mantiene su licencia actualizada porque se le puede pedir que enseñe el curso de Calificación Nocturna de vez en cuando. —Se levantó de su asiento e hizo un gesto a Gavin y Laura hacia las ventanas mientras el Cessna comenzaba a rodar hacia la pista—. Aquí tiene, el próximo grupo de paracaidismo está a punto de despegar. Clive está llevando a este grupo, y luego harán un salto en tándem.

La aeronave aceleró a lo largo de la pista, elevándose en el aire cuando se acercó a un cobertizo destartalado al final del aeródromo, antes de arquearse elegantemente sobre los árboles mientras ganaba altura.

—¿Qué hay de los saltos en paracaídas nocturnos? —dijo Gavin—. ¿Los ofrecen aquí?

Brightwater negó con la cabeza. —No tenemos la cobertura de personal para hacer eso, y para ser honesto, no creo que los propietarios quieran los riesgos adicionales que conlleva, sin mencionar los costos del seguro.

—¿Qué tipo de cosas debería tener en cuenta un aeródromo si ofreciera saltos nocturnos? —dijo Laura.

Gavin la miró y asintió. Era una buena pregunta, y no le importaba que ella interrumpiera. Al menos tenía la confianza suficiente para hacerlo.

—Bueno, el área de paracaidismo tendría que estar claramente marcada —dijo Brightwater, volviéndose hacia la habitación. Cruzó los brazos sobre el pecho—. Todos y cada uno de los obstáculos estarían iluminados para que pudieran ser vistos desde el aire, y cada saltador tendría que llevar al menos una linterna para que pudiera ser rastreado desde tierra, y por otros en el aire con ellos. Es una pesadilla logística, para ser honesto.

—¿Conoce algún club local o aeródromo que ofrezca saltos nocturnos? —dijo Gavin.

—No, no en este momento. De hecho, no conozco a nadie que haya hecho eso por aquí, no desde que he estado volando.

Laura cerró su libreta mientras Gavin estrechaba la mano de Brightwater.

—Gracias por su tiempo, lo apreciamos.

Esperó hasta que salieron del edificio y caminaban de vuelta al coche, y luego se volvió hacia su colega.

—No se encontraron linternas descartadas ni nada parecido cerca del cuerpo de nuestra víctima, ¿verdad?

—No que yo recuerde de los informes que Harriet y su equipo enviaron, no.

—Sin paracaídas... y tampoco ropa. —Sacó las llaves del coche de su bolsillo y apuntó el mando a la puerta—. Así que, o saltó durante el día y nadie lo vio caer, o saltó de noche sin luces.

—Tal vez si fue un salto privado, algo secreto para divertirse como una despedida de soltero o algo así, podrían haber usado el avión de un amigo —dijo

Laura—. Si habían saltado antes, podrían tener su propio equipo. Solo tendremos que averiguar si se puede comprar ese tipo de cosas en línea o localmente por aquí.

—De acuerdo, volvamos a la sala de incidentes y empecemos a hacer algunas llamadas telefónicas.

CAPÍTULO 14

A la mañana siguiente, Kay bebía café de un termo de acero inoxidable mientras observaba a un grupo de personas reunidas al final de un camino de asfalto que conducía a un salón comunitario local.

Brotes frescos cubrían el seto ornamental que bordeaba el pavimento a la izquierda de su espacio de estacionamiento, y un árbol de magnolia lanzaba hojas tentativas desde sus ramas inferiores en el jardín de enfrente.

Extendió la mano y bajó el volumen de la radio, cansada por la cantidad de anuncios que sonaban con entusiasmo entre las últimas canciones pop, tres de las cuales parecían estar en repetición permanente cada hora, pero reacia a escuchar las disputas políticas en los otros canales.

Se había colocado un cartel en forma de A al final del camino, anunciando un grupo de apoyo voluntario para veteranos locales cuya reunión regular había comenzado a las nueve en punto.

Impaciente por obtener respuestas, pero consciente de que no podía apresurar su investigación por temor a asustar a posibles testigos o hacer que se cerraran cuando un extraño se les acercara, Kay había optado por esperar hasta que el grupo se dispersara y pudiera charlar con los voluntarios a solas.

Desplazó los resultados de búsqueda en su móvil y localizó el sitio web de dos páginas del grupo.

Según la página de inicio, se reunían los domingos por la mañana entre las nueve y las once, dedicando la última hora al café, pasteles y conversación informal. La segunda página del sitio web enumeraba organizaciones de apoyo y líneas de ayuda contra el suicidio.

Al mirar el reloj del tablero, vio que la reunión duraría quince minutos más.

Levantó la mirada hacia el grupo que rondaba fuera del salón, todos fumando cigarrillos de verdad, no vapers como podrían hacer muchos de sus contemporáneos más jóvenes.

Tabaco de liar, además. Más barato.

Su corazón se hundió al ver a algunos de los

hombres; hasta donde había visto, no había mujeres aparte de las que se ofrecían como voluntarias esa mañana.

Dos de los mayores, pensionistas por lo que parecía, se acurrucaron a un lado, un hombre más joven inclinándose para escuchar. Llevaba vaqueros desgastados, botas de montaña baratas y gastadas y un anorak negro, y parecía tambalearse un par de veces antes de que uno de los hombres mayores extendiera la mano para estabilizarlo.

Otros cuatro estaban de espaldas a él, girando sus cabezas hacia la carretera cuando una brillante motocicleta roja pasó acelerando, con expresiones de apreciación en sus rostros. Un hombre hizo un gesto cuando el motociclista desapareció en la distancia, y Kay pudo oír las risas estridentes de los demás.

Gradualmente, otros salieron del salón de la iglesia, se detuvieron para estrechar manos o mendigar un cigarrillo, y comenzaron a dispersarse en parejas o solos.

Cuando estuvo segura de que solo quedaban los voluntarios, Kay revisó sus espejos, subió la ventanilla y salió a la calle.

Mirando a lo largo de la calle, vio a los últimos del grupo de veteranos (cuatro hombres que habían salido del salón empujándose y riendo) detenerse frente a un pub en el cruce en T con la calle principal.

Parecieron debatir sobre si esperar otra hora hasta que abrieran las puertas, luego lo pensaron mejor y desaparecieron al doblar la esquina.

Kay cerró el coche y se dirigió al salón mientras una mujer pasaba apresuradamente junto a dos coches estacionados en el camino y se inclinaba para doblar el cartel en forma de A.

Sonrió cuando Kay se acercó.

—Buenos días. ¿Puedo ayudarla?

Kay esperó hasta estar más cerca y luego mostró su placa.

—No quería interrumpir la reunión, pero me preguntaba si podría hablar un momento.

—Estamos en medio de la limpieza, pero puede entrar si no le importa que responda a sus preguntas mientras friego. Tenemos que devolver las llaves a las doce y media para que el club de fútbol pueda usarlo desde las doce. Soy Janice Crispin, por cierto.

Metió el cartel en la parte trasera de un hatchback de dos puertas color óxido, luego hizo un gesto hacia las puertas dobles abiertas del salón comunitario.

—Pase. Solo somos dos trabajando hoy. Por suerte, algunos de los veteranos se ofrecieron a ayudar a apilar todas las sillas antes de irse, así que no tenemos mucho que hacer.

—¿De quién es el otro coche?

—De la limpiadora; vive al lado, pero con dos hijos adultos en casa, creo que le resulta más fácil dejar su coche aquí los fines de semana.

Mientras Kay la seguía al edificio de una sola planta, recorrió con la mirada la línea de tablones de corcho que llenaban el vestíbulo de entrada anunciando todo tipo de clubes sociales y deportivos, grupos de apoyo y una biblioteca comunitaria.

—Ya ve por qué el comité insiste en la puntualidad —dijo Janice—. Es un lugar popular.

—¿Cuánto tiempo llevan aquí?

—Unos tres años. Usamos el salón de Seal durante un par de años antes de esto, pero era difícil para algunos de nuestros veteranos llegar, especialmente para aquellos que no podían permitirse conducir. El servicio de autobús es atroz los domingos. Llegamos.

Janice la condujo a una cocina bien iluminada con armarios a ambos lados, una encimera de acero inoxidable en el centro y electrodomésticos modernos.

—Este es mi marido, Andrew.

Kay estrechó la mano de un hombre robusto de

unos sesenta y tantos años que llevaba un delantal a rayas sobre vaqueros y una sudadera deportiva.

—La detective Hunter quería hacernos algunas preguntas —dijo Janice. Sumergió las manos en un fregadero lleno de agua jabonosa y comenzó a lavar con vigor una pila de tazas de café sucias.

Su marido se quitó un paño de cocina del hombro y secó la vajilla mientras se apoyaba contra la encimera.

—¿Problemas con uno de nuestros asistentes? —dijo.

—En realidad, busco información. Le dije a su esposa que pensé que sería mejor hablar con ustedes dos primero, en lugar de causar problemas a los hombres que vienen aquí. Imagino que ya tienen suficiente con lo que lidiar.

—No se equivoca —dijo Andrew—. Gracias por su consideración. ¿Qué quería saber?

Kay colocó su bolso sobre la mesa en el centro de la cocina y desplegó el boceto del artista de la víctima.

—Esta es una composición a partir de una serie de fotografías. Me temo que estoy investigando la muerte de este hombre. ¿Alguno de ustedes lo reconoce?

Andrew tomó el boceto de sus manos y lo sostuvo para que su esposa pudiera verlo al mismo tiempo.

—Creo que no lo he visto antes —dijo Janice, con gotas de agua cayendo de sus dedos—. ¿Hizo algo malo?

—No lo sé. Eso es lo que intento averiguar. Miren, esto debe tratarse con la más estricta confidencialidad...

—Puede confiar en nosotros —dijo Andrew—. Fui oficial de ambulancia durante treinta años, y Janice trabajó como consejera de salud mental. Estamos acostumbrados a mantener las cosas en privado. Es por eso que los hombres de nuestro grupo confían en nosotros.

—Gracias. Lo aprecio. —Kay señaló el boceto—. No tenemos un nombre para él, pero tiene un tatuaje en el brazo que nos da motivos para creer que estuvo destacado en Kosovo en el noventa y nueve. Esperamos que eso pueda ayudar a alguien a recordar cuál podría ser su nombre, y con quién podríamos hablar sobre lo que ha estado haciendo desde entonces.

Andrew frunció el ceño.

—No creo que ninguno de nuestros habituales estuviera en ese conflicto. Un par de los más mayores estuvieron involucrados en el final de la Guerra de Corea, luego hay uno que estuvo en las Malvinas...

—La mayoría son veteranos del Golfo, excepto Robin, que es nuestro asistente más joven. Afganistán. —Janice quitó el tapón del fregadero y cogió un segundo paño de cocina mientras el agua gorgoteaba por el desagüe—. Oliver Townsend, del centro cerca de Riverhead, al otro lado de Sevenoaks, podría conocer a alguien que pudiera ayudar, ¿quizás?

—¿Oliver? —dijo Kay.

—Él mismo es un veterano de la guerra de Afganistán —dijo Andrew—. Dirige un grupo más pequeño, pero de un rango de edad diferente al de muchos de nuestros asistentes. Podría tener mejor suerte allí. Espere, tengo su número en mi móvil.

Le devolvió el boceto a Kay y sacó un teléfono móvil de su bolsillo trasero mientras ella recuperaba su libreta.

—¿Todavía estará en el centro? —dijo, mirando el reloj en la pared sobre el fregadero.

—No, se reúnen los lunes por la tarde. —Andrew recitó el número de teléfono y comprobó que lo hubiera anotado correctamente, junto con el nombre de Oliver y la dirección de su grupo de apoyo—. Pero estoy seguro de que si lo llama, estará encantado de verla hoy. Solo dígale que ha estado hablando con nosotros.

—Eso es genial, gracias por su ayuda. Los dejaré continuar.

—No hay problema. Pero hágame un favor, ¿sí?

—¿Qué necesita?

Los ojos de Andrew se suavizaron.

—Cuando descubra quién es su víctima, si no tiene familia que le rinda sus últimos respetos, háganoslo saber. Intentamos hacer algo especial por aquellos que no tienen a nadie para decirles adiós.

Kay tragó saliva, luchando contra las emociones que surgían dentro de ella.

—Lo haré. Lo prometo.

CAPÍTULO 15

Oliver Townsend tenía la cabeza inclinada sobre un periódico sensacionalista cuando Kay bajó de su coche y caminó por el estacionamiento del pub hacia un conjunto variopinto de mesas de picnic esparcidas por un césped raído.

Tenía que ser él; no había nadie más alrededor, y el pub no abría hasta dentro de diez minutos.

De poco más de treinta años, estaba sentado con la barbilla apoyada en una mano, la barba incipiente cubriendo su mandíbula mientras bostezaba y se pasaba una mano por una mata de pelo color castaño.

—¿Oliver? —Kay extendió su mano al acercarse—. Inspectora Hunter.

El hombre se levantó ligeramente de la mesa de picnic, su apretón firme. —Siéntese. Conozco al dueño, nos dejará entrar cuando nos vea esperando aquí fuera.

Kay miró hacia el revoque de color cálido del pub, vio algunas luces encendidas en el interior y esperó que el dueño se apiadara de ellos. Metió las manos en sus bolsillos y volvió su atención a Townsend.

Él comenzó a doblar el periódico antes de meterlo en una bolsa de mensajero de lona en el asiento a su lado. —¿En qué puedo ayudarla?

—He estado con Janice y Andrew Crispin en el grupo de apoyo a veteranos, y sugirieron que podría ayudarme.

—Sí, lo mencionó por teléfono. Tiene un hombre desaparecido, ¿verdad?

—Tengo un hombre muerto.

—Oh. —Townsend se echó hacia atrás y parpadeó —. Eso explica por qué no quiso decir mucho antes.

—Pensé que sería mejor si explicaba la situación cara a cara. Estoy tratando de hacer esto sin levantar sospechas por el momento, no hasta que sepa con qué o con quién podríamos estar tratando.

—Entiendo. ¿Y cree que era un soldado?

—Sí.

Miró por encima del hombro de él cuando la puerta del pub se abrió y un hombre les hizo señas.

—Entrad, amigos. Hace demasiado frío para estar sentados ahí fuera.

—Podría habértelo dicho hace quince minutos —dijo Townsend. Pasó la pierna por encima del asiento y sonrió al dueño del pub—. Una pinta de cerveza amarga para mí y lo que la señora quiera tomar.

—Jugo de naranja, gracias.

—¿De servicio?

—Siempre.

—Vamos entonces. Con suerte, el tacaño habrá encendido la calefacción también. Nunca se sabe.

Los ojos de Kay se posaron en las piernas del hombre mientras los guiaba hacia el pub, notando que caminaba con una cojera pronunciada.

Él miró por encima del hombro, como si leyera sus pensamientos. —Mina terrestre. Afganistán.

—Lo siento.

—No es su culpa. Dese prisa, dejará entrar una corriente de aire.

Kay le agradeció mientras él le abría la puerta y entró en una sala de techos bajos con vigas.

Un fuego ardía en una chimenea a la izquierda de donde estaba, y una barra corría a lo largo del lado derecho. Mesas y sillas, así como un par de sofás de aspecto cómodo, habían sido distribuidos a lo largo del espacio, mientras que obras de arte local adornaban una pared junto a una puerta señalizada para los baños. Adornos de latón con forma de caballo habían sido clavados en una enorme viga de roble sobre la chimenea, brillando con el resplandor de los focos estratégicamente colocados a lo largo del techo.

—Os llevaré vuestras bebidas —dijo el dueño del pub—. Tomad asiento.

—Gracias, amigo. —Townsend señaló una mesa cerca del fuego—. Mejor aprovecharlo. No lo enciende muy a menudo.

—Vete a la mierda —fue la respuesta desde la barra.

Kay sonrió. —Supongo que es un cliente habitual aquí.

—¿Cómo lo ha adivinado? —Oliver le acercó una silla y luego tomó una de frente a la sala, de espaldas al fuego. Colgó la bolsa de mensajero en el respaldo de la silla y agradeció al dueño del pub cuando les trajo las bebidas a la mesa antes de volver su atención a ella una vez más—. Bien. ¿En qué puedo ayudarla?

—¿Cuánto tiempo lleva dirigiendo su grupo de apoyo a veteranos?

—Unos dos años. Ya había estado asistiendo de vez en cuando, solo para salir de casa una vez que me dieron de baja. Me las arreglé bien por mi cuenta durante un tiempo, y tuve suerte: conseguí un trabajo con mi suegro en su centro de jardinería, así que el dinero no era un problema. Solo era difícil encontrar a alguien que pudiera escucharme cuando necesitaba hablar. Mi esposa es brillante, de verdad, pero ella no estuvo allí, ¿sabe? Y no es justo para ella tener que escucharme repasando lo que pasó todo el tiempo. Ambos queríamos seguir adelante.

—¿Cómo está? Quiero decir...

—¿Mental y físicamente? Mejor que la mayoría.

—Eso es bueno.

—Lo es, gracias. Sí, así que cuando la última persona que dirigía el grupo decidió retirarse hace un par de años, me ofrecí a tomar el relevo. Había estado estudiando varias cosas para mantener mi mente activa mientras pasaba por la recuperación y la fisioterapia, y pensé que podría poner algo de eso en buen uso.

—¿Lo disfruta?

—Sí, lo disfruto. Me da un sentido de enfoque, y si necesito hablar con alguien, puedo hacerlo dentro de ese grupo. Es una verdadera mezcla de personas las que vienen, pero todos hemos pasado por algo. No es bueno guardárselo todo; yo lo intenté y no funcionó.

—¿Cuál es el grupo de edad que suele ver?

Townsend sorbió de su pinta y chasqueó los labios antes de responder. —Es una demografía más joven que la del grupo de los Crispin. Yo estoy más o menos en el medio, tengo treinta y uno. Hay un par más jóvenes que yo, y luego el resto probablemente tiene hasta finales de los cincuenta. Veteranos del Golfo, un par de los Balcanes que han tenido problemas de salud continuos, y un tipo que resultó gravemente herido en un incendio en una base aquí en el Reino Unido hace ocho años.

—Como dice, una verdadera mezcla de personas.

—Hace que surjan algunas conversaciones interesantes. Hablando de eso, ¿qué tiene?

Kay le dio un resumen del caso hasta la fecha, teniendo cuidado de eliminar cualquier información que pudiera aludir a mitos o evidencia no corroborada, y luego le mostró un boceto del rostro de la víctima. —¿Lo reconoce?

Su frente se arrugó. —No puedo decir que sí, no.

Deslizó una fotografía del tatuaje de la víctima hacia Townsend. —Creemos que pudo habérselo hecho a su regreso de Kosovo. ¿Ha visto algo parecido antes?

Él giró la fotografía y la sostuvo contra la luz del fuego a sus espaldas, entrecerrando los ojos. —No creo. ¿Qué es? ¿Algún tipo de tatuaje conmemorativo?

—¿Tatuaje conmemorativo?

—Sí, ya sabe, un tatuaje para conmemorar un evento o una misión. Algo así.

—¿Qué le hace pensar eso?

Sonrió y dio un golpecito con el dedo sobre las letras debajo del tatuaje. —Por esto. Es inusual, eso es todo.

—¿Lo ha visto antes?

Townsend negó con la cabeza. —No. Ese no. Simplemente me recordó a uno o dos que vi en Afganistán cuando los tipos volvían de permiso. Sobrevivían a un tiroteo o algo así como grupo, y luego todos iban a hacerse el mismo tatuaje, como una especie de insignia de honor. O una forma de conmemorar si uno de ellos había muerto.

—Vale, lo entiendo. Sí, creemos que podría ser algo así. Es la única identificación que tenemos de nuestra víctima por el momento. No llevaba ninguna identificación cuando lo encontraron.

Arrugando la nariz, Townsend colocó la fotografía sobre la mesa entre ellos. —¿Cómo murió?

—No fue suicidio.

—De alguna manera lo imaginé.

—Lo siento, no puedo decir mucho más por

ahora. —Kay hizo girar los restos de su zumo en el vaso—. ¿Conoce a alguien que pueda arrojar algo de luz sobre esto?

Townsend tamborileó con los dedos sobre la mesa y luego señaló la fotografía del tatuaje. —¿Puedo llevarme eso?

—¿Puedo confiar en usted?

—Le doy mi palabra.

—De acuerdo. ¿Qué va a hacer con ella?

—Aún estoy en contacto con el tipo que solía dirigir el grupo de voluntarios, además puedo preguntar a nuestros dos habituales que sirvieron en los Balcanes si conocen a alguien en la zona que estuviera en Kosovo y tuviera un tatuaje como este. Supongo que es de edición limitada, ¿no?

—Creemos que eran seis.

—Eso lo hace más fácil. Vale, déjeme investigar durante los próximos días y me pondré en contacto con usted. ¿Tiene un número de teléfono?

Kay buscó en su bolso y le pasó una de sus tarjetas de visita.

—Bien. —Sonrió, apuró su pinta y señaló el vaso vacío de ella—. Mientras tanto, le toca invitar.

CAPÍTULO 16

Cuando Kay entró en la sala de incidentes temprano a la mañana siguiente, el espacio zumbaba de actividad.

A pesar de faltar media hora para que comenzara el turno, la mayoría del equipo de investigación (los que no estaban haciendo carreras de última hora para llevar a los niños a la escuela o concluyendo tareas en sus otros casos) estaba presente, y la atmósfera era de laboriosidad y sombría determinación.

Un amargo aroma de café, fideos instantáneos y bebidas energéticas enrarecía el aire y ella arrugó la nariz mientras encendía su ordenador para iniciar sesión.

Barnes colocó una taza de té junto a su teclado antes de moverse a su lado del escritorio.

—¿Un fin de semana productivo? —dijo ella,

recorriendo con la mirada los correos electrónicos que se habían multiplicado en su ausencia.

—Sí, eso espero. ¿Y tú?

—Creo que deberíamos reservar más de una hora para la reunión informativa. Según las alertas de HOLMES2, veo actualizaciones de todos los miembros del equipo.

—Sería bueno conseguir algún progreso esta mañana. ¿Viene Sharp?

—Esta vez no. Me llamó de camino aquí; se dirige a la Jefatura para una reunión con los de relaciones con los medios. Veremos qué sale a la luz durante la reunión informativa y en el transcurso del día, y luego hablaré con él sobre si es momento de hacer un llamado público para obtener información. ¿Pasó algo más durante el fin de semana?

—No, he revisado los registros de abajo y fueron un par de noches tranquilas. Tampoco hubo incidentes importantes en las carreteras.

—Bueno, al menos si hacemos un llamado no se verá eclipsado por nada y podríamos conseguir algo de personal adicional de uniforme para ayudar con las llamadas telefónicas. —Se reclinó en su asiento y sopló la superficie de su té antes de dar un sorbo, y observó cómo Gavin y Laura se detenían junto al escritorio de Debbie para hablar con la policía—. ¿Cómo les fue a esos dos durante el fin de semana?

Barnes miró por encima de su hombro. —Bien, por lo que he oído. Gavin dijo que Laura no tiene miedo de intervenir y hacer preguntas, y creo que todos se están llevando bien. He notado que recurre a Carys para los procesos cotidianos, pero es comprensible ya que es la más experimentada de las dos. Laura parece estar encajando bien, de todos modos.

—Al menos es una preocupación menos. —Kay apuró su té—. Muy bien, ¿empezamos?

Diez minutos después, una multitud de oficiales uniformados y detectives de civil formaban un semicírculo alrededor de donde Kay estaba de pie frente a la pizarra. Cada miembro del equipo de investigación tenía una copia de un cronograma producido por la base de datos de gestión HOLMES2. Se hizo el silencio cuando Kay levantó la mano.

—Gracias a todos. Hemos tenido un fin de semana ocupado, y nos queda un largo camino por recorrer en los próximos días, pero veamos si podemos encontrar una forma de avanzar y conseguir algo de justicia para nuestra víctima. Ian, ¿quieres empezar, por favor? Veo en el informe que has tenido una conversación de seguimiento sobre las averiguaciones puerta a puerta de la semana pasada.

—Gracias, jefa. —Barnes se movió al frente de la sala y se aflojó la corbata antes de poner al día a sus colegas sobre la entrevista con Peter Winton—. He pasado el resto del fin de semana revisando los informes de Investigación de la Escena del Crimen que nos enviaron por correo electrónico desde el equipo de Harriet el viernes por la tarde, particularmente en relación con las marcas de vehículos en la escena del crimen. Sabemos que había llovido mucho desde el domingo por la noche cuando Peter dijo que había escuchado la furgoneta, así que cualquier evidencia de rastros se habría lavado, pero decidí dar un paseo por el camino cuando salí con Pia ayer, y hay marcas definitivas de vehículos. Puse algunos palos en el camino junto a ellas para marcarlas; ya estaba empezando a oscurecer entonces. Organicé un equipo uniformado para acordonar el camino antes de irnos, y dejé un mensaje en el teléfono de Harriet cuando llegué a casa. Espero que envíe un equipo allí esta mañana para tomar algunas muestras.

Kay actualizó sus notas mientras él hablaba, y luego levantó la cabeza cuando él regresó a su asiento. —Ian, es un gran trabajo, gracias. Si Harriet no te responde antes de las diez, ¿puedes avisarme? Esas muestras deben ser una prioridad ahora. Puede que la furgoneta no esté relacionada con nuestro caso, pero necesitamos descartarla si no lo está. Mantenme informada.

Su colega asintió en señal de reconocimiento, y ella se volvió hacia Carys. —¿Cómo has ido avanzando?

—He hecho más indagaciones sobre saltos en paracaídas nocturnos, jefa. Si nuestro hombre fue víctima de un accidente, habría necesitado al menos cincuenta saltos previos a su nombre antes de que se le permitiera subir de noche. También me han dicho que habría necesitado tener una "Licencia B" avalada. He revisado los registros de todos los que tienen una de esas licencias localmente y he hablado con clubes de paracaidismo al respecto, pero nadie lo reconoce de la imagen que tenemos.

—Ese proceso de eliminación es una ayuda enorme, Carys. Gracias —dijo Kay.

—¿Jefa? —Gavin levantó la mano y señaló a Laura—. Lo que dice Carys está relacionado con lo que escuchamos al hablar con el personal del aeródromo el sábado. Si alguien planeaba hacer un salto nocturno, habría tenido que registrarse con la Asociación de Paracaidismo, la Autoridad de

Aviación Civil y la comisaría local. Hemos hablado con todos ellos, y no hay registros de tal salto entre el martes cuando Dennis Maitland aró ese campo y el miércoles pasado cuando se encontró a nuestra víctima. De hecho, no ha habido saltos nocturnos en esa área desde hace bastante tiempo.

Kay esperó hasta que los oficiales reunidos terminaron de actualizar sus notas, y luego señaló la lista de puntos que había actualizado en la pizarra.

—Creo que está bastante claro que nuestra víctima no murió en un accidente —dijo—. El enfoque de esta investigación ahora es determinar quién es y por qué murió en circunstancias tan horribles. Ian, quiero que lleves a Laura contigo y vuelvan al camino junto a la casa de los Winton. Organiza que el personal uniformado proporcione asistencia continua para sellar el acceso hasta que Harriet haya procesado la evidencia que has identificado.

—Sí, jefa.

—Carys, ¿podéis tú y Gavin ir a entrevistar a Dennis Maitland otra vez para averiguar qué sabe sobre el uso público de ese camino, o si ha tenido motivos para usarlo en las últimas dos semanas? Preguntadle también sobre avistamientos de aeronaves sobre su terreno. Tal vez escuchó algo el domingo por la noche que coincida con la declaración de Peter Winton.

—Sí, jefa —dijo Carys.

Kay terminó de delegar las tareas urgentes de ese día, y luego levantó la mano. —Antes de que os vayáis todos, puedo confirmar que hemos recibido información que indica que nuestra víctima era miembro de las fuerzas armadas basándonos en el tatuaje de su brazo. Por el momento, todavía no tenemos ninguna identificación para él, y esa parte de la investigación podría llevar un tiempo. Con respecto al motivo, mantened una mente abierta mientras realizáis vuestras investigaciones. Hasta que tengamos más información, no podemos descartar nada, ¿se entiende?

Un murmullo de asentimiento llenó la sala.

—Muy bien, gracias a todos. Tenéis mucho que procesar, así que a menos que haya algo urgente, la próxima reunión será mañana a las cuatro de la tarde.

CAPÍTULO 17

Barnes arrugó la nariz ante el hedor que emanaba de un charco de agua estancada más allá de los helechos y la hojarasca podrida que salpicaba el bosque a su derecha, y luego dirigió su mirada hacia la línea de cinta policial azul y blanca que había sido atada entre dos álamos.

Más allá de la barrera de plástico rayado, un par de agentes uniformados estaban de espaldas a Barnes, con su atención centrada en el grupo de seis investigadores de la escena del crimen que se agachaban en lados opuestos del camino inundado, hablando en voz baja.

El viento susurraba entre las ramas sobre él, un sonido espeluznante que amortiguaba la conversación y le erizaba los pelos de la nuca.

Se le estaban enfriando los pies.

Se acercó a donde estaba Laura, cuya expresión era de fascinación mientras observaba a las figuras vestidas de blanco moverse de un lado a otro.

Ella lo miró cuando se unió a ella.

—Nunca tuve tiempo de observar lo que hacen cuando estaba de uniforme —dijo—. Yo siempre era la que llevaba el portapapeles, asegurándome de que nadie se acercara a la escena del crimen si no debía estar allí, o lidiando con el público y sus malditas cámaras de móvil.

—¿Qué tal te está pareciendo delitos graves, entonces?

Laura exhaló.

—Si dijera que me encanta, sonaría muy crudo, ¿verdad?

—Pero todos lo entenderíamos. Es lo que nos mantiene en marcha. Kay siempre dice que se trata de justicia. Justicia para la víctima y justicia para quienes quedan atrás. Yo no estaría en ningún otro lugar.

Sonrió cuando los hombros de ella se relajaron, y luego se volvió a su izquierda al escuchar un fuerte silbido.

Barnes había asignado a cuatro agentes uniformados la tarea de registrar el bosque circundante en busca de cualquier otra evidencia y el policía Aaron Stewart ahora levantaba la mano desde su posición a varios pasos de distancia entre la espesa maleza.

—¿Qué has encontrado?

—Un conejo. —Stewart se agachó por un momento, luego se enderezó y levantó un conejo muerto—. Hay una trampa aquí.

—¿Cazadores furtivos?

—Eso parece.

—Mierda.

—¿Qué pasa? —dijo Laura.

—Esto le da un ángulo diferente a este vehículo, ¿no? —dijo Barnes mientras Stewart arrojaba al animal muerto a un lado y comenzaba a desmontar el lazo—. Aquí estamos nosotros, esperando que esta furgoneta tenga algo que ver con la muerte de nuestra víctima, y ahora tenemos evidencia de caza furtiva.

Se interrumpió cuando Stewart trepó sobre un árbol caído para unirse a ellos, con un enredo de madera y alambre entre las manos.

—Desagradable —dijo—. Informaré de esto a Delitos Rurales.

—Gracias —dijo Barnes—. Advierte a los demás que podría haber más; lo último que necesitamos es que alguien se lastime entre toda esta maleza.

—Lo haré, jefe.

Mientras Stewart transmitía el mensaje por radio a sus colegas antes de regresar a su cuadrante de búsqueda, Barnes escudriñó el camino que desaparecía en la distancia más allá de la posición de los investigadores de la escena del crimen.

Había sido cuidadoso al marcar las huellas del vehículo, asegurándose de que las ramitas que había usado como marcadores estuvieran a centímetros de la evidencia potencial para que los expertos forenses pudieran tomar fotografías y moldes según fuera necesario sin preocuparse por la contaminación.

Los marcadores habían sido arrojados a los bordes enmarañados mientras los investigadores procesaban la escena, comenzando desde el límite acordonado y avanzando hacia el límite del campo más allá del bosque.

—¿A dónde lleva esto? —dijo Laura—. ¿Al campo donde se encontró a la víctima o a uno al lado?

—A uno al lado. Si te imaginas la puerta del campo donde lo encontraron, esto va al campo a la derecha de ese. Maitland estaba arando el de la izquierda el miércoles pasado.

—¿A qué distancia?

—A unos seiscientos metros de donde estamos parados. Justo alrededor de esa curva.

Laura giró, mirando hacia la dirección de la que

habían caminado después de estacionar el coche en el camino. —Así que solo unos cuatrocientos metros de longitud en total. Y si Peter Winton no hubiera tenido problemas para dormir...

—Nunca lo habríamos sabido.

—¿Crees que tiene algo que ver con el hombre muerto?

—Profesionalmente hablando, diría que esperemos la evidencia antes de sacar conclusiones, especialmente dado ese conejo muerto.

—¿Y personalmente?

—Mi instinto me dice que sí. ¿Por qué alguien conduciría una furgoneta hasta aquí en medio de la noche? No creo que un cazador furtivo tome ese tipo de riesgo, no el tipo que atrapa un conejo aquí y allá, y cualquiera que mate ciervos tampoco se acercaría tanto. Suelen aparcar lejos de su zona de caza. Es por eso que los granjeros de por aquí siempre se quejan de que les cortan las vallas de alambre de púas y se les escapan los caballos o las vacas; es porque los cazadores furtivos arrastran los cadáveres por los campos hasta sus vehículos y no les importa lo que les pase al ganado.

Miró a su colega, que parecía fascinada por sus ideas. —Sin embargo, te diré algo: cuando volvamos a la comisaría, ponte en contacto con Delitos Rurales y pregúntales si ha habido algún informe de caza furtiva por aquí, solo para descartarlo, ¿de acuerdo?

—Claro. —Sacó su libreta, luego señaló el lazo que Stewart había dejado en el suelo junto a su vehículo—. ¿Serviría de algo intentar sacar huellas dactilares de eso?

—Stewart lo intentará, pero si es como los que se han encontrado antes, no encontraremos nada. Por lo general, usan guantes.

Media hora después, el equipo forense estaba guardando su equipo, y los cuatro oficiales uniformados habían reunido una pequeña pila de lazos, latas de bebidas de aluminio desechadas, un zapato y un montón de trapos irreconocibles.

—Tendremos que procesar todo esto también —dijo Patrick mientras se paraba junto a Harriet y se quitaba el traje protector de papel—. Pero pasarán un par de días antes de que tengamos algo que informar.

—Gracias —dijo Barnes, reprimiendo su decepción. Comenzó a caminar de regreso al coche, con Laura a su lado—. Espero que Carys y Gavin tengan más suerte hablando con Maitland.

CAPÍTULO 18

Carys redujo la velocidad mientras el coche retumbaba al cruzar una reja metálica para ganado, luego maniobró el vehículo alrededor de un grupo de gallinas que picoteaban en el patio de la granja cubierto de barro.

Había un granero abierto a la izquierda de donde estacionó. Una variedad de maquinaria muy usada abarrotaba su suelo mientras un tractor con ruedas enormes bloqueaba el acceso a una entrada con verja en la parte trasera del patio. Dos casetas y un destartalado cobertizo ocupaban el lado derecho, su contenido oscurecido por una penumbra mohosa.

Cuando se desabrochó el cinturón de seguridad y abrió la puerta, el hedor del estiércol asaltó sus sentidos y se volvió hacia Gavin con una mueca.

—¿Nos dio este caso a propósito?

Su colega sonrió.

—Debes haber hecho algo muy malo.

—Estaba bromeando. —Le dio un golpe en el brazo—. Creí que Kay dijo que estaban cultivando lavanda aquí.

—Tal vez el estiércol sea para eso. Darle un impulso antes del verano.

—Eso es una mier...

—Exactamente. —Gavin señaló la casa que se encontraba en el centro de la mezcla de edificios en forma de U—. ¿Empezamos por allí?

—Es tan buen lugar como cualquier otro. No veo a nadie por aquí fuera.

Rodeó el barro, preguntándose fugazmente si todo era tierra, o algo peor, y luego apartó los zarcillos de una glicina enredada y desnuda que se aferraba a un enrejado de madera junto a la puerta principal, antes de presionar el timbre.

La puerta se abrió después de lo que pareció una eternidad, y un hombre de la altura de Gavin se quedó en el umbral, su cabello era grisáceo manchado con manchas amarillas de nicotina y vestía una camisa de rugby de manga larga desgastada que había conocido mejores días.

—¿Dennis Maitland? Soy la agente Carys Miles,

y este es mi colega, el agente Gavin Piper. ¿Podríamos pasar?

—Estoy en medio del pago de salarios, pero está bien. Supongo que no pueden esperar.

Carys forzó una sonrisa.

—Ha supuesto bien, gracias.

Maitland se hizo a un lado para dejarlos entrar y señaló un amplio pasillo hacia una puerta al final.

—Pónganse cómodos en la oficina, es la puerta de la izquierda al final. Iba a prepararme otra taza de café. ¿Quieren una?

—Estamos bien, gracias.

—De acuerdo. Estaré con ustedes en un minuto.

Carys siguió a Gavin a la habitación a la que Maitland los había dirigido y observó la pila de papeles amontonados en el escritorio del granjero junto a un cenicero.

Un viejo ordenador zumbaba junto a un teclado cubierto de polvo, y reconoció un popular paquete de software de contabilidad en la pantalla. Una estantería contra la pared izquierda rebosaba de revistas de agricultura, almanaques y algunas novelas de espionaje desgastadas, mientras que un archivador de cuatro cajones se tambaleaba junto a la ventana, el cajón superior abierto y más papeles esparcidos sobre los archivos colgantes en su interior.

Se sentó junto a Gavin al oír pasos en el pasillo y Maitland reapareció con una humeante taza de café en una mano y un plato de rodajas de pastel en la otra, que procedió a colocar en el escritorio entre ellos.

—Mi esposa nunca me perdonaría si no les ofrezco algo de esto —dijo, con una sonrisa rozando sus labios.

—Nunca voy a decir que no a un pastel de frutas casero, señor Maitland —dijo Gavin, tomando una gran porción.

Carys puso los ojos en blanco y sacó su libreta.

—Dijo que estaba haciendo el pago de salarios, señor Maitland. ¿Cuántas personas tiene trabajando para usted?

—Por favor —dijo Maitland entre bocados de pastel—. Llámeme Dennis. Ahora tengo ocho trabajadores. Contraté a un chico a tiempo parcial el verano pasado y trabaja aquí entre los semestres universitarios para obtener algo de experiencia antes de graduarse. Los otros han estado conmigo durante años. Uno de ellos incluso trabajó para mi padre; se niega a jubilarse. Creo que su esposa lo asusta.

—Estamos tratando de entender mejor los terrenos alrededor de su propiedad —dijo ella—. En particular, un camino que va desde el campo junto a donde se encontró a nuestra víctima hasta el sendero que conecta con una de las carreteras secundarias hacia Sevenoaks. Tenemos la declaración de un testigo que dice que escuchó una furgoneta usando ese camino unas noches antes de que se descubriera el cuerpo de ese hombre.

Maitland frunció el ceño.

—Me sorprende que alguien haya podido bajar un vehículo por ahí en esta época del año. Esperen.

Se sacudió las migas del regazo, se limpió las manos en la parte trasera de sus vaqueros y luego se dirigió a la estantería. Pasando las manos sobre el contenido, sacó un documento y volvió al escritorio, apartando el plato antes de desplegar un mapa.

—Esto muestra más detalles que su mapa Ordnance Survey promedio; tiene casi un siglo de antigüedad, así que no está abarrotado con toda la información de los mapas modernos. Es más fácil si les muestro los límites en este, en lugar de tratar de explicarlo —dijo. Tocó el mapa con su dedo—. Aquí está la casa de la granja, y este es el campo donde Luke y Tom estaban detectando metales. Este es donde yo estaba trabajando el miércoles, y pueden ver el camino marcado aquí en la parte trasera del otro campo.

—¿Alguna idea de por qué alguien lo usaría? —dijo Gavin.

—Cazadores furtivos, supongo —dijo Maitland —, pero qué esperaban atrapar, no lo sé. Nada grande, eso es seguro. No he visto ciervos en ese lado de la propiedad desde hace unos años, no desde que reemplazamos todos los setos y cercas. ¿Podrían ser chicos, supongo? ¿Escondiéndose para un poco de besuqueo?

Carys sonrió ante la expresión del granjero.

—Podría ser. ¿Hasta dónde se extiende su tierra?

Maitland esbozó el límite con su dedo.

—No demasiado lejos. Manejable, al menos. Eso es lo que ayuda a mantener los costos bajos, aunque esta idea de Liz de dedicar este campo a la lavanda durante los próximos dos años se comerá nuestras ganancias por un tiempo hasta que descubramos si hay un mercado para ello.

—¿Tiene usted una aeronave, Dennis? —dijo Gavin.

El granjero levantó la cabeza y parpadeó.

—¿Una aeronave? ¿Para qué necesitaría una de esas?

—Es solo una pregunta rutinaria como parte de nuestra investigación en curso —dijo Carys—. ¿Tiene una?

—No. Nunca le he visto el sentido, a menos que

vaya de vacaciones. Aunque tampoco he tenido una de esas en tres años.

—Las granjas vecinas que lindan con su tierra, ¿qué cultivan? —dijo ella.

—Aquí abajo, en este borde de mi propiedad, están los Ditchens —dijo—. Tienen un huerto con varios tipos de cultivos frutales. Han estado por aquí un par de siglos. Hacia este extremo, el más cercano a la carretera, tienen un par de campos de fresas. Al otro lado de mi propiedad están Adrian y Helen Peverell. Crían conejos con fines comerciales, ya sabe, para comida de mascotas y cosas así —frunció el ceño—. Nunca he sido admirador de la cría intensiva, pero cambiaron la cebada y el trigo por los conejos hace unos diez años y les ha ido de maravilla. Creo que vendieron parte de la tierra sin usar a los Ditchens, ahora que lo pienso.

—¿Alguna de esas familias posee una aeronave?

—No que yo sepa.

—Volviendo a la semana anterior al hallazgo del cuerpo en el campo —dijo Carys—. ¿Ha oído alguna avioneta durante la noche o algo más que le haya parecido inusual?

—Sinceramente, detective, no. En cuanto apago la luz de la mesita de noche, me quedo dormido hasta que suena la alarma a las cinco. Liz dice que ni un terremoto me despertaría.

—¿Se relaciona mucho con sus vecinos? —preguntó Gavin.

—Los veo en eventos locales de vez en cuando —respondió Maitland—, y a veces nos prestamos equipo si lo necesitamos. El problema es que todos estamos tan ocupados con las tareas diarias que no nos queda mucho tiempo para socializar. Hablando de eso, si no tienen más preguntas, necesito terminar estas nóminas antes de las tres para poder transferir el dinero en línea.

Carys guardó su libreta en el bolso.

—No, no hay más preguntas. Gracias por su tiempo, Dennis. Si llega a escuchar algo sobre alguien usando ese camino, ¿podría llamarnos?

—Lo haré.

CAPÍTULO 19

Kay tocó el control de volumen en el volante mientras el tráfico se detenía en Ashford Road y observó el hatchback plateado que ejecutó un giro de ocho puntos en la entrada del arco de Turkey Mill antes de pasar disparado frente a ella en dirección contraria.

Se preguntó cuántos otros conductores se verían tentados a hacer lo mismo e intentar encontrar otra ruta hacia el centro de la ciudad.

Después de revisar el reloj en el tablero, hizo una mueca cuando un motociclista arriesgó la vida para zigzaguear entre los vehículos detenidos en un destartalado scooter que probablemente no pasaría su próxima revisión técnica, y se preguntó si debería llamar a Sharp para pedirle que dirigiera la sesión informativa esa mañana.

Le quedaban otros cuarenta minutos antes de que tuviera que estar en la sala de incidentes, y cruzó los dedos cuando la fila de coches avanzó.

Más temprano esa mañana, un golpe en su puerta principal había alterado su rutina matutina cuando la mujer del refugio de vida silvestre entregó cuatro cachorros de zorro al cuidado de Adam y se apresuró a llevar a sus hijos a la escuela a tiempo.

Salir de casa diez minutos más tarde de lo normal causó estragos en el trayecto de Kay, pero Adam estaba luchando por alimentar a los cuatro zorros hambrientos por su cuenta, y ella se había apiadado de él, sosteniendo a cada cachorro mientras él administraba la siguiente porción especializada de comida.

Sonrió. Si era honesta, disfrutaba la oportunidad de compartir tiempo con él y las últimas adiciones temporales a su hogar; después de todo, no todo el mundo podía decir que tenía una camada de cachorros de zorro en su cocina.

En algún momento, tendría que invitar a Carys a conocerlos antes de que fueran devueltos al centro de rehabilitación de vida silvestre y liberados, de lo contrario la agente nunca se lo perdonaría.

Mientras levantaba el pie del freno, el coche ganó velocidad a medida que el tráfico se aliviaba, y exhaló cuando la carretera se curvó pasando el museo de carruajes y el Archbishop's Palace.

Le quedaban quince minutos de sobra, lo que le daba tiempo suficiente para revisar cualquier correspondencia, nuevas pistas e informes que Debbie habría procesado en HOLMES2 y dejado en su escritorio antes de que el turno comenzara en serio.

Mientras giraba el coche hacia la entrada de asfalto junto a la comisaría de ladrillo, se inclinó por la ventanilla y pasó su tarjeta de seguridad y condujo lentamente hacia adelante para evitar a cuatro agentes uniformados que salieron corriendo por la puerta lateral y se dirigieron a sus coches.

Frunció el ceño mientras se acercaba a un espacio de estacionamiento libre, reconociendo la figura de Carys acurrucada junto a su propio coche, con una expresión preocupada grabada en su tez clara mientras los dos vehículos de patrulla pasaban volando por la barrera, con las sirenas sonando.

La mujer levantó la barbilla ante la llegada de Kay, luego se quedó cerca del capó mientras ella aparcaba marcha atrás y agarraba su bolso del asiento del pasajero.

—Buenos días, Carys —dijo, cerrando la puerta con llave—. ¿Todo bien?

—¿Podría hablar contigo, jefa? ¿Antes de que

entres? —Levantó un vaso para llevar—. Te traje un café.

—Gracias. —Kay alzó una ceja—. ¿Qué sucede?

Carys se acercó más a Kay antes de que sus hombros se hundieran. Giró su propio vaso entre sus manos. —Lo siento, jefa. No hay una manera fácil de decirte esto, y ha estado dando vueltas en mi cabeza desde que recibí la llamada el viernes porque sé cuánto tienes entre manos en este momento, y con esta investigación y todo...

Kay tomó un sorbo de café y la miró por encima del borde del vaso.

El nerviosismo de la agente era palpable; una energía que emanaba de ella mientras movía los pies y dirigía su mirada a la superficie picada del estacionamiento.

Bajando el vaso, Kay inclinó la cabeza hacia un lado. —¿Carys? ¿Qué pasa?

Carys tragó saliva, luego aclaró su garganta. —No sé cómo decir esto, jefa, pero me han ofrecido una entrevista.

—¿Entrevista? ¿Para qué?

—Un ascenso. Oficial.

—Oh. No sabía que hubiera vacantes disponibles en la División Oeste. Yo... —El corazón de Kay dio un vuelco mientras su mundo se tambaleaba, un sentimiento inexplicable de que lo que sucediera en los próximos momentos tendría un impacto monumental en el futuro de ambas. Se mordió el labio cuando la implicación completa de lo que Carys le estaba diciendo la golpeó en el plexo solar—. ¿Dónde?

—Glamorgan, jefa. Cardiff.

—¿Gales? —Kay parpadeó—. Eso está a kilómetros de distancia.

—Lo sé, ¿verdad? —Carys logró esbozar una sonrisa triste.

—Maldita sea.

—Yo... yo solo no quería que te enteraras por rumores, no después de todo lo que has hecho por mí. Has sido tan buena conmigo, dándome una oportunidad y todo a lo largo de los años.

—¡Buenos días, jefa!

Kay levantó la vista ante un grito desde el otro lado del estacionamiento y alzó su vaso de café en señal de saludo a Phillip Parker, que se dirigía hacia la entrada con Debbie, y luego se volvió hacia Carys.

—¿Alguien más lo sabe?

—No. Quería decírtelo a ti primero.

—¿Cuándo es la entrevista?

—El viernes. Tengo que ir el jueves por la noche, porque es a las diez de la mañana en Bridgend. Nunca lo lograré si intento salir temprano, y...

—No, está bien. Hablaré con Barnes. Lo resolveremos. Vaya. Cardiff, ¿eh? —Kay sonrió, el shock se convirtió en orgullo mientras colocaba su mano en el brazo de Carys y comenzaba a guiarla hacia la comisaría—. ¿Saben en lo que se están metiendo?

Carys sonrió, sus hombros relajándose. —Estaba preocupada, jefa. No sabía qué ibas a decir. Pensé que estarías enojada conmigo.

—¿Enojada contigo? No, para nada. Es solo un shock, eso es todo. —Hizo una pausa en la puerta, envolviendo sus dedos alrededor del mango antes de mirar a su colega—. ¿Te das cuenta de que si te entrevistan, vas a vencer a la competencia? En serio, tienes lo que se necesita. ¿Estás segura de que esto es lo que quieres?

—Quiero ser oficial, jefa. Estoy lista. Y seamos realistas, con los recortes presupuestarios por aquí últimamente, no voy a tener otra oportunidad de ascenso por aquí pronto, ¿verdad? —Carys se animó un poco—. Al menos podré permitirme mi propio apartamento en Gales. Podría tener un gato.

Kay asintió, incapaz de expresar un argumento contra las observaciones de la mujer, y tiró de la puerta para abrirla.

—Te voy a echar muchísimo de menos.

CAPÍTULO 20

Kay extendió la mano a ciegas hacia el teléfono de su escritorio cuando empezó a sonar, y hojeó un informe que debería haber leído hace cuatro días relacionado con las limitaciones de personal en la División Oeste, mientras sus pensamientos daban vueltas sobre la conversación que había tenido con Carys.

La reunión informativa había pasado en un borrón de conversaciones ruidosas y papeleo, junto con una sensación de temor de que un cambio en el personal sin un reemplazo probable que igualara las habilidades de la agente tendría un efecto dominó en el equipo.

—Inspectora Kay Hunter.

—¿Detective? Soy Oliver Townsend. Nos conocimos el domingo.

—Buenos días, señor Townsend. ¿En qué puedo ayudarle?

—En realidad, se trata de lo que yo podría hacer por usted. Anoche hablé con Brian, el tipo que solía dirigir el grupo de veteranos aquí en Riverhead del que le hablé.

Kay apartó el informe y alcanzó su libreta. —Eso fue rápido, gracias. ¿Pudo ayudar?

—Él no, pero uno de los habituales me oyó hablar con él y podría tener información para ayudarle. El caso es que pensé que sería mejor que hablara con él en persona, así que me preguntaba si ahora sería un buen momento.

—Tengo una reunión a las dos de esta tarde, pero si salgo ahora...

—No hace falta —dijo Townsend—. Stephen tenía que venir a Maidstone por algo y le di un aventón, así que estamos aquí. Íbamos a tomar un café y nos preguntábamos si querría unirse a nosotros. Le ahorra el viaje.

—Eso es genial, gracias. ¿Dónde están?

—Estamos echando un vistazo a ese café que está justo a la vuelta de la esquina de todos los bancos en High Street. No parece estar muy lleno.

—Perfecto, estaré allí en cinco minutos.

Terminó la llamada, cogió su abrigo del gancho

junto a la oficina de Sharp y bajó corriendo las escaleras hasta el mostrador de recepción.

—Hughes, si alguien me busca, voy a salir por una hora. Llámame si surge algo urgente.

El sargento de guardia levantó una mano en señal de reconocimiento, y ella salió volando por la puerta.

Arriesgando la vida para zigzaguear entre el tráfico que fluía por Palace Avenue, Kay llegó al café a tiempo y vio a Oliver Townsend sentado en una mesa puesta para cuatro al fondo, mirando hacia la sala.

Él se levantó cuando ella se acercó, le estrechó la mano y señaló al hombre a su lado.

—Detective Hunter, este es Stephen Halsmith. Como le dije por teléfono, él podría ser capaz de ayudarle.

Kay levantó la barbilla mientras el hombre echaba hacia atrás su silla.

Era varios centímetros más alto que ella, con los antebrazos adornados con tatuajes descoloridos y una cicatriz de diez centímetros en el dorso de su mano derecha. Su apretón de manos era firme y su mirada constante. Al igual que Oliver, llevaba el pelo más largo de lo que lo habría llevado en las fuerzas armadas, y su físico era más bien esbelto que musculoso y fornido.

—Detective Hunter.

Halsmith hablaba con un suave acento de Northumbria sazonado con el gruñido de un fumador.

—Gracias por pedirme que viniera —dijo ella. Pidió un café a la camarera y luego juntó las manos sobre la mesa—. Supongo que Oliver lo ha puesto al tanto de mi investigación.

—Lo ha hecho —dijo Halsmith—. No sé si lo que puedo contarle ayudará, pero pensé que debía intentarlo. Nunca se sabe, ¿verdad?

—Cierto. ¿Qué hizo en el ejército?

—Infantería. Serví dos misiones en los Balcanes, una en Kosovo y otra en la primera Guerra del Golfo. —Su mirada se desvió hacia la ventana sobre el hombro de ella—. Vi morir a demasiados amigos, y los otros... bueno, digamos que su salud nunca volvió a ser la misma después.

—¿A qué se dedica estos días?

—Crucigramas y tiro con arco de competición. —Sonrió—. Y cuido a mis nietos durante la semana mientras mi hija y su marido están en el trabajo.

—No suena mal.

—Los dos son mucho trabajo, pero sí, me encanta.

Kay agradeció a la camarera que apareció con su café, luego se volvió hacia los dos hombres mientras una pareja de jubilados se sentaba un par de mesas a su derecha. —Muy bien. ¿Qué tiene para mí?

Halsmith se rascó la barba corta, luego envolvió sus manos alrededor de su taza de té y bajó la voz. —Olly me mostró la fotografía del tatuaje después de que le oyera hablar con Brian. Nunca lo había visto antes, pero había oído cosas. En los viejos tiempos de Kosovo.

—¿Como qué?

—Algo relacionado con una patrulla de seis hombres que se ausentó sin permiso y rescató a algunas mujeres y niños. —Negó con la cabeza—. No sé, a veces oyes historias así y hay un tufillo a mentira. Mito urbano, ese tipo de cosas. Pero esta cobró fuerza durante un tiempo antes de extinguirse. Había oído que a todos los hombres los enviaron de vuelta a casa y los dieron de baja. Me olvidé de ello durante unos años, hasta que me metí en problemas.

—¿Problemas?

Él mantuvo su mirada. —Drogas. No mucho. Pero fui estúpido. Debería haber intentado hablar con alguien simplemente. Por suerte, mi mujer se enteró del grupo de apoyo de Brian y me arrastró allí. No he mirado atrás desde entonces.

—¿Hace cuánto tiempo de eso?

—Unos diez años ya. Hoy en día voy para ayudar,

escuchar a los más jóvenes. Todos hemos pasado por ello, así que es bueno hacer algo para apoyar a otros en una situación similar. En fin, un día, debe hacer unos cinco años, un tipo se presenta en una de las reuniones del lunes por la noche. Era obvio que había estado durmiendo en la calle. Brian es bueno con la gente nueva, así que le consiguió ropa limpia, un kit de ducha, cosas así. El lugar donde nos reunimos alberga un club de cricket y tiene vestuarios, así que pudo lavarse y esas cosas mientras estaba allí.

—¿Alguna idea de dónde se había estado quedando?

—Acampando al aire libre, supongo. Hay muchos que lo hacen; es más seguro estos días, y lo era también entonces. Nunca lo había visto por la ciudad antes de eso, ni en Sevenoaks ni en Tonbridge. No tiene sentido ir a los lugares más pequeños: no ganarás suficiente dinero mendigando.

—¿Viste el tatuaje?

—No, nunca. Simplemente pensé en él cuando escuché hablar a Olly y até cabos. Nunca le pregunté qué hizo en Kosovo, pero me aferré al hecho de que había estado allí por algunos de los comentarios que hizo. De alguna manera, se abrió más conmigo después de eso, sabiendo que probablemente había visto algunas de las cosas que él había visto.

—¿Cómo descubrió que era uno de los seis hombres?

—Mencionó que había ayudado a rescatar a algunos refugiados en el noventa y nueve. Dado el lugar donde había estado destinado y el hecho de que admitió que dormía a la intemperie porque no tenía pensión del ejército, até cabos. Para ser honesto, estaba asombrado de él. Fue algo increíble lo que hizo.

—¿Puede recordar su nombre?

—Sí. Ethan Archer. Debía de tener unos cuarenta y tantos años la última vez que lo vi.

Kay rebuscó en su bolso y sacó el boceto compuesto. —¿Es este?

—Sí, creo que es él.

—¿Cuándo vio a Ethan por última vez?

Halsmith apuró su té, miró a Townsend y luego volvió a mirar a Kay. —Bueno, esa es la cuestión, ¿sabe? Eso es lo que le estaba contando a Olly. No he visto a Ethan desde hace tres o cuatro años.

—¿Qué quiere decir? ¿Qué le pasó?

—Nadie lo sabe. Un día, dejó el grupo y nunca más lo volvimos a ver.

—¿Comprobó con otros contactos que tuviera?

—Sí, y pregunté por un tiempo, pero es como si se hubiera esfumado. Nadie sabe nada.

CAPÍTULO 21

Al abrir la puerta de la sala de incidentes, Kay se llevó los dedos a los labios y silbó.

Después de disculparse con el policía en el escritorio más cercano a ella, que saltó en su asiento por la repentina interrupción, alzó la voz.

—Todos, reunión ahora por favor. Tenemos un avance respecto a la identidad de nuestra víctima.

Dio una palmada en el hombro de Barnes al pasar por su escritorio. —Necesitaré tu ayuda para coordinar todo esto. ¿Puedes delegar parte de tu otro trabajo?

—Puedo intentarlo —dijo él—. Otro detective en la Jefatura me debe un favor por ese caso de robo del mes pasado.

—Haz lo que puedas. ¿Está Sharp?

—Sí.

—¿Podrías avisarle que tal vez quiera unirse a nosotros? Creo que le interesará escuchar esto.

—Lo haré.

Esquivando a uno de los administrativos que casi chocó con ella, con los brazos cargados de informes, Kay cruzó la habitación hasta la pizarra blanca y la acercó a la pared del fondo donde se había fijado un largo tablón de corcho.

La fotografía de su víctima fue el primer elemento que se fijó en él y, mientras el equipo buscaba asientos y se acomodaba, ella comenzó a crear una red de hechos conocidos hasta la fecha. Cuando se dio la vuelta, un mar de rostros la miraba con expresiones ansiosas.

Sharp se apoyaba contra la fotocopiadora, con la mirada clavada en la pizarra.

Kay se aclaró la garganta. —Gracias a todos. Si falta alguien, si alguien está fuera siguiendo pistas, ¿puede alguien asegurarse de que esta información se transmita tan pronto como termine la reunión?

Debbie West levantó la mano. —Yo me encargaré de eso, jefa.

—Gracias. He recibido confirmación en la última hora de que nuestra víctima es Ethan Archer. Se sabe que asistía a un grupo de apoyo para veteranos en

Riverhead hasta hace tres o cuatro años, momento en el que desapareció. Antes de eso, había estado en el Ejército Británico y sirvió en Kosovo. Uno de los miembros del grupo de apoyo, Stephen Halsmith, recuerda que cuando Ethan apareció por primera vez en el grupo, había estado durmiendo a la intemperie; Halsmith cree que había estado acampando en la naturaleza basándose en algunos de los comentarios que Ethan le hizo durante el tiempo en que asistió al grupo.

Hizo un gesto hacia las dos pizarras de información. —Ahora que tenemos un nombre, quiero que nos centremos en identificar a los familiares más cercanos, cualquier rastro de él dentro del sistema de servicios sociales, y si es conocido por las organizaciones benéficas locales. ¿Dónde está Laura?

Una mano se levantó en la parte de atrás del grupo. —Aquí, jefa.

—¿Puedes hacer un seguimiento con el departamento de vivienda del Ayuntamiento y hablar para ver si alguien reconoce el nombre o su fotografía? Halsmith cree que si Ethan mendigaba de vez en cuando, se dirigía a Sevenoaks o Tonbridge. Puedes coordinarte con los policías Ben Allen y Nigel Best por esa zona si necesitas manos extra.

—Sí, jefa.

—Revisa Maidstone también, y amplía tu búsqueda según sea necesario. ¿Alguien aquí tiene contactos dentro de los planes de vivienda del Consejo del Condado de Kent?

—Yo conozco a alguien —dijo el policía Dave Morrison—. Si ella no puede ayudar, tal vez pueda decirnos con quién podemos hablar.

—Bien, gracias. Te lo dejo a ti. Pasando a las actividades de ayer, Ian, ¿hay alguna novedad sobre esa furgoneta o las marcas de neumáticos en el camino?

Barnes dio un paso adelante. —Patrick está procesando las huellas que él y su equipo tomaron ayer. Encontramos evidencia de trampas y conejos muertos, pero aún no estamos seguros de si están relacionados con la furgoneta.

—Entonces, ¿podríamos estar viendo un ángulo de caza furtiva en lugar de algo relacionado con la muerte de Ethan?

—Es una posibilidad, jefa. Haré un seguimiento con la división de Crímenes Rurales esta mañana para obtener sus opiniones al respecto.

—De acuerdo. Carys y Gavin, ¿qué dijo Dennis Maitland?

—Él pensó que tal vez eran cazadores furtivos los

que usaban el camino, pero creía más probable que fueran jóvenes —dijo Carys—. Cree que cualquiera que cace furtivamente por allí va tras cosas más grandes, como ciervos. Sin embargo, nos dio los detalles de los propietarios de las granjas vecinas. He puesto esa información en el sistema y organizaremos entrevistas con ellos a lo largo de mañana.

—Mencionó que, hasta donde él sabe, ninguno de sus vecinos posee una avioneta ligera —dijo Gavin—. Y confirmó que él tampoco usa una.

Kay les agradeció mientras volvían a sus asientos. —Dado el estado de los forenses con las marcas de neumáticos, Ian, ¿puedes coordinarte con uniforme para realizar investigaciones adicionales con los residentes a lo largo de ese camino nuevamente? Necesitamos corroborar la declaración de Peter Winton de que escuchó un vehículo ese domingo por la noche. Si alguien tiene una cámara de seguridad fijada en su propiedad, ve si puedes conseguir alguna grabación también. Sé que es una posibilidad remota, pero necesitamos cerrar esa línea de investigación si no tiene relación con la muerte de Ethan.

—Lo haré, jefa.

Kay exhaló. —Bien, eso es suficiente para empezar. Podéis retiraos, pero ya sabéis dónde encontrarme si tenéis alguna pregunta. Gracias por vuestro tiempo.

Reunió sus notas mientras las sillas se arrastraban hacia atrás y el equipo se dispersaba.

Sharp le hizo señas para que se acercara mientras regresaba a su oficina. Cuando ella entró, él cerró la puerta y se volvió hacia ella.

—Necesitamos tomar una decisión sobre si le contamos al equipo acerca de la participación de Archer en el rescate de esas mujeres y niños en los Balcanes.

—¿Te refieres a por si el motivo del asesino fue venganza por la misión de rescate, incluso después de todo este tiempo?

—Exactamente.

Ella suspiró, se pasó una mano por el pelo y se acercó a la ventana antes de apoyarse en el alféizar. —No sé si es lo correcto hacer eso todavía. Quiero decir, podría influir en la investigación si se lo decimos.

—¿Quieres agotar otras posibilidades primero?

—No me importaría, solo para estar segura. De lo contrario, solo somos tú y yo interpretando lo que sucedió en el noventa y nueve como un motivo, ¿no es así? No tenemos evidencia que sugiera que ese sea el caso. Hay tantas incógnitas en este momento, ¿verdad?

—De acuerdo. Estoy conforme con que continúes dirigiendo la investigación sobre esa base, pero si crees que alguna evidencia que salga a la luz apunta hacia ese incidente militar, me lo haces saber de inmediato.

Kay asintió y se dirigió hacia la puerta. —No te preocupes, lo haré, especialmente si alguien amenaza a mi equipo.

CAPÍTULO 22

Gavin vio su reflejo en la pared de espejo del ascensor e intentó apresuradamente alisarse el pelo mientras Laura presionaba el botón del tercer piso.

Ella le sonrió mientras las puertas se cerraban. —Tengo laca en mi bolso si la quieres.

Él bajó la mano y se dio la vuelta hacia la pared, recorriendo con la mirada el texto del cartel encima del panel de control. —Muy graciosa. ¿Con quién nos vamos a reunir?

—Valerie Hayes. Es una oficial de enlace entre el Ayuntamiento y las organizaciones benéficas locales para personas sin hogar. Estoy teniendo problemas para contactar con algunas de las organizaciones benéficas, son voluntarios a tiempo parcial. Pensé que si Valerie pudiera actuar como intermediaria, nos liberaría para seguir algunas de las otras tareas que Kay nos dio.

—Suena como un buen plan. ¿Cómo la conoces?

—No la conozco, es el contacto de Dave Morrison que mencionó en la reunión informativa. Él todavía está dividiendo su tiempo entre nosotros y una audiencia en el tribunal esta semana, así que me ofrecí a reunirme con ella en su lugar. —Frunció el ceño—. ¿No te importa, verdad?

El ascensor se detuvo con una sacudida, y Gavin extendió la mano mientras las puertas se abrían.

—Para nada, prefiero estar haciendo esto que estar atrapado en la sala de incidentes. —Se desabrochó la chaqueta mientras caminaban por un corto pasillo hacia un mostrador de recepción sin personal—. Para empezar, aquí hace más calor.

Laura contuvo una risita mientras él tocaba un timbre en el mostrador.

Momentos después, una joven apenas salida de la adolescencia y con abundante maquillaje en los ojos apareció por una puerta abierta a la izquierda del mostrador e inclinó la cabeza.

—¿Puedo ayudarles?

—Agente Laura Hanway y mi colega, el agente Gavin Piper. —Laura guardó su placa en el bolsillo—. Valerie Hayes nos está esperando.

—Un momento.

La chica giró sobre sus talones y desapareció, pero Gavin pudo oírla hablando con alguien en la habitación contigua.

Se oyeron pasos sobre la delgada alfombra y luego una mujer mayor con el pelo castaño hasta los hombros entró en el área de recepción, con una carpeta de archivador negra bajo el brazo. Extendió su mano primero a Laura.

—Soy Valerie Hayes. Me temo que no tenemos una sala de reuniones dedicada en este piso, así que tendremos que usar la oficina de mi jefe. —Pasó rozando a Gavin y se dirigió por el pasillo, luego les llamó por encima del hombro—. Está en una reunión en Chatham hasta las cuatro y el tráfico subiendo la colina a esta hora del día suele ser terrible, así que deberíamos estar bien.

Se detuvo al final y abrió una puerta, quedándose a un lado para dejarles pasar.

—Tomen asiento. Les ofrecería algo de beber, pero el fontanero lleva una hora con la cabeza metida bajo el lavabo del baño de caballeros, y no creo que el agua vuelva pronto.

Mientras Gavin se sentaba en una de las dos sillas para visitantes junto a un escritorio barato de imitación de roble, observó el desorden de papeles esparcidos y los recordatorios escritos en notas adhesivas pegadas alrededor de los bordes de la pantalla del ordenador. Se preguntó cómo el jefe de Valerie había logrado escapar con tantos otros compromisos clamando por su tiempo.

Toda la habitación parecía un caos total.

—Deberían verlo en un mal día. —Valerie metió la carpeta de archivador en un hueco entre otras dos en una estantería junto a la ventana y luego se sentó frente a ellos—. Mencionó por teléfono que tenía una consulta urgente con respecto a un veterano sin hogar, agente Hanway.

Gavin captó la mirada de reojo de Laura y le hizo un gesto para que continuara.

Si ella ya había establecido una relación básica con la mujer, entonces estaba contento de dejar que su colega manejara la entrevista.

—Estamos tratando de averiguar más sobre un hombre llamado Ethan Archer —dijo ella—. Estamos investigando una muerte sospechosa, y entendemos por personas que lo conocían que desapareció del área hace tres o cuatro años. Esperamos que pueda ayudarnos a averiguar dónde ha estado viviendo durante ese tiempo.

Valerie infló las mejillas. —Vaya. Eso es mucho pedir. ¿Saben algo sobre sus antecedentes?

—Creemos que pudo haber sido ex infantería, potencialmente del Regimiento de Paracaidistas —dijo Laura—. Se sabía que dormía en la calle, y había estado asistiendo a un grupo de apoyo para veteranos en Riverhead antes de su desaparición. Nos preguntábamos si estuvo en contacto con este departamento en algún momento durante ese periodo en que no se le había visto, o si tienen una última dirección conocida de él.

—Me llevaría un día o dos revisar nuestra base de datos —dijo la oficial de vivienda—. ¿Tienen una fecha de nacimiento para él?

—Todavía estamos esperando la confirmación del Ejército Británico —dijo Gavin.

—Bien, bueno, podría llevar tiempo encontrarlo sin ella, pero puedo intentarlo.

—Gracias.

Valerie terminó de escribir una nota para sí misma y arrancó la página del bloc junto al teclado del ordenador de su jefe. —¿Saben cuándo dejó el ejército?

—Creemos que en el noventa y nueve.

—Eso es hace mucho tiempo.

—Nos damos cuenta de que esto no va a ser fácil.

Haciendo una mueca, Valerie dobló la nota y la golpeó con las yemas de los dedos. —No lo es.

Quiero decir, a menos que fuera específicamente remitido a este departamento, o a una versión anterior del mismo, tendremos suerte si encontramos un registro de él.

—¿Qué tipo de problemas experimentan estos veteranos? —dijo Laura.

—Aparte de los problemas físicos y mentales que típicamente vemos en veteranos que han experimentado conflictos, es a menudo cuando regresan a la vida civil que los problemas se manifiestan —dijo Valerie—. Muchos de ellos se alistaron a una edad temprana, finales de la adolescencia o principios de los veinte, por lo que el ejército, por ejemplo, es la única vida que conocen. Creo que en los últimos años han comenzado a darles un poco de ayuda cuando se van, una especie de transición de uno a otro, pero no es suficiente. Es un gran shock para el sistema pasar de tener tu vida organizada diariamente hasta el más mínimo detalle a tener que planificar todo por ti mismo. En mi experiencia, he visto surgir los mismos problemas cuando los presos son liberados después de largas condenas.

—¿Cómo apoya su departamento a encontrarles alojamiento protegido?

—Si vienen a nosotros, los ponemos en contacto

con las organizaciones que pueden ayudarles con la vivienda y los servicios asociados. Se trata de armarlos con información para que puedan tomar las decisiones correctas. —Hizo una pausa y señaló las filas de archivos que alineaban los estantes—. Sin embargo, estamos sobrepasados, y los ayuntamientos están siendo presionados por el gobierno en cuanto a la financiación. Desafortunadamente, el bienestar mental de nuestra creciente población sin hogar no es una de sus prioridades, a pesar de que la nuestra está creciendo porque los están alentando a abandonar las ciudades. No ha sido una prioridad para ellos durante casi una década, a pesar de todas las evidencias de que necesitamos desesperadamente el dinero para manejar el problema.

—Nuestra víctima podría haber estado durmiendo a la intemperie en el campo, acampando—dijo Gavin.

Valerie suspiró.

—En ese caso, es posible que nunca se hubiera registrado con nosotros en primer lugar, o si lo hizo y luego cesó todo contacto, habríamos perdido el rastro de cómo encontrarlo.

—¿Qué sucede si personas como él desaparecen o se mudan a otros lugares?

—Bueno, nada. Si no nos dicen a dónde van, no podemos ayudarlos.

—Seguramente tienen que hacer algo por ellos si hacen eso —dijo Laura—. Quiero decir, ¿qué pasa con los beneficios a los que podrían tener derecho?

Valerie le dio a la joven agente una sonrisa triste.

—Ese es el problema. A algunas de estas personas no les importa eso. No *quieren* ser encontradas.

CAPÍTULO 23

Kay hojeaba las páginas del periódico gratuito que habían metido por debajo de la puerta esa tarde, con la barbilla apoyada en la mano y el corazón apesadumbrado.

No leía las palabras.

No se concentraba en las fotografías de competiciones deportivas locales o actividades benéficas.

Su mente no dejaba de volver a la conversación que había tenido con Carys esa mañana, y las repercusiones que tendría en el equipo si la agente dejaba la Policía de Kent para perseguir sus ambiciones profesionales.

Un lloriqueo procedente de la jaula de alambre en la esquina de la cocina rompió el hechizo, y levantó la cabeza para asomarse por encima del borde de la encimera hacia donde Adam estaba sentado en las baldosas, revisando uno por uno a los cachorros de zorro y asegurándose de que cada uno recibiera una porción justa de la comida que les estaba administrando.

Desde que habían llegado esa mañana, los había estado alimentando cada hora y continuaría haciéndolo durante la noche.

—Carys se va —dijo, escuchando el asombro y la tristeza en su propia voz.

Él levantó la cabeza de golpe, su mirada encontrándose con la de ella, olvidando al cachorro en su regazo. —¿Cuándo?

—No lo sé. Pronto, supongo. Tiene una entrevista en Bridgend con la Policía de Gales del Sur el viernes. Si consigue el trabajo, se muda a Cardiff.

Adam acarició al cachorro entre las orejas antes de colocarlo sobre las mantas en la jaula junto a sus hermanos, y luego se enderezó. Se lavó las manos y cogió una toalla del gancho debajo del fregadero.

Acercándose a ella, se secó las manos y luego se sentó en un taburete frente a ella.

—¿Cuándo te lo dijo?

—Esta mañana, cuando llegué. Me abordó en el aparcamiento. —Logró esbozar una pequeña sonrisa

—. Creo que no durmió mucho anoche, preocupándose por ello.

—¿Estás bien?

—Sí, solo triste en realidad. Es decir, sé que no puedo mantenerlos a todos conmigo para siempre, pero he llegado a depender tanto de ella. Es mi agente más experimentada.

—¿Por qué Cardiff?

Kay se encogió de hombros. —Es muchísimo más barato vivir allí que aquí. Y creo que simplemente es donde está el trabajo. El puesto de oficial, quiero decir. No es como si tuviera que quedarse allí para siempre si no quisiera, aunque creo que podría tener amigos en esa parte de Gales, así que...

—Esto podría haber estado siempre en sus planes. —Adam dobló la toalla y la colocó en la encimera a su lado—. ¿Cuándo tendría que empezar?

—En cuatro semanas, si consigue el trabajo...

—Que lo conseguirá, porque estamos hablando de Carys.

—Exactamente.

—Aún tienes a Gavin, y está esa nueva agente en periodo de prueba en el equipo ahora.

—¿Laura? Sí, creo que tiene mucho potencial. Quizás un poco menos ambiciosa que Carys.

—Eso no es algo malo.

—Tal vez, aunque voy a extrañar la dinámica.

—¿Los demás lo saben?

—He puesto al día a Barnes, solo para que esté preparado para la carga de trabajo adicional. No creo que vayamos a obtener los fondos para contratar a una agente completamente formada para reemplazarla; tendremos que esperar a la próxima promoción de uniformados o al programa de vía rápida.

—¿Pero Gavin aún no lo sabe?

—No. Pensé que probablemente sea mejor esperar hasta que tengamos confirmación de que realmente se va antes de preocuparlo por ello.

—Le hará bien a su confianza, seguro.

—Probablemente tengas razón.

Él extendió la mano y apretó la suya cuando sonó el timbre. —Yo voy. ¿Quieres preparar los platos? Ese debe ser el pedido de comida india.

Kay se deslizó de su taburete y sacó platos del armario sobre la tabla de cortar, colocó cubiertos junto a ellos en la encimera y había destapado dos botellas frías de cerveza para cuando Adam apareció con una bolsa de comida.

—Dios, eso huele bien —dijo, y se rio cuando los cuatro cachorros de zorro levantaron sus narices al aire—. Y ustedes no van a probar nada de esto, pequeños.

—Cerraré la puerta para que no se escapen mientras comemos —dijo Adam, asegurando un lazo de alambre alrededor de los barrotes.

Momentos después, estaban comiendo en un silencio agradable, con un recipiente de aluminio con arroz entre ellos y otro con una mezcla de sobras que picoteaban después de la comida principal.

Kay tomó un trago de cerveza y señaló a los zorros. —Ya se ven mejor. No tan desaliñados como cuando llegaron esta mañana.

—Amy pasará a principios de la próxima semana si siguen mejorando. A este ritmo, pueden atenderlos mejor en el centro de rescate una vez que estén fuera de peligro inmediato.

—¿Qué les pasará cuando los liberen?

Adam se sirvió otra cucharada de arroz en su plato y lo mezcló con los jugos de su salsa de curry antes de responder.

—El centro de rescate tiene una lista de granjeros amigables —dijo—. Aquellos que no permiten la caza en sus tierras y que no tienen ganado del que preocuparse. Estos cuatro probablemente terminarán en algún lugar cerca de Ringlestone; está cerca de donde los encontraron y no está encima de liberaciones anteriores. Tendrán mucho terreno para separarse y vagar durante unos años.

—No sé cómo lo hace Amy —dijo Kay—. Me resultaría tan difícil dejarlos ir, sin saber qué les pasará.

—Sería más cruel mantenerlos. —Adam sonrió—. Además, solo tiene tanto espacio en el centro, y siempre hay otros animales que necesitan cuidados. Deberíamos invitar a Carys aquí antes de que se vayan si tiene tiempo. Nunca te perdonaría si no pudiera sostener a uno.

Kay chocó su botella de cerveza contra la de él. —Suena como un buen plan, señor Turner.

Él le guiñó un ojo y señaló el resto de la comida con su tenedor. —Si vas a comer más, tómalo; de lo contrario, voy a terminar con todo eso.

CAPÍTULO 24

Barnes sacó sus botas de agua de la parte trasera del coche y dejó escapar un resoplido mientras se acomodaba en el asiento del copiloto para ponérselas.

A su lado, Carys se tambaleaba sobre un pie mientras intentaba meter el otro en una bota, maldiciendo por lo bajo.

—Será mejor que te acostumbres a esto, Miles. Adonde vas, hay granjas de ovejas por todas partes.

—Todavía no estoy allí, Ian. Primero tengo que conseguir el trabajo. Además, es Cardiff, no el campo. —Se enderezó y le dirigió una sonrisa triste —. Kay te lo contó, ¿eh?

—Sí —dio un último empujón con el pie y la bota se deslizó—. Gracias a Dios. Estoy seguro de que estas se encogieron cuando las lavé con la manguera la otra mañana.

—¿Te las has puesto en el pie correcto?

Él sonrió, le hizo un gesto obsceno con los dedos y luego se puso de pie para observar los campos más allá del patio donde habían aparcado, inhalando el aire fresco.

Hileras e hileras de árboles frutales nudosos se extendían hasta donde alcanzaba la vista.

Carys siguió su mirada.

—Es diferente por aquí, comparado con la granja de Maitland, ¿no? Más plano.

—No se siente tan desolado en esta época del año tampoco. —Se quedó de pie con las manos en la cintura y se volvió para examinar la extensa propiedad—. No sé cómo la gente hace esto para ganarse la vida. Es un trabajo jodidamente duro, especialmente ahora que no pueden garantizar ninguna ayuda para la cosecha del extranjero.

—Escuché que el año pasado estuvo bastante mal aquí. Muchos de los recolectores de fruta ni se molestaron en venir. —Carys rodeó un charco profundo que se extendía entre un remolque de plataforma plana y un vehículo todoterreno destartalado—. ¿Con quién nos vamos a reunir?

—Con él —dijo Barnes, y levantó la mano cuando

un hombre apareció en la puerta de la casa de la granja y se acercó caminando hacia él—. ¿Hugh Ditchens?

—Ese soy yo. —El granjero de unos cincuenta años estrechó la mano de Barnes, luego la de Carys y señaló un edificio de ladrillo bajo que se pegaba a un lado del patio—. Vengan a la oficina. No importará si ensuciamos el suelo con barro, y está caliente. Encendí la calefacción allí hace una hora. ¿Están bien con las bebidas?

—Estamos bien, gracias. ¿Están muy ocupados aquí en este momento?

—En un pequeño descanso —dijo Ditchens, mientras caminaba hacia su oficina y los guiaba adentro—. No se preocupen por dejar las botas en la puerta, nadie más lo hace.

Su voz era alegre y directa.

Mientras Barnes recorría con la mirada las paredes y observaba los planificadores anuales y las acuarelas de aficionados que competían por espacio junto a tres descoloridas láminas de aviación, cada una representando un avión de la Segunda Guerra Mundial en vuelo, y dibujos infantiles clavados al lado de estos, sintió que Ditchens no era un hombre que se dejara llevar fácilmente por el estrés.

—¿Esto es sobre el tipo que encontraron en el

campo de Dennis? —dijo Ditchens, señalando un sillón desvencijado y una silla de camping destartalada—. Disculpen por los muebles. Planeo conseguir algunas piezas más nuevas cerca del verano.

Barnes miró la silla de camping con sospecha e ignoró la mirada astuta que Carys le lanzó mientras se hundía en el sillón y cruzaba las piernas. Se acomodó en ella, medio esperando aterrizar en el suelo, y luego dirigió su atención al granjero.

—Así es. Solo unas pocas preguntas de rutina para ayudarnos a entender cómo pudo haber llegado allí en primer lugar. ¿Ha notado alguna actividad inusual durante las últimas dos semanas?

—No puedo decir que lo haya hecho. Obviamente, con la temporada turística a unos meses de distancia todavía, no está tan concurrido por aquí, eso puede ser un problema con los que tiran basura ilegalmente, particularmente en el campo que limita con el huerto de cerezos. Es el más cercano a la carretera, ¿sabe? Los cabrones se detienen, tiran toda su basura por encima de la cerca y luego se van conduciendo.

—Estamos particularmente interesados en cualquier cosa que haya podido ver o escuchar por la noche —dijo Barnes—. Vehículos, cosas así.

Ditchens se tiró del lóbulo de la oreja.

—Para ser honesto, normalmente estoy dormido a las diez y media la mayoría de las noches, así que no escucho mucho.

—¿Posee usted una avioneta, señor Ditchens? —dijo Carys.

Él se rio cuando la vio mirar por encima de su hombro las láminas de aviación.

—No, no me lo puedo permitir.

—Esas pinturas parecen antiguas.

—Eran de mi padre. Siempre tuvo debilidad por los aviones de combate de la Segunda Guerra Mundial, el Spitfire en particular.

—¿Conoce algún aeródromo privado en la zona? —dijo Barnes—. ¿Para fumigación de cultivos y cosas así?

—No conozco ninguno, y no puedo imaginar que alguien por aquí necesite usar uno; simplemente no tenemos la extensión de tierra como algunas de las granjas de cereales más grandes.

—¿De dónde viene su mano de obra? ¿Son locales?

—Mayormente del pueblo, sí. Hay más trabajo en la época de cosecha, por supuesto, así que traemos mano de obra ocasional para ayudar, aunque la mayor parte de la recolección de fruta se hace con máquinas estos días. —Sonrió indulgentemente—. Todavía hay algunos trabajos que la gente hace mejor.

—¿Aparecen viajeros buscando algo de trabajo?

—De vez en cuando. —Ditchens se movió en su asiento—. Aunque, esa es una tradición de Kent, ¿no? Todo el mundo solía venir de Londres en los viejos tiempos para ayudar con las cosechas de fruta y lúpulo. Lo convertían en unas vacaciones.

—¿Y cómo les paga?

—En efectivo. —El cuello del granjero se enrojeció—. Pero aclaro todo eso con mi contable cuando hago mi declaración de impuestos.

Barnes sonrió.

—Entendido, señor Ditchens. Muy encomiable de su parte. ¿Ha tenido algún problema con personas durmiendo a la intemperie en o cerca de su terreno?

—No, gracias a Dios. —Ditchens se reclinó en su silla y cruzó las manos sobre su regazo—. He oído que está sucediendo cada vez más, excepto que el gobierno no hará nada al respecto. Solo están interesados en las personas sin hogar que ven en las ciudades, ¿no? Supongo que tengo suerte de no tener que lidiar con ese tipo de cosas por aquí.

Barnes se levantó de la silla, las patas temblaron cuando se enderezó.

—Creo que esas son todas las preguntas que

tenemos por el momento, señor Ditchens. Gracias por
su ayuda.

—No hay problema, detective. Espero que
encuentren a quien mató a ese hombre. Quienquiera
que fuese, no merecía que su vida terminara así.
Simplemente no está bien.

CAPÍTULO 25

—Este es el lugar. Peverell Pet Food Supplies —dijo Laura, girando a la izquierda para salir de la carretera secundaria y siguiendo un camino de hormigón agrietado que serpenteaba entre espesos pinos.

Gavin hojeó las páginas que había impreso de una búsqueda en Internet mientras ella frenaba hasta detenerse.

—Dice que llevan aquí diez años, proporcionando carne de calidad a la industria de alimentos para gatos y perros. Conejos.

—Yo no podría hacer ese trabajo.

—Yo tampoco. —Dobló las impresiones y las dejó caer en el hueco de los pies—. Supongo que alguien tiene que hacerlo, ¿no? Si no, Fido no conseguiría su pienso seco sin conservantes ni cereales, ¿verdad?

—Mi hermana tiene un gato. No come nada excepto una marca particular de comida. La cara, por supuesto, que viene en esas bolsitas.

—Entonces, ¿no eres amante de los animales?

—Me gustan los animales, solo que ese no. Una bola de pelo malvada y viciosa. Solo me ofrecí a cuidarlo una vez. Nunca más, a menos que me den guantes de protección para usar.

Frenó junto a un destartalado coche familiar gris con salpicaduras de barro en los guardabarros.

Un escalofrío de temor recorrió los hombros de Gavin mientras seguía a Laura entre una serie de profundos baches y recorría con la mirada los edificios bajos que se abrazaban a la línea de la valla más allá del patio.

Se escuchaban ruidos apagados desde el interior, un zumbido de movimiento que fue atravesado por un solo chillido, y luego, silencio.

—Deberíamos haber insistido en el lugar del huerto —murmuró Laura.

Gavin no respondió, pero dirigió su atención al bungalow que se había construido a un lado, su posición tal que las ventanas daban la espalda a los edificios anexos y ofrecían una vista de un huerto bien establecido y bordes de flores recién cavados.

Un baño para pájaros de terracota ocupaba el centro del escenario en medio de un césped que necesitaba un corte, mientras que una bolsa de compost para macetas y una pala ligera habían sido dejadas sobre la hierba junto a un surco de tierra recién cortado.

La vista proporcionaba un fuerte contraste con lo que seguramente yacía dentro de los edificios a sus espaldas.

Al no ver a nadie fuera de la casa, tocó el timbre.

No tuvo que esperar mucho.

La puerta se abrió y apareció una mujer con un anorak azul y jeans ajustados, su cabello castaño claro rozando sus hombros.

—¿Sí? —dijo, con ojos verdes inquisitivos.

Gavin mostró su placa y presentó a Laura.

—¿Helen Peverell? Estamos realizando investigaciones en el área en relación con un incidente en la propiedad de Dennis Maitland. ¿Podemos hablar un momento?

El ceño de la mujer se frunció por un momento antes de que sus cejas se dispararan hacia arriba.

—¿Es esto sobre el hombre muerto que

escuchamos que había sido encontrado? Adrian iba a llamar a Dennis para averiguar qué estaba pasando.

—Así es. ¿Está su marido en casa?

—Está en la cocina. ¿Quieren pasar?

—Gracias.

Se limpió los zapatos en el felpudo de fibra de coco y la siguió por un pasillo sencillo desprovisto de cualquier obra de arte o chucherías hasta una cocina espaciosa en la parte trasera del bungalow.

Un hombre se levantó de una mesa junto a un gran refrigerador, su periódico abierto en las páginas de carreras de caballos. Extendió su mano.

—Adrian Peverell. ¿Escuché bien? ¿Son la policía?

—Sí —dijo Gavin—. Queríamos hacerles a usted y a su esposa algunas preguntas sobre un hombre cuyo cuerpo fue encontrado en uno de los campos de Dennis Maitland.

Adrian hizo un gesto hacia un par de sofás que ocupaban un lado del espacio de la cocina junto a una mesa baja.

—Vengan y tomen asiento aquí. ¿Una bebida caliente?

—No, pero gracias.

Dejó que Laura fuera adelante y recorrió con la mirada las velas manchadas de cera y los libros que ocupaban la mayor parte de la superficie de la mesa, y miró hacia arriba cuando Helen Peverell se sentó junto a su marido.

Ella sonrió.

—Pasamos la mayor parte de nuestro tiempo aquí, como probablemente puedan notar. A menudo es más cálido que la sala de estar en invierno. ¿Cómo podemos ayudarles?

Gavin les pasó el boceto de Ethan Archer.

—¿Han visto a este hombre antes?

Helen se mordió el labio e inclinó el boceto para que su marido pudiera verlo.

—No me resulta familiar. No, no creo. ¿Es el hombre que fue encontrado en el campo?

—Sí. Estamos tratando de establecer si podría haber estado acampando de forma rústica en el área. ¿Han experimentado algún robo en su granja o notado alguna indicación de allanamiento en los últimos meses?

Adrian devolvió el boceto y negó con la cabeza.

—No lo he hecho, pero tenemos cámaras de videovigilancia alrededor de la granja, y los límites del patio tienen alarmas activadas por la noche, así que si alguien intentara robar algo o entrar, lo sabríamos de inmediato.

—Ese es un arreglo de seguridad bastante

extenso, señor Peverell —dijo Laura—. ¿Han tenido problemas en el pasado?

Su boca se torció.

—Activistas por los derechos de los animales, hace unos dos años. A la gente no le gusta saber la verdad sobre de dónde viene la comida de sus mascotas.

—¿No venden los conejos para consumo humano?

—No, solo para comida de mascotas. Hay un par de negocios bien establecidos en el área que venden carne de caza de calidad, incluyendo conejo. Vimos un hueco en el mercado para carne más barata para alimentos de mascotas, así que no estamos en competencia con ellos. Helen viene de una familia de agricultores, y mi padre era carnicero...

—Pero tengo que decir que los conejos son mucho más fáciles de manejar que un rebaño de vacas —dijo Helen.

—No sabía que los conejos se criaban en batería —dijo Gavin.

—Es una práctica común en Europa. De ahí sacamos la idea —dijo ella—. La mayoría de los proveedores británicos de alimentos para mascotas importan la carne de conejo, pero pensamos que podríamos reducir los precios de importación y proporcionar una alternativa más barata.

—¿El negocio va bien? —dijo Laura.

—Extremadamente bien —dijo Adrian—. Un alivio, en realidad; pedimos un préstamo bancario enorme para comprar la granja.

—¿Cuántas personas tienen trabajando aquí?

—No muchas. Tenemos un puñado de trabajadores a tiempo parcial que vienen a ayudar cuando estamos sacrificando la carne y preparándola para su distribución, pero la mayor parte del tiempo somos solo nosotros dos. Podemos alimentar y mantener las jaulas y ocuparnos del funcionamiento diario del lugar. —Adrian se encogió de hombros—. Ayuda a mantener bajos los gastos generales. Por eso hemos tenido tanto éxito: no empleamos a mucha gente.

—¿Qué hay de la mano de obra ocasional, mochileros, gente así? —preguntó Gavin.

—Hemos tenido algunos que se han presentado y han pedido trabajo a lo largo de los años —dijo Helen—. Más bien gente con mala suerte buscando un poco de trabajo pagado en efectivo, pero siempre los hemos rechazado. Aquí hacemos todo según las normas, así que los trabajadores a tiempo parcial pasan por el sistema de nómina.

—Simplemente no podemos permitirnos que una inspección tenga alguna excusa para clausurarnos —dijo Adrian—. Este es nuestro sustento. Así que, como dice Helen, todo está documentado y contabilizado, incluidos nuestros trabajadores.

—¿Tienen una aeronave? —preguntó Laura.

Adrian se rio. —No, para empezar no podemos permitírnosla. Y no es como si la necesitáramos para criar conejos.

Gavin revisó sus notas, luego se levantó del sofá y le entregó una tarjeta de visita a Adrian. —Gracias a ambos por su tiempo hoy. Creo que eso es todo por ahora, pero si se les ocurre algo que pueda ayudarnos, o escuchan a alguien mencionar algo que les cause preocupación, les agradecería que me llamaran.

—No hay problema. —Adrian se puso de pie, metió la tarjeta en el bolsillo trasero de sus vaqueros y señaló hacia la puerta—. Los acompaño a la salida si quieren.

Mientras Gavin seguía a Laura y al granjero de conejos hacia la puerta principal, sus ojos se posaron en los edificios bajos frente a la casa.

—¿Tenían experiencia en agricultura antes de comprar este lugar? —preguntó.

—Helen sí, como dijo, sus padres tienen un

rebaño de vacas de carne en Shropshire. Yo había ayudado en algunos lugares mientras viajaba por Australia —dijo Adrian—. Ahí es donde conocí a Helen; yo soy originario de Suffolk. Vimos este lugar en venta cuando regresamos, y estaba barato. Aun así era caro, de ahí el préstamo bancario, pero más barato de lo que habría sido si el banco no hubiera estado a punto de ejecutar la hipoteca del dueño anterior. Ese edificio de allí donde guardamos las jaulas de conejos estaba casi derrumbándose, pero lo arreglamos en el primer año. El negocio se expandió rápidamente después de eso, así que tuvimos que construir otro. —Adrian señaló con el pulgar por encima de su hombro hacia el segundo edificio anexo—. Usamos ese para procesar los conejos: sacrificar, desollar y luego preparar la carne para enviarla a las empresas de alimentos para mascotas. ¿Quieren echar un vistazo?

Gavin negó con la cabeza, preguntándose qué clase de horrores tendría que enfrentar si atravesaba las puertas dobles que el granjero indicaba. —Está bien, señor Peverell. Creo que tenemos suficiente por ahora. Gracias por su tiempo.

—No hay problema.

Mientras se volvía hacia el coche, Laura se puso a su lado y exhaló.

—Gracias a Dios —dijo—. Pensé que ibas a decir que sí. Pobres conejos.

—Lo sé, pero es así como también se crían los pollos aquí.

—No son tan lindos.

—No le digas eso a la pareja de Kay.

CAPÍTULO 26

Una frustración palpable flotaba en el aire mientras el equipo de Kay se reunía para la sesión informativa de la tarde.

Los refunfuños y la tendencia a responder bruscamente entre ellos habían reemplazado su entusiasmo, y ella trató de recordar cómo Sharp los animaba cuando ella era oficial bajo su mando.

Respiró hondo e intentó mantener un tono ligero.

—Empecemos, todos. Me doy cuenta de que este es un caso difícil, pero estamos avanzando. Se lo debemos a Ethan Archer mantener nuestro enfoque.

Lo sintió entonces; un cambio que se extendió entre los oficiales y el personal administrativo reunidos mientras comenzaban a sentarse más erguidos en sus asientos.

El clic de los bolígrafos abriéndose y las libreras siendo abiertas en páginas nuevas llegó hasta ella, y luego un silencio gradual se asentó en la sala.

—Gracias —dijo—. Espero que a estas alturas hayáis tenido la oportunidad de leer los informes de las entrevistas con Hugh Ditchens y los Peverell. Ninguno de esos terratenientes reconoció a nuestra víctima, y nadie ha informado de robos o señales de acampada en sus tierras. Debbie, ¿cómo te fue con la localización de los familiares más cercanos?

La policía se levantó de su asiento y alzó la voz.

—He repasado todos los registros, jefa. Sus padres murieron hace trece años y Ethan nunca se casó.

—¿Algún hermano?

—No he podido averiguarlo. Ethan fue adoptado por los Archer cuando tenía tres años. No tenían hijos propios y no puedo encontrar nada que sugiera que tuviera hermanos biológicos.

—Vale, gracias. —Kay hizo una pausa para revisar la agenda—. Barnes, ¿cuáles son las últimas novedades sobre la furgoneta?

—Se han completado todas las indagaciones puerta a puerta a lo largo del camino —dijo el oficial —. Nadie más recuerda haber oído una furgoneta esa noche; uno o dos residentes del extremo más alejado de la carretera declararon que oyen vehículos circulando por el camino de noche de vez en cuando, pero no pueden identificar específicamente una furgoneta o una fecha concreta.

—¿Algo en las cámaras de seguridad?

—Nada, me temo, jefa. Nadie por allí tiene cámaras de seguridad, son todas residencias privadas. No hay negocios a lo largo de esa carretera. El más cercano está en la carretera principal que va hacia Hildenborough. Hemos revisado las imágenes de allí, pero no aparece ninguna furgoneta la noche que mencionó Peter Winton.

—¿Qué hay de las marcas de neumáticos? —dijo Kay—. ¿Cómo vais con eso?

Barnes se volvió hacia Laura y arqueó una ceja.

—Todavía estamos esperando noticias de Patrick, jefa —dijo ella—. Lo llamé hace un par de horas, pero hay un retraso. Dice que podría ser la semana que viene antes de que tenga algo para nosotros.

—¿Qué hay de las avionetas en la zona? —dijo Kay—. ¿Algo?

—Todas las aeronaves registradas y los pilotos de la zona están localizados —dijo Phillip Parker—. Ninguno de ellos registró un vuelo que coincida con la noche en cuestión.

Kay caminó por la alfombra.

—Bien, dadas las circunstancias, dejaremos el tema de la furgoneta por ahora. En ausencia de pruebas que corroboren la afirmación de Winton de que escuchó una furgoneta esa noche, corremos el riesgo de perder el tiempo con algo que podría haberse inventado. Necesitamos centrar nuestra atención en dónde podría haber estado alojado Ethan Archer antes de ser asesinado. ¿Ha llegado algo de las organizaciones benéficas locales para personas sin hogar o del ayuntamiento?

—Nadie tiene registro de él —dijo Gavin—. Están luchando con la falta de fondos, y parece que eso está teniendo un impacto en la capacidad de hacer un seguimiento de las personas sin hogar en la zona. Ciertamente no solicitó ayuda con respecto a la vivienda, según las personas con las que hemos estado hablando.

—Así que tenemos que empezar a considerar otras opciones. —Kay se volvió y señaló el mapa expuesto en la pared—. Dadas las circunstancias, Gavin, quiero que trabajes con los uniformados para coordinar una búsqueda en la reserva natural que incluye el embalse al sur de las tierras de cultivo aquí.

—¿Crees que habría podido acampar allí sin ser visto, jefa? —dijo Carys.

—Posiblemente, en esta época del año —dijo Kay —. Ha sido un invierno duro, así que eso podría haber contribuido a un bajo número de visitantes; solo un ávido observador de aves o un pescador habría sido lo suficientemente valiente como para enfrentarse a estas temperaturas. Por otro lado, eso podría ser algo de lo que Ethan podría haberse aprovechado: sería menos probable que alguien lo hubiera visto.

Laura levantó la mano.

—¿Jefa? ¿Crees que podría haber estado escondiéndose deliberadamente en el campo, en lugar de simplemente acampar como alternativa a buscar refugio en la ciudad? Quiero decir, si estaba asustado o escondiéndose de alguien.

—Sí, lo creo. También tenemos que considerar la posibilidad de que no se alojara en la zona en absoluto. Si ese es el caso, ¿por qué volvió aquí? Si se ha estado escondiendo todo este tiempo, ¿qué lo hizo salir de su escondite?

—Alguien debe haber agitado una premio muy grande —dijo Barnes—. Algo para atraerlo. Cuando hablaste con Stephen Halsmith, ¿dijo algo sobre por qué Ethan podría haber desaparecido en primer lugar?

—No —dijo Kay—. No creo que fueran cercanos. Dijo que Ethan simplemente dejó de aparecer en el grupo de apoyo, y supongo que no tenía forma de contactarlo.

———————

—Fue un buen trabajo con las asociaciones de veteranos, Kay —dijo Sharp, mientras pinchaba un langostino con su tenedor—. No creo que el ayuntamiento fuera a proporcionar el avance que necesitábamos allí.

—Gracias, jefe. —Kay dio un sorbo a su botella de cerveza y luego se llevó otra cucharada de arroz a la boca—. Dios, voy a tener que empezar una dieta o algo así a este paso. Anoche también pedimos comida para llevar en casa.

—¿Sigues corriendo?

—No lo suficiente.

Sharp pasó el pulgar por la etiqueta de su botella de cerveza.

—Necesitamos averiguar dónde ha estado Ethan estos últimos tres años más o menos desde que Halsmith dijo que desapareció.

—He hecho que Laura se ponga en contacto con agencias de veteranos en un radio de trescientos kilómetros esta tarde —dijo Kay—. Está llevando tiempo, pero hasta ahora sus datos no han levantado ninguna alerta en ninguna de ellas.

—¿Crees que se escondió durante todo ese tiempo?

Se encogió de hombros. —Si logró mantenerse saludable, encontrar suficiente comida y tener un refugio, creo que podría haberlo hecho. Especialmente dado su trasfondo y entrenamiento.

—Y sobre todo si estaba decidido a no ser encontrado.

—Bueno, no tenemos nada de él a través de la Agencia de Licencias de Conducir y Vehículos, así que viajaba a pie, o en bicicleta, a menos que tuviera un vehículo sin licencia.

—Más difícil de ocultar eso.

—Lo sé.

—Supongo que ya has probado con todos los contactos locales que tenemos en varios programas de drogas, ¿no?

—Sí, pero no creo que Ethan fuera un usuario habitual de todos modos. No se detectó nada en el informe toxicológico que Lucas adjuntó a sus hallazgos de la autopsia, y no notó que hubiera daños asociados con el uso prolongado de drogas.

Sharp usó una toalla de papel para limpiarse el jugo de fideos de la barbilla. —No habría podido permanecer oculto tanto tiempo si necesitara una dosis regular.

—Exactamente —dijo Kay.

Recostándose en su silla, Sharp deslizó su botella de cerveza en círculos sobre el escritorio, la condensación creando un camino a través de su superficie.

—Creo que es hora de hacer públicos sus datos —dijo—. Ha pasado una semana, y apenas hemos logrado identificarlo gracias a Halsmith, y eso aún está por corroborarse.

—Le pregunté si estaría dispuesto a ir a la morgue con Barnes para verificar que es Ethan —dijo Kay—. Ha aceptado, pero no será hasta mañana por la mañana.

—De acuerdo, así que mientras tanto pongamos su foto, o al menos el boceto, en las noticias de la mañana, y veamos si alguien se presenta con más información. —Se inclinó hacia adelante y garabateó en su libreta.

—Voy a pedirle a Barnes que investigue el ángulo kosovar —dijo Kay—. No tengo conocimiento de ningún problema dentro de la comunidad aquí en Kent, pero alguien podría haber escuchado algo que pudiera ayudarnos.

—Bien, sí, haz eso. Se puede confiar en Barnes para ser discreto.

Kay suspiró y dejó caer su tenedor en el recipiente de aluminio vacío.

—Y si todo eso no arroja nada, entonces estamos jodidos, ¿no?

CAPÍTULO 27

Una fina niebla envolvía la calle cuando Kay salió de la comisaría, bajando los escalones y girando a la izquierda por Palace Avenue.

Se aferró a la correa de su bolso sobre el hombro y se abrazó el cuello del abrigo de lana con la otra mano, deseando haberse puesto una bufanda, o al menos un abrigo que la dejara menos expuesta a los elementos, como la chaqueta encerada que había dejado colgada en el poste de la escalera en el pasillo en su prisa por salir de casa esa mañana.

Su aliento empañaba el aire húmedo mientras aceleraba el paso y giraba hacia el aparcamiento de corta estancia detrás del Museo de Carruajes.

A pesar de no tener planes de trabajar hasta tarde, la sugerencia de Sharp de ponerse al día durante una comida después de que todos los demás se hubieran ido tenía sentido, y habían pasado un tiempo reflexionando sobre la decisión de Carys de seguir adelante, así como sobre el caso en cuestión.

Apreciaba que, a pesar de su ascenso a través de los rangos hasta comisario, Sharp seguía siendo un buen oyente y un amigo en el que podía confiar para ver los problemas desde una nueva perspectiva que ella tal vez no hubiera considerado.

Él había sido más estoico respecto al hecho de que estaban a punto de perder a su agente más experimentada, y pragmático sobre lo que Kay veía como una alteración del equipo.

Además, hasta que supieran qué decisiones adicionales sobre financiación o personal podrían tomar los encargados de tales asuntos en la Jefatura, no podían hacer nada de todos modos.

Kay intentó sacudirse el estado de ánimo sombrío mientras caminaba detrás de los vehículos que quedaban en el aparcamiento y se dirigía hacia la acera que bordeaba la carretera frente al Archbishop's Palace.

El tráfico era escaso a esta hora de la noche, y corrió por la calle de sentido único detrás de un autobús que pasaba en lugar de pararse y esperar en el paso de peatones.

El sendero se separaba de la carretera una vez que pasó el Registro Civil y atravesaba los terrenos del Palace, la niebla creaba un suavizado inquietante del ruido ocasional de un coche que pasaba y envolvía las antiguas lápidas que se erguían solemnemente fuera de la Iglesia de Todos los Santos.

No les temía a los muertos.

Eran los monstruos vivos que se cruzaban en su camino los que le daban pesadillas de vez en cuando.

Reprimiendo un bostezo, asintió a un anciano que pasó en dirección contraria con un cruce de terrier atado, el perro se detuvo a olfatear la base de los serbales y tejos que bordeaban el camino.

Las puertas de la iglesia del siglo XIV permanecían resueltamente cerradas; el próximo servicio no se celebraría hasta el domingo y el lugar no estaba abierto a los visitantes después de las cuatro en punto. Adelante, el camino giraba a la derecha y luego a la izquierda, pasando un grupo de lápidas que se acurrucaban bajo los árboles, encogiéndose de la vista a medida que envejecían.

Le gustaba caminar por el atajo hasta el aparcamiento de College Road; estaba razonablemente bien iluminado, a pesar de que las farolas parecían manchas blancas en la niebla que se arremolinaba desde el río, y daba un pequeño respiro de la masa de hormigón del centro de la ciudad después de un día de trabajo.

Al acercarse a un cruce en el camino, automáticamente miró a su derecha y sonrió.

Hace varios años, el ayuntamiento había instalado farolas de estilo victoriano a lo largo del camino de herradura que bajaba hasta el agua, y en el aire frío de la noche le recordó una historia de la infancia sobre un armario y lugares más allá.

Un segundo después, tropezó cuando alguien chocó contra ella desde la dirección del aparcamiento.

Gritando por la conmoción, Kay apretó su agarre sobre el bolso y giró, con el grito de alarma aún en sus labios.

—Lo siento, señora. Lo siento. —Una figura encapuchada levantó las manos, retrocediendo, su rostro en sombras y su tono de disculpa—. No quería asustarla.

—Mira por dónde vas —espetó Kay, con el corazón acelerado.

—Lo siento.

La figura metió las manos en sus bolsillos, se dio la vuelta y se alejó corriendo por el cementerio, dejando atrás un hedor a ropa sucia y olor corporal.

Exhalando, Kay sintió que el calor subía a sus

mejillas mientras miraba a su alrededor, reevaluando su entorno.

No había nadie más alrededor; nadie más para presenciar su culpa y vergüenza por su reacción ante la otra mujer que había chocado con ella.

Había varios refugios para personas sin hogar cerca, y ella había donado a organizaciones benéficas locales a través de sus sitios web de vez en cuando.

Sin embargo, aquí estaba, asustada hasta los huesos por alguien que probablemente acababa de salir de un lugar así después de recibir ayuda.

—Estúpida —se reprendió en voz baja, y luego aceleró el paso y caminó bajo el arco de piedra que atravesaba un muro de piedra seca y conducía al aparcamiento.

Para cuando llegó a su coche, su ritmo cardíaco había vuelto a la normalidad.

Hurgando en su bolso, aún enojada consigo misma, maldijo mientras intentaba inclinar el bolso para ver dentro y encontrar sus llaves, y fracasó. Exasperada, metió la mano en el bolsillo de su abrigo.

Sus dedos tocaron la familiar superficie metálica de sus llaves de casa junto al llavero de plástico del coche, pero también algo más.

Frunciendo el ceño, sacó la mano y miró fijamente el trozo de papel doblado en su agarre.

No recordaba haberlo puesto en su bolsillo; solo había recogido el abrigo de la tintorería hace dos semanas, y hoy era la primera vez que se lo ponía.

Débiles líneas azules cruzaban la página blanca y, mientras pasaba el pulgar por los pliegues, miró por encima del coche hacia el cementerio más allá del muro de piedra seca.

No había señal de la mujer encapuchada que había chocado con ella.

—Maldita sea.

Kay desbloqueó el coche, arrojó su bolso al asiento del pasajero y se sentó detrás del volante. Dejando la puerta abierta, desdobló el papel bajo el haz de luz interior.

Su corazón se saltó un latido mientras leía la escritura garabateada en la página.

Sé lo que le pasó a Ethan. Encuéntrate conmigo mañana. 7 am - anfiteatro. Ven sola.

CAPÍTULO 28

Kay se ajustó la gruesa bufanda de lana al cuello, maldiciendo el hecho de haber olvidado cortar la etiqueta que le había estado raspando la piel.

Escudriñó a través de la penumbra de la madrugada hacia el centro de la ciudad.

El camino de sirga estaba desierto esta mañana, salvo por un par de patos que se habían acercado nadando hacia ella cuando llegó hacía cinco minutos, antes de darle la espalda disgustados por la falta de comida que les ofreció.

Miró su reloj.

Dos minutos para las siete.

Un par de vasos de café para llevar idénticos estaban sobre el primero de los bajos muros de hormigón que formaban el anfiteatro detrás del Hermitage.

Los había comprado en un puesto ambulante que hacía un próspero negocio desde un área de descanso en su camino hacia la ciudad, sus clientes habituales eran un grupo de trabajadores de la construcción con chalecos de alta visibilidad.

Había reído y bromeado con ellos mientras esperaba en la fila, el aroma de los sándwiches de beicon era demasiado tentador para resistirse, razón por la cual un envoltorio de papel encerado descansaba sobre cada uno de los vasos de café.

Ahora, se preguntaba si la mujer iba a aparecer.

Suspiró y se giró del río para mirar hacia el anfiteatro.

La estructura moderna se fundía con el paisaje inclinado que subía desde el curso de agua hacia la parte trasera del Hermitage. Sus muros semicirculares de hormigón estaban intercalados con espesa hierba exuberante en verano que se llenaba de gente con picnics improvisados acompañando obras de teatro organizadas o conciertos durante los meses más cálidos.

Echó un vistazo al césped húmedo y embarrado que había sido removido durante el invierno, y se estremeció.

En algún lugar dentro del seto que bordeaba el Hermitage, un mirlo regañó antes de quedarse en silencio y un petirrojo respondió discutiendo. El tráfico empezaba a aumentar más allá del edificio ahora, el estruendo de los camiones retumbando a lo largo de College Road mientras una débil luz diurna comenzaba a disipar la oscuridad.

Se dio la vuelta al escuchar pasos a su derecha.

La mujer llevaba un anorak, vaqueros desaliñados y zapatos que habían conocido días mejores, pero Kay la reconoció de la noche anterior.

Caminó hacia Kay, sus ojos oscuros mirando a izquierda y derecha, con los hombros caídos mientras se acercaba.

—Empezaba a pensar que habías cambiado de opinión —dijo Kay.

—Tenía que asegurarme de que estuvieras sola.

La voz de la mujer era débil; aguda, como si estuviera sin usar e inestable, teñida de miedo. —Lo estás, ¿verdad?

—Sí. —Kay cogió uno de los vasos de café y un sándwich caliente—. No he desayunado. Pensé que quizás tú también querrías algo.

La mujer le arrebató la comida, luego la miró con desconfianza.

—No le he hecho nada —dijo Kay, impaciente—.

Vino de la furgoneta en Sittingbourne Road. Si no lo quieres, me lo comeré yo.

Desenvolvió el otro sándwich, le hincó los dientes y luego se acercó a uno de los conjuntos de escalones construidos en los muros del anfiteatro y se sentó. Colocando su vaso de café en el escalón a su lado, observó cómo la mujer se lamía la grasa de los dedos y engullía la comida.

Un atisbo de sonrisa cruzó su rostro mientras arrugaba la bolsa de papel, caminó hacia donde Kay estaba sentada y dio un sorbo de café. Arrugó la nariz.

—Lo siento, no sabía si tomabas azúcar, así que tuve que adivinar —dijo Kay.

—No importa. Está caliente. Gracias.

—De nada. ¿Cómo supiste quién soy?

—Te vi en la tele en el refugio. Le pregunté a uno de los voluntarios.

—¿Eres de por aquí?

—Por ahora. Aunque no me voy a quedar mucho tiempo.

—¿Cómo te llamas?

—Shelley.

—¿Shelley...?

—Solo Shelley.

—¿Cómo conociste a Ethan?

La mujer parpadeó, bajó el vaso de café y miró

hacia el horizonte mientras una débil luz solar comenzaba a aportar calidez al aire. Tragó saliva. —Él me salvó. Me sacó de allí.

—¿De quién?

—De ellos.

Kay apuró lo último de su café y se puso de pie antes de sacudirse la parte trasera del abrigo.

Shelley era unos diez centímetros más baja que ella, delgada como un palillo con pómulos hundidos y una palidez enfermiza en su piel que se amplificaba por el largo cabello oscuro que enmarcaba su rostro.

Sus ojos no dejaban de recorrer sus alrededores, y visiblemente se sobresaltó cuando un ciclista con ropa brillante pasó disparado por el camino de sirga. El zumbido de sus ruedas se desvaneció en la distancia mientras ella volvía su atención a Kay.

—No debería haber venido aquí —dijo.

—Pero aquí estás. ¿Qué querías contarme sobre Ethan? ¿Sabes quién lo mató?

Shelley se mordió el labio, luego se encogió de hombros. No dijo nada.

—¿Dónde conociste a Ethan? —dijo Kay.

Una tristeza llenó los ojos de Shelley. —Aquí. En Maidstone, quiero decir. En un refugio.

—¿Cuándo?

—No lo sé. Hace unos tres años y medio. Dios, parece una vida entera —dijo, con tono nostálgico.

—¿Puedo preguntar por qué estabas allí?

Shelley se estremeció. —Quería alejarme de mi novio. Me daba miedo. No tenía ningún otro lugar adonde ir.

—Tu acento... no es de Kent.

—Liverpool. Me mudé aquí con mi madre y mi padre cuando tenía trece años. Ellos volvieron hace unos años cuando mi abuela se enfermó.

—¿Y tú no quisiste volver con ellos?

Shelley negó con la cabeza, curvando su labio superior.

—¿Cuántos años tienes?

—Veinticinco. ¿Y tú?

—Treinta y siete. —Kay sonrió—. Probablemente te parezca muy mayor.

—¿Por qué te uniste a la policía?

Kay tomó la basura de las manos de Shelley antes de caminar hacia un contenedor cercano y empujar los vasos y envoltorios de sándwich por el agujero lateral. Al regresar donde la mujer esperaba, suspiró.

—Porque quería ayudar a la gente. Porque quería intentar marcar la diferencia.

—¿Y ahora?

—Porque amo lo que hago. ¿Qué le pasó a Ethan, Shelley?

—Le dije que era demasiado arriesgado. Le dije que lo descubrirían.

Kay apoyó su mano en el brazo de la mujer, luego señaló un banco escondido bajo los árboles. —Ven aquí, y puedes contármelo todo.

Shelley se arrastró hacia un extremo del asiento y se abrazó a sí misma mientras miraba hacia el anfiteatro. Pasaron varios momentos antes de que comenzara a hablar, pero cuando lo hizo, fue como si fuera un alivio soltar las palabras.

—Estábamos en la ruina, ¿vale? Me había puesto a hablar con Ethan en el refugio, uno diferente; el de la iglesia que está más arriba no existía entonces. Parecía un buen tipo, no como algunos de los tíos que conoces en la calle. De alguna manera empezó a cuidar de mí. —Soltó una triste carcajada—. Tenía edad suficiente para ser mi padre, pero era mejor de lo que mi padre nunca fue.

Kay cruzó las piernas y no dijo nada, esperando entender hacia dónde iba la conversación.

—Llevábamos un par de meses por ahí, supongo —dijo Shelley—. Ya era otoño y empezaba a hacer un frío de cojones por la noche. Habíamos encontrado trabajo temporal, recogiendo fruta en un sitio cerca de

Snodland, pero eso se había acabado y empezaba a entrar en pánico pensando en cómo iba a pasar el invierno. Entonces una mañana, debía de ser sábado, estábamos por ahí mientras montaban el mercado y se nos acercó este tío. Dijo que podía darnos trabajo. En interiores, además. Nos dijo que si nos interesaba estuviéramos allí a la mañana siguiente a las cuatro y nos llevaría en coche.

—¿A dónde?

—No sé el nombre del lugar. —Su mirada cayó a sus manos, que retorcía en su regazo—. Estaba oscuro, y no se me da bien recordar cosas así. Por eso no me molestaba mucho con la escuela.

—¿Fuiste con él?

—Sí. Ethan también. —El labio inferior de Shelley tembló—. Pensé que si iba con él, estaría a salvo.

—¿Qué pasó?

—Fuimos. Nunca volvimos.

—¿Qué quieres decir?

La mujer se volvió para mirarla. —Nos mantuvieron allí. En el interior. Trabajando a todas horas. Y-yo pensé que iba a morir allí.

Kay se reclinó cuando la realización la golpeó. —Os mantuvieron como esclavos.

—Sí.

—Pero escapaste. ¿Cómo?

—Ethan. Él lo planeó. Durante años. Siguió trabajando en ello, intentando determinar todas las cosas que podían salir mal. Y entonces una noche se me acercó y me dijo dónde esperar. Dijo que era el momento. Nos íbamos.

—¿Qué pasó, Shelley? ¿Qué salió mal?

Las lágrimas se derramaron por las mejillas de la mujer, y se las limpió con la manga de su anorak. — Yo escapé. Él no.

—¿Dónde fue esto, Shelley? ¿Quién os mantenía cautivos?

La cabeza de Shelley giró bruscamente al oír un grito desde el puente peatonal más abajo en el camino de sirga. Poniéndose de pie, sorbió, y luego miró a Kay.

—Shelley, ¿dónde os tenían? ¿Qué estabais haciendo para ellos?

—No puedo quedarme aquí. Tengo que irme.

—¡Shelley, espera! —Kay se levantó del asiento, pero la mujer ya estaba corriendo hacia el camino de sirga, con un paso sorprendentemente rápido—. Maldita sea.

Observó cómo la mujer desaparecía de la vista y se preguntó cómo demonios iba a explicarle a Sharp lo que había descubierto.

CAPÍTULO 29

Seis horas después, Kay siguió a Sharp a una sala de conferencias que parecía haber sido víctima de un tornado y aún le costaba recuperarse del impacto.

—Lo siento —dijo Michelle, una asistente administrativa que los había recibido en recepción y los había guiado escaleras arriba por un pasillo sombrío—. Tráfico tuvo una reunión aquí esta tarde y se alargó. No hemos tenido tiempo de ordenar todavía.

Kay notó que la boca de Sharp se estrechaba. Evidentemente, sus viejos hábitos militares estaban siendo reprimidos en aras de la cortesía, porque recorrió con la mirada las tazas desechadas, los platos de papel y las servilletas arrugadas, y luego forzó una sonrisa.

—No te preocupes, estas cosas pasan —dijo—. ¿Los demás saben que estamos aquí?

—Sí, no los harán esperar mucho.

Salió apresuradamente de la habitación sin mirar atrás, y Kay sonrió.

—Si traes la papelera de debajo de la ventana, yo empezaré.

—Me has leído la mente.

—Pensé que te iba a dar un infarto.

Se arremangó, cogió un par de servilletas limpias de un dispensador junto a una urna de café en una mesa al lado de la habitación, y comenzó a barrer las migas de la mesa de conferencias antes de lanzarlas al cubo que Sharp sostenía. Mientras él vaciaba los restos de comida y los platos de papel en él, ella recogió las tazas usadas y las alineó sobre la mesa, girándose para examinar sus esfuerzos.

—No está mal. —Dirigió su atención al pasillo al oír voces fuera.

Sharp dejó caer el cubo de vuelta bajo la ventana y sonrió. —Tendrá que servir. Esperemos que Michelle se encargue de traer suministros frescos.

Kay puso los ojos en blanco. —Pensaba que éramos nosotros los que estábamos con falta de personal en este momento, no también el equipo administrativo.

—Los recortes están afectando a todos. Escuché que también estaban teniendo problemas para conseguir personal temporal para cubrir las vacaciones este año.

—Dios mío.

Se alisó la chaqueta cuando dos hombres entraron en la sala de conferencias, con Michelle detrás de ellos.

—Comisario Sharp, inspectora Hunter, este es el oficial Colin Maxwell de la división de Delitos Graves y Organizados, y el agente Mark Weston de la Fuerza de Tarea Rural. Los dejaré para que se organicen mientras voy a rellenar la urna de café.

Kay estrechó la mano de los dos hombres antes de que todos tomaran asiento, y Sharp abrió la reunión.

—Caballeros, gracias por venir con tan poca antelación.

—No hay problema —dijo Maxwell, acomodándose en su asiento—. ¿Mencionó por teléfono que tienen una investigación en curso?

—Sí. Tenemos una investigación de asesinato en curso que, basada en averiguaciones recientes, nos sugiere que podríamos tener un problema activo de esclavitud moderna que ha pasado desapercibido durante varios años. —Entregó fotografías de Ethan Archer, así como copias de la declaración de Kay sobre su reunión con Shelley ese mismo día y esperó mientras Maxwell y Weston leían los detalles—. Hasta la fecha, hemos determinado que Archer vivía en la calle en el área de Sevenoaks, pero también frecuentaba Maidstone, especialmente en los meses más fríos, ya que había más acceso a refugios aquí. Hace tres o cuatro años, desapareció sin dejar rastro y si hemos de creer las afirmaciones de Shelley, ambos fueron coaccionados para realizar trabajos forzados en algún tipo de establecimiento agrícola. Archer tiene antecedentes militares pero fue dado de baja en el noventa y nueve.

Kay desplegó un mapa del área donde se había encontrado el cuerpo de Ethan y lo giró para que los dos oficiales pudieran verlo. —El cuerpo de Archer fue descubierto aquí, y hemos hablado con tres propietarios de tierras hasta ahora: el granjero en cuyo campo se encontró el cuerpo de Archer, y las dos propiedades adyacentes. Actualmente tenemos un equipo de búsqueda trabajando en el embalse, aquí.

—Al principio, pensamos que la muerte de Archer podría tener algo que ver con su rescate de algunas mujeres y niños durante la guerra de Kosovo —dijo Sharp—. Quizás una represalia de uno de los comandantes de la guerra.

—Alguien se acercó a mí, Shelley, de repente el

miércoles por la noche, y me reuní con ella esta mañana. Estaba extremadamente nerviosa, pero afirmó que Archer la ayudó a escapar de sus captores. —Kay puso su mano sobre la fotografía de Ethan—. Según Shelley, Archer no lo logró. Fue recapturado, y ella sospechaba lo peor.

—¿Sabe ella dónde los tenían retenidos? —dijo Maxwell.

—Dice que estaba oscuro cuando los recogieron, y no puede recordar ningún nombre de los lugares por los que pasaron. Algo la asustó mientras hablábamos, y se fue antes de responder a mis preguntas sobre la ubicación donde los retenían y el trabajo que realizaban. Hemos encargado a nuestro equipo que vaya a todos los refugios de la zona para ver si podemos localizarla.

—¿Cree que su vida está en peligro?

—Sí. Sí, lo creo. Su historia corrobora la línea de tiempo que tenemos de otros testigos con respecto a la desaparición original de Archer, y parecía lo suficientemente asustada como para salir corriendo cuando escuchó a alguien gritar mientras yo hablaba con ella; está muy nerviosa.

—No recuerdo que haya llegado nada a través de Country Eye —dijo Weston, frunciendo el ceño.

—¿Country Eye? —dijo Sharp—. ¿Qué es eso?

Weston sacó su móvil de su chaleco y lo giró sobre el escritorio hasta que quedó frente a Kay y Sharp, luego tocó una aplicación en la pantalla. —Es una aplicación que desarrollamos con algunas organizaciones asociadas para que las personas en áreas rurales puedan reportar actividades sospechosas y crímenes en curso. El personal que monitorea los informes presentados en la aplicación ha sido entrenado por la Policía de Kent para que si algo les da motivo de preocupación, puedan escalarlo y lo investigaremos.

—¿Y no han tenido nada sobre una banda de esclavitud agrícola? —dijo Sharp.

—No, se reportaron un par de lavados de coches recientemente pero resultaron ser legítimos, aunque con pésimas condiciones laborales, por lo que recibieron una advertencia de una de las organizaciones asociadas, pero nada como una banda de esclavitud.

Sharp frunció el ceño. —Basándome en la ubicación del cuerpo de Ethan, no me inclino a pensar que fueran utilizados por un salón de uñas o un establecimiento de lavado de coches. Si los mantuvieron ocultos durante más de tres años, entonces los han mantenido fuera de la vista y están trabajando en interiores...

—O de noche —dijo Weston.

—¿Cómo podría la banda de esclavitud haberlo mantenido oculto sin que lo descubriéramos? —dijo Kay.

Weston miró a Maxwell, quien le hizo un gesto para que continuara.

—Bueno, a menudo es similar a otros casos de esclavitud como los de los salones de uñas. Una banda podría establecer un negocio como una agencia de reclutamiento que parece legítima por fuera, pero luego la usan para organizar mano de obra barata.

—La industria agrícola es una de las áreas de alto riesgo que monitoreamos regularmente —dijo Maxwell—. Especialmente por aquí: hay trabajadores temporales que vienen de todas partes para trabajar, y están desesperados, así que aceptarán los salarios y las condiciones de trabajo miserables. Es un problema creciente. Estamos viendo un aumento dramático año tras año en la esclavitud en la industria alimentaria y agrícola.

—¿En qué sectores particulares están viendo estos casos? —preguntó Sharp.

—En la recolección de frutas y verduras, en cualquiera de los sectores de producción animal —dijo el oficial—. Solía ser el caso que veíamos mucho trabajo forzado de Europa del Este, pero ahora estamos encontrando que también hay personas del Reino Unido atrapadas en estas circunstancias, simplemente porque están desesperadas por trabajar y luego es demasiado tarde para salir. Es más lucrativo que el tráfico de drogas, y cada vez más víctimas son británicas. Deberíamos tener los mismos recursos que un caso de secuestro para combatir el problema, pero simplemente no sucede.

—¿Cómo intenta su equipo detener que esto suceda? —preguntó Kay.

—A menudo, se basa en que nos lo digan —dijo Weston—. Ciertamente desde el aspecto rural, de todos modos; es más difícil monitorear lo que sucede en el campo en comparación con las áreas urbanas.

—Entonces, ¿a menos que alguien venga a ustedes en busca de ayuda, no pueden hacer nada?

—Exactamente —dijo Maxwell—. Tenemos nuestros propios oficiales de inteligencia trabajando encubiertos, pero ya sabe cómo son los recortes presupuestarios: no podemos estar en todas partes, y tenemos recursos limitados para actuar sobre la información que obtenemos.

Kay tamborileó con los dedos sobre el escritorio por un momento, luego miró a Sharp. —¿Y si pudiera persuadir a Shelley para que hable con ustedes, para que les diga lo que sabe?

—Eso es un comienzo —dijo Maxwell—. También necesitarían ampliar los parámetros de su investigación, si no les importa que lo diga. Querrían empezar a examinar todas las granjas de la zona, no solo las cercanas a donde se encontró el cuerpo de Archer, incluyendo registros de los edificios anexos.

Sharp se rascó la barbilla y escribió en su libreta.

—Eso va a llevar una cantidad considerable de tiempo y mano de obra, Colin.

—Me doy cuenta, jefe, pero a menos que esta persona Shelley se acerque de nuevo a la inspectora Hunter, creo que es su mejor camino a seguir. No tiene ninguna forma de contactarla, ¿verdad?

—No. —Kay suspiró, luego se encogió de hombros—. ¿Qué pasa si ella habla?

—Podríamos ponerla en contacto con una de las organizaciones asociadas para darle algo de apoyo —dijo Maxwell—. Típicamente, eso significa un techo sobre su cabeza durante noventa días y un trabajador social para ayudarla a adaptarse y ponerse de pie. No es mucho, pero algunas de las organizaciones benéficas están trabajando con organizaciones gubernamentales para tratar de ofrecer un periodo de vivienda más largo. Y, por supuesto, le ofreceríamos protección mientras trabajamos con ustedes para procesar a los capataces y llevarlos a juicio.

—¿Qué tan exitosos han sido en los juicios? —preguntó Sharp.

—Trabajando con el Servicio de Fiscalía de la Corona, calculamos una tasa de condena del sesenta y siete por ciento.

—Podríamos usar algo de ayuda para esta investigación para asegurarnos de alcanzar ese percentil.

—Lo que necesiten. —Maxwell señaló la fotografía de Ethan—. Quien le haya hecho esto merece ser encerrado durante mucho tiempo.

CAPÍTULO 30

Gavin se hizo a un lado, sostuvo la puerta abierta para Laura y luego la siguió al interior del salón comunitario brillantemente iluminado.

Los aromas de comida se mezclaban con el olor de la ropa húmeda secándose, y todo el espacio vibraba con el murmullo de voces en conversación.

Camas temporales habían sido dispuestas en filas a lo largo de dos paredes, con una pantalla separando a las mujeres de los hombres para permitir un mínimo de privacidad, mientras que voluntarios recogían bultos de sacos de dormir, mantas y almohadas de las camas cuyos ocupantes ya habían dejado el refugio por el día.

Laura se detuvo junto a un escritorio que había

sido instalado cerca de la puerta, con una expresión de asombro cruzando sus facciones.

—No me di cuenta de que estaría tan concurrido.

—Este es solo uno de ellos —dijo él—. Hay otros dos cerca del centro de la ciudad. Y todavía es invierno; me imagino que estarán llenos por las noches durante algunas semanas más.

—¿Sois vosotros la policía?

Gavin se giró para ver a un hombre delgado de unos cuarenta y tantos años mirándolos desde el extremo de una cama de campaña, con una bota puesta, la otra lista para ser calzada y un cigarrillo liado sin encender entre los labios.

Sus facciones estaban agrietadas y arrugadas, endurecidas por el frío invernal, pero su tono era ligero, interesado.

—Lo somos. Esperábamos hablar con uno de los voluntarios.

El hombre se metió el pie en la bota y se puso de pie con un gemido. Se estiró y señaló con la barbilla hacia el extremo opuesto del salón.

—Estarán sirviendo el desayuno durante otra media hora más o menos.

—Gracias.

—No hay problema —Se agachó para recoger una bolsa deportiva desgastada y comenzó a meter sus pertenencias dentro—. ¿Alguien está en problemas?

—Espero que no. Estamos tratando de encontrarla para ayudarla.

—¿Oh? —El hombre hizo una pausa, con un libro de bolsillo en la mano, y levantó una ceja—. ¿Quién?

—Shelley. ¿La conoces? Tiene acento de Liverpool. Mediados de los veinte.

—Me suena. —El hombre se colocó el cigarrillo detrás de la oreja y extendió la mano—. Soy Jeremy.

—Encantado de conocerte. —Gavin presentó a Laura, y luego señaló un grupo de mesas cerca del escritorio donde otros se reunían con tazas de bebidas calientes—. ¿Tienes un minuto para charlar?

Jeremy sonrió, dejando al descubierto un diente superior faltante.

—Mi agenda parece estar libre esta mañana, así que ¿por qué no?

—Yo traeré las bebidas —dijo Laura—. ¿Cómo tomas la tuya?

—Con leche, sin azúcar, cariño, gracias. Ya soy bastante dulce.

Gavin esperó mientras el hombre recogía el resto de su ropa y cerraba la cremallera de la bolsa antes de guiarlos hacia una mesa en la esquina más alejada, lejos del resto de la gente.

—¿Este es un lugar habitual para que te quedes? —dijo mientras Jeremy se hundía en la silla a su lado.

—Sí. Siempre que llegues temprano por la tarde, normalmente puedes conseguir una cama para pasar la noche. —Guiñó un ojo—. No aceptan reservas en bloque.

—¿Puedo preguntar por qué estás en la calle?

—Me peleé con la parienta. —Se encogió de hombros—. Perdí mi negocio cuando ocurrió la crisis hace unos años. Dormí en el coche por un tiempo, luego lo vendí porque necesitaba el dinero. Todo fue cuesta abajo desde ahí.

—Lamento oír eso.

—Es lo que hay. Espero tener noticias de que voy a conseguir un piso en las próximas semanas. Nunca he tenido problemas con vosotros, así que eso juega a mi favor. El problema es que hay tantos otros que necesitan un techo sobre sus cabezas. Mujeres, niños. A los tíos nos toca esperar.

Gavin dejó que su mirada vagara sobre las cabezas de los grupos sentados alrededor de las mesas y divisó a Laura en el extremo opuesto del salón, charlando con tres voluntarios que atendían las urnas de té y repartían desayunos.

—¿Por qué quisiste ser policía, de todos modos? —dijo Jeremy.

—Mi padre lo era. —Volvió su atención al hombre—. Parecía una buena idea en ese momento.

Jeremy soltó una carcajada y golpeó la mesa antes de señalarlo con el dedo.

—Me caes bien. Entonces, ¿qué ha hecho Shelley?

—¿Cómo la conoces?

—Solo de pasada, ¿sabes? —Hizo un gesto con la mano hacia la extensión del salón—. Llegas a conocer algunas caras familiares que vienen a los refugios. En verano es diferente. Algunos de los refugios no están abiertos, así que tienes que arreglártelas. De todos modos, la vi hace un par de semanas. Creo que destacó porque era nueva. Como si no tuviera idea de qué hacer cuando llegó aquí. Yo y un par de las mujeres la ayudamos a instalarse y a inscribirse en un par de otras organizaciones benéficas también, para que tenga una buena oportunidad de conseguir un techo sobre su cabeza por la noche.

—¿Dijo de dónde venía?

—No, no realmente. —Los ojos de Jeremy se suavizaron—. No es como si fuéramos amigos. Quiero decir, si alguien no te causa problemas, entonces lo cuidas. No significa que pasemos el rato juntos, como dicen los jóvenes.

Se interrumpió cuando Laura se acercó a ellos y

colocó tres tazas humeantes sobre la mesa antes de repartirlas.

—Fabuloso, chica. Gracias.

—No hay problema. También te traje algunas galletas. —Sonrió—. No se puede tomar el té sin algo para mojar.

—Serás una maravillosa esposa algún día.

—Jeremy me estaba diciendo que ha visto a Shelley algunas veces durante las últimas dos semanas —dijo Gavin—. ¿Sabes cuál es su apellido?

—No. Nunca pregunté. Uno de los otros podría saberlo. —El hombre estiró el cuello—. No los veo aquí, así que deben haberse ido por el día. Pero puedo preguntarles esta noche si queréis. Si vienen aquí, claro.

—Eso sería genial, gracias.

Laura metió la mano en su bolso y sacó el boceto de Ethan Archer.

—¿Reconoces a este hombre?

Jeremy lo tomó y luego frunció el ceño.

—No, no lo he visto.

—Creemos que estuvo por aquí hace tres o cuatro años. Podría haber venido a Maidstone.

—Ah, entonces no, yo no estaba en las calles en ese entonces. ¿Él también está en problemas?

—Se podría decir que sí.

Jeremy miró de Laura a Gavin, y luego se reclinó en su asiento.

—Oh. ¿Es así?

—Sí, desafortunadamente.

—Ya veo. —El hombre se pasó una mano por la barbilla—. Me pregunto... Hubo un tipo que Shelley mencionó. Sonaba como si fuera cercana a él. Se alteró mucho, y luego se cerró. No lo mencionó de nuevo.

—¿Cuándo fue esto?

—Poco después de que apareciera por aquí por primera vez. No volvió a hablar de ello después de eso.

—Has sido de gran ayuda, gracias Jeremy —dijo Gavin, y deslizó una tarjeta de visita sobre el escritorio—. ¿Me harías un favor? Avísame si vuelves a ver a Shelley o si sabes dónde podríamos encontrarla.

—¿Está en problemas? —El hombre hizo girar la tarjeta entre sus dedos.

—No con nosotros. Estamos tratando de protegerla.

—De acuerdo, entonces lo haré.

—Gracias. Y si necesitas algo, llama a ese número. Veré qué puedo hacer.

CAPÍTULO 31

Kay recorrió con la mirada las expresiones cansadas en los rostros de su equipo y se prometió mantener la reunión lo más breve posible.

La atención comenzaba a decaer, y sabía por experiencia que era vital mantener su energía y concentración. De lo contrario, ocurrirían errores. Pequeños fallos, quizás, aquí y allá, pero una pista vital podría pasarse por alto si no tenía cuidado.

—Si mi antiguo tutor del colegio pudiera ver vuestras caras, os tendría a todos haciendo saltos de estrella —dijo mientras llegaba al frente de la sala.

Una ola de risas educadas llenó el espacio, y ella sonrió. —Vamos al grano, entonces. Barnes, ¿cómo te fue esta mañana con Stephen Halsmith?

El oficial se echó hacia atrás en su silla,

abotonándose la chaqueta mientras se ponía de pie. —Halsmith identificó positivamente a nuestra víctima como Ethan Archer. También me proporcionó algunos nombres de lugares (refugios, centros de acogida y similares) que recuerda que Ethan visitaba de vez en cuando antes de desaparecer. Estoy revisando esa lista para averiguar cuáles siguen abiertos y si hay alguien que recuerde el nombre.

—Gracias, Ian. Gavin, tú sigues.

—Jefa. Laura y yo hemos pasado el día visitando tantos refugios como ha sido posible en las áreas de Maidstone y alrededores. Hemos descubierto que Shelley ha sido vista en los últimos días en uno de los refugios de allí, y uno de los tipos que usa el refugio ha dicho que estará atento por si la ve y le pedirá que se ponga en contacto. Tiene mi número anotado. Estamos tratando de averiguar dónde podría estar alojándose para poder entrevistarla formalmente, a menos que quieras encargarte tú de eso.

—Creo que, dadas las circunstancias, y lo asustadiza que estaba ayer por la mañana, me gustaría participar —dijo Kay—. Buen trabajo, de todos modos. ¿Algo más que informar?

Laura se puso de pie. —Hemos hablado con una de las asociaciones de vivienda que trabajan con personas vulnerables y se han comprometido a proporcionarle un lugar donde vivir durante un tiempo si logramos llevar este caso a juicio. Aunque podría ser solo por unas semanas. No es perfecto, pero...

—Es algo, al menos. Gracias. —Kay hizo un gesto hacia dos figuras que rondaban en los márgenes del espacio abarrotado—. A todos, me gustaría presentaros al oficial Colin Maxwell y al agente Mark Weston, que se unirán a nuestro equipo durante la duración de esta investigación.

Maxwell asintió en respuesta y levantó la mano para que los miembros del equipo pudieran verlo entre la multitud.

—Colin aporta una gran experiencia en el manejo de casos de esclavitud moderna, y Mark ha estado en el equipo de Delitos Rurales durante los últimos dos años. Probablemente tendrán algunas ideas sobre cómo podemos enfocar esta investigación y seguir líneas de investigación que podríamos haber pasado por alto. Debbie, ¿podrías pasar algo de tiempo esta tarde, por favor, poniéndolos al día con lo que tenemos hasta ahora?

—Lo haré, jefa.

—Colin, ¿quieres acercarte aquí y compartiremos lo que hemos discutido antes de esta reunión?

—Gracias, jefa. —Maxwell se abrió paso entre las filas de sillas hasta que estuvo frente a la pizarra.

—Daré una breve descripción general para aquellos de vosotros que no me conocéis. Durante los últimos seis años, he estado liderando uno de los equipos con base en la Jefatura encargados de abordar el creciente problema de la esclavitud moderna que estamos experimentando en Kent, tanto aquí en la División Oeste como trabajando estrechamente con las Divisiones Este y Norte. Hemos tenido algunos avances en relación con las bandas que operan entre aquí y Europa del Este, pero con la salida del Reino Unido de la UE, estamos viendo un problema creciente con los casos de esclavitud doméstica también. A través de las iniciativas que hemos estado implementando con otras agencias, especialmente la Fuerza Fronteriza, ha habido una ligera disminución en las llegadas de botes durante el último año, pero estamos recibiendo más informes de personas que caen en la esclavitud o en malas condiciones laborales que son ciudadanos del Reino Unido. Después de reunirme ayer con la inspectora Hunter y el comisario Sharp para discutir el asesinato de Ethan Archer y la investigación subsiguiente hasta la fecha, en mi opinión, lo que tenéis aquí es un caso claro de alguien que fue coaccionado para trabajar y luego retenido contra su voluntad como esclavo.

—Gracias, Colin. —Kay esperó hasta que volvió a tomar su lugar junto a Weston, y luego continuó—. También discutimos el tipo de trabajo que Ethan y Shelley podrían haber sido obligados a hacer. Dado el hecho de que han estado desaparecidos durante más de tres años sin que los hayan visto personas que los conocían antes de ese tiempo, debemos asumir que los han mantenido en algún lugar que estaba cubierto y lejos de la vista del público.

—Así que podemos descartar salones de uñas, lavaderos de coches y lugares como tiendas de comida para llevar —dijo Barnes, con su bolígrafo suspendido sobre su libreta.

—Exactamente. —Kay señaló el mapa de la escena del crimen—. Basándonos en la constitución de Ethan, podemos suponer que lo utilizaron para trabajo físico. Shelley, siendo más pequeña, podría haber sido utilizada para la recolección de verduras o frutas. Si no estaban trabajando en interiores, podrían haberlos hecho trabajar de noche para reducir el riesgo de ser vistos.

—También se presta al hecho de que se podrían comprar alimentos y otros suministros para los trabajadores sin levantar sospechas —dijo Weston—.

Muchas granjas proporcionan comidas y a veces alojamiento para los trabajadores, por lo que no parecería fuera de lo común.

—Me pondré en contacto con el uniforme y organizaré una búsqueda más amplia de las propiedades agrícolas vecinas —dijo Gavin—. Necesitamos volver a los tres propietarios de tierras con los que ya hemos hablado, pero organizaré visitas a cualquier granja que produzca verduras, frutas y luego consideraré productores de animales como granjas lecheras y de pollos... cualquier cosa que se pueda cultivar dentro de un edificio.

—Gracias, eso es perfecto. Mark, ¿puedes echarle una mano con eso?

Weston asintió en respuesta.

—Barnes, mientras ellos investigan ese ángulo, quiero que trabajes conmigo para organizar otro grupo de oficiales que monitoreen los mercados durante este fin de semana. Averigua la ubicación de los más grandes y vigilémoslos para ver si alguien todavía está tratando de reclutar trabajadores ilegalmente como Shelley alegó. Si les faltan dos trabajadores con el asesinato de Ethan y la fuga de Shelley, podrían estar tratando de encontrar reemplazos.

—Lo haré, jefa.

—Laura, tu trabajo es encontrar a Shelley. Revisa las imágenes de videovigilancia del miércoles por la noche entre el Archbishop's Palace, el río y el centro de la ciudad. Luego haz lo mismo para el jueves por la mañana. He subido mis informes de ambos incidentes a HOLMES2, así que podrás obtener las descripciones de lo que llevaba puesto de allí.

—Jefa.

Kay anotó los nuevos ángulos de investigación en la pizarra y luego se volvió hacia la miembro más nueva del equipo.

—No puedo enfatizar lo importante que es que la localicemos, Laura. El asesino de Ethan todavía está ahí fuera, y si Shelley sabe algo que aún no nos ha contado, entonces está en grave peligro.

CAPÍTULO 32

Laura se subió la cremallera de su abrigo negro acolchado y caminó por Palace Avenue, apretando los dientes mientras un viento cortante soplaba desde el río Medway y le golpeaba las mejillas.

Incapaz de sacudirse la niebla que nublaba sus pensamientos desde la reunión informativa, decidió tomar aire fresco y obtener una idea de los posibles puntos de salida de Shelley antes de sentarse frente a la pantalla del ordenador durante el resto del día.

Las cámaras de videovigilancia solo le mostrarían hasta cierto punto; quería recorrer exactamente las rutas que Kay había anotado en sus informes.

Golpeó el suelo con el pie mientras esperaba que las luces del paso de peatones se pusieran en verde, sin querer arriesgar su vida esquivando el tráfico como Kay había hecho el miércoles por la noche. El viernes a media tarde era un caos, ya que la ciudad aumentaba el ritmo hacia un temprano atasco de viajeros entre los rumores de un fin de semana sin lluvia.

Cruzando apresuradamente en cuanto escuchó el familiar zumbido, disminuyó la velocidad al acercarse a la entrada del aparcamiento del Registro Civil y sacó su móvil.

Tomando fotografías de las cámaras fijadas a las farolas sobre algunos de los vehículos, entrecerró los ojos y calculó el ángulo que las cámaras podían ver, y luego continuó, siguiendo los pasos de su inspectora y tomando nota de cada cámara que detectaba. Una sensación de inquietud se apoderó de ella cuando llegó a la Iglesia de Todos los Santos.

Levantó la cabeza hacia los ornamentados arquitrabes y contrafuertes que sobresalían de la mampostería, pero no pudo ver ninguna indicación de medidas de seguridad tomadas por la diócesis.

Retrocediendo desde la puerta hasta quedar bajo los tejos, Laura usó su móvil para trazar sus pasos desde la dirección del Registro Civil, pasando por la iglesia y hacia el sendero.

Pausando el vídeo que había tomado, se hizo a un lado para dejar pasar a un grupo de turistas que iban en dirección contraria, y luego se paró en el sendero que conducía al río. Dando la espalda a la vía fluvial, recorrió con la mirada el concurrido cruce con Knightrider Street.

Tomó fotos de las cámaras que podía ver fijadas a dos de las farolas en esa dirección, luego volvió a mirar hacia la iglesia, sacó su libreta y anotó la ruta que había seguido hasta ahora.

Donde estaba parada era donde Kay se había dado la vuelta y había visto la figura de Shelley retirarse en la oscuridad.

Laura resopló para contrarrestar el efecto del aire frío, y bajó hasta el río antes de girar a la izquierda y seguir el camino.

Momentos después, se encontraba al borde del anfiteatro y se dio la vuelta. Mirando hacia el camino de sirga que conducía por detrás de la iglesia y el Archbishop's Palace hacia el centro de la ciudad, tenía una vista clara de la ruta de escape de Shelley la mañana anterior.

Kay había anotado en su informe que no había visto a la mujer cruzar el puente peatonal, así que Laura se dirigió por el sendero.

Un restaurante y bar flotante se mecía tristemente en la corriente, desierto salvo por la tripulación que hormigueaba por las cubiertas limpiando y preparándose para la multitud del viernes por la noche que descendería sobre el lugar al anochecer.

Más allá, pasó junto al barco de pasajeros de colores brillantes que transportaba a los turistas río arriba y abajo por el Medway, notando un grupo de personas acurrucadas contra los elementos mientras esperaban que la cuerda a través de la pasarela fuera bajada para poder abordar y refugiarse bajo el toldo de fibra de vidrio, con móviles y cámaras digitales listos.

Pasando una variada colección de mesas de picnic abandonadas colocadas junto a letreros de helados que se agitaban con el viento, Laura se dirigió hacia el concurrido puente de carretera que se alzaba frente a ella.

Un torrente de tráfico intermitente que se filtraba en cuatro carriles se deslizaba sobre su cabeza antes de ser escupido en todas las direcciones al este y norte del centro de la ciudad.

Se detuvo junto al pilón de hormigón y una vez más levantó su móvil en un ángulo para captar las cámaras de videovigilancia fijadas a las farolas de arriba, luego subió apresuradamente por el sendero y cruzó la carretera.

De vuelta en la sala de incidentes, apretó la

mandíbula mientras miraba los monitores frente a ella.

Tres pantallas de ordenador funcionaban simultáneamente, todas mostrando una secuencia de ángulos de cámara filmados al mismo tiempo el miércoles por la noche.

Observó cómo Kay salía de la comisaría y caminaba por Palace Avenue hacia la iglesia de Todos los Santos, luego desaparecía de la vista bajo los árboles mientras usaba el atajo a través del aparcamiento público frente a la Ermita.

El tiempo se detuvo mientras esperaba que Kay emergiera del otro lado, pasando el arco cortado en el muro de piedra que bordeaba el sendero hacia el río.

Comprobando las imágenes que había guardado en su móvil, pasaba de una a otra mientras mantenía un ojo en la grabación de videovigilancia.

Finalmente, Kay reapareció y se dirigió hacia su coche.

Laura observó cómo su inspectora se detenía, luego sacaba la mano de su bolsillo y miraba de nuevo hacia el arco. Detuvo la grabación, la rebobinó y luego miró la pantalla una vez más, centrándose en el patio de la iglesia.

Sin encontrar nada y exasperada con su búsqueda, detuvo la grabación y cambió a las del jueves por la mañana. Efectivamente, ahí estaba Kay estacionando su coche justo antes de las siete en punto fuera de la Ermita una vez más.

Laura cambió a un ángulo de cámara que le daba una vista clara del anfiteatro en el lado del río del edificio. Adelantó la grabación hasta que Shelley apareció en la esquina inferior izquierda, y se dispuso a observar.

La mujer caminaba de un lado a otro, con los brazos alrededor de su cintura mientras hablaba con Kay, pero Laura notó que no había vacilación en sus movimientos cuando la inspectora le entregó el café y el sándwich.

Se acercó a la pantalla mientras la conversación entre las dos mujeres llegaba a su fin; leyendo la declaración de Kay, sabía más o menos cuándo esperar que Shelley diera media vuelta y se dirigiera hacia el camino de sirga, pero la velocidad con la que la mujer se alejó del anfiteatro la tomó por sorpresa.

Presionó el botón de "rebobinar", luego reprodujo los últimos momentos antes de hacer clic en un conjunto de controles para mostrar nuevos ángulos de cámara de videovigilancia.

Shelley desapareció de la vista en un minuto después de dejar a Kay, serpenteando bajo el puente principal de la carretera y luego…

Nada.

Nada en absoluto.

Laura maldijo en voz alta y empujó su ratón y teclado a través del escritorio lejos de ella en frustración.

—Maldita sea. Sabía dónde estaban las cámaras.

CAPÍTULO 33

Kay se giró bruscamente al oír un fuerte chasquido, pero luego se relajó al ver a uno de los vendedores forcejeando con una lona de plástico que se había desprendido de un toldo frente a donde ella se refugiaba en el umbral de una destartalada tienda de utensilios de cocina de descuento.

El frío matutino se aferraba a sus manos y pies, creando un dolor en su estómago y dejando sus lóbulos de las orejas entumecidos.

Barnes pisoteaba a su lado, refunfuñando entre dientes.

—¿Cuántos tenemos en vigilancia? —preguntó ella.

—Diez, más nosotros. Seis en interiores, el resto aquí fuera. —Frunció el ceño—. No es suficiente, lo sé, no con la cobertura del mercadillo de coches también.

—Es lo que hay. —Kay se frotó los ojos cansados y parpadeó.

Su alarma había sonado a las cinco y media de la mañana, dándole tiempo suficiente para ducharse y vestirse con la ropa más abrigada que pudo encontrar antes de dirigirse al mercado cuando abrió para los vendedores a las seis en punto.

—¿Algo en el mercado de agricultores ayer? —preguntó.

—No, llegamos demasiado tarde. Empiezan a recoger después del almuerzo, y Maxwell cree que, según lo que Shelley te contó, cualquiera que busque mano de obra barata estaría por allí temprano, para no llamar la atención. Está planeando tener un equipo dando vueltas por ese mercado la próxima semana, por si acaso.

—Necesitamos obtener algunos resultados antes de entonces. —Kay se dio la vuelta cuando el comerciante del mercado sujetó la lona al armazón metálico de su puesto, y dio un codazo a Barnes—. Vamos. Demos otra vuelta. Tengo los dedos de los pies entumecidos.

Paseó su mirada por los llamativos carteles y toldos que se apretujaban en la explanada de hormigón frente a los cafés y tiendas que bordeaban la calle.

Los proveedores de aceite de oliva comerciaban junto a los mercaderes de queso y los productores de vino, mientras que el olor a verduras frescas y productos horneados impregnaba el aire a su paso. Alguien, en algún lugar, estaba friendo salchichas y al doblar la esquina, divisó los puestos de comida.

—He muerto y he ido al cielo —dijo Barnes.

—Pia nunca me perdonará si te dejo acercarte a eso. Sigue moviéndote.

Él sonrió y luego la guio por un estrecho camino creado por dos filas de puestos.

—Me sorprende que esto sea tan popular, dado el mercado habitual de los sábados en Lockmeadow.

—Supongo que los comerciantes podrían alternar entre los dos, ¿no? Tendrían un grupo diferente de clientes.

—Aunque esto no está tan bien organizado, mira. —Se detuvo y señaló un montón de sacos de arpillera desechados y cuerdas que abarrotaban la acera más allá de los puestos por los que pasaban.

—Bueno, dado el informe de Maxwell, este es el tipo de lugar donde podríamos esperar que rondara gente como los captores de Shelley. Van a evitar el otro mercado, ¿no? El ayuntamiento mantiene un control estricto sobre ese.

—Eso creo. De todos modos, envié un equipo de cuatro a ese. Espero que tengan una mañana tranquila, pero no quería dejar nada al azar. No mientras Shelley siga ahí fuera en algún lugar.

Kay arrugó la nariz y paseó la mirada por la multitud de gente que pululaba entre las diferentes áreas del mercado, charlando ruidosamente y cargada con bolsas de tela y cajas de cartón.

—Espero que esté bien. No puedo imaginar por lo que ha pasado, o cómo diablos va a defenderse si alguien la está buscando. Ojalá me hubiera contado más. Podría haber hecho algo para ayudar, o al menos haber trabajado con el equipo de Maxwell para ponerla en un lugar seguro hasta que hubiéramos aclarado todo esto.

—Hiciste lo que pudiste —dijo Barnes, con tono amable—. Y ella sabe dónde encontrarte, ¿verdad? Ya te ha localizado una vez.

—Lo sé, pero me preocupa no haber tenido noticias suyas desde hace dos días, Ian. —Se detuvo cuando llegaron al final de la fila de puestos y recorrió con la mirada la extensión de toldos—. Vamos a tener que dividir los equipos para abordar los mercados más pequeños a partir de mañana por la mañana si no tenemos éxito aquí. ¿Qué informes hemos recibido hasta ahora de los otros mercados de la zona?

Barnes sacó su móvil y se desplazó por sus mensajes.

—Tres carteristas arrestados en Tonbridge, un niño de doce años amonestado por mal comportamiento en Tunbridge Wells que luego recibió una reprimenda de su madre cuando apareció, y una detención hace cuarenta minutos: alguien que llevaba un cuchillo en Sevenoaks.

Kay suspiró.

—Lo de siempre, entonces.

—¿Volvemos a donde Maxwell y su gente tienen su base?

—Sí. —Se puso a caminar junto a su colega, conteniendo su decepción.

Después de unos momentos caminando contra la dirección de la multitud, divisó al otro oficial junto a un quiosco, con el móvil en la oreja.

—Sabes qué, jefa, iré a buscarnos un café a todos —dijo Barnes—. Los alcanzaré.

—Gracias, Ian. Suena como una gran idea. Al menos podré descongelar mis dedos.

Observó a su oficial dirigirse a una furgoneta que

vendía bebidas calientes, y luego esperó hasta que Maxwell terminó su llamada y se acercó.

—¿Tuviste suerte?

Él negó con la cabeza y guardó el móvil en su bolsillo.

—Nada por este lado, y me entero de que no ha habido noticias de los otros mercados. De todos modos, era una posibilidad remota. Quienquiera que haya estado reclutando en los mercados en el pasado podría estar manteniéndose al margen por el momento.

—Y solo tenemos la palabra de Shelley, de que fueron reclutados en un mercado —dijo Kay.

—Valía la pena investigarlo —dijo Maxwell—. Y no hace daño tener presencia aquí; podría animar a otros a dar un paso adelante si saben que estamos interesados.

—Esa es una forma muy caritativa de decirlo. Espero que no pienses que hoy fue una pérdida de tiempo para tus oficiales.

—Nunca es una pérdida de tiempo, jefa. No cuando las vidas de las personas están en riesgo.

—Aquí tenéis. —Barnes se unió a ellos y repartió las bebidas calientes, colocando la bandeja de cartón en un contenedor de reciclaje fuera de una tienda. Dio un sorbo y luego frunció el ceño—. Tal vez nos hemos equivocado en todo esto. Quiero decir, si la gente no escapa tan a menudo, no necesitarán reclutar a más personas, ¿verdad?

—Supongo que sí. Sin embargo, me pregunto qué les impide escapar —dijo Kay—. Quiero decir, es una situación terrible en la que encontrarse.

Maxwell hizo una mueca, con su vaso de café para llevar a medio camino de sus labios.

—Miedo —dijo—. Las bandas infunden terror en estas personas. Lo último en lo que piensan es en escapar. Simplemente están tratando de sobrevivir.

CAPÍTULO 34

Kay giraba su silla de un lado a otro, hojeando los informes que había impreso de HOLMES2 después de la vigilancia de los mercados locales de esa mañana, y contuvo un suspiro.

Los últimos miembros del equipo habían regresado a la sala de incidentes hacía media hora, cuando los vendedores ambulantes guardaban sus mercancías en el mercado de Sevenoaks, y ahora comenzaban a reunirse junto a la pizarra, con una conversación en voz baja.

El agotamiento se filtraba en la atmósfera de la sala y, a pesar de su preocupación por la seguridad de Shelley, sabía que tendría que tomar medidas drásticas para asegurar que su equipo se mantuviera enfocado.

Dejando el último informe en su escritorio, empujó su silla hacia atrás y se acercó a donde se congregaban.

—Bien, hagamos este informe y luego dividiré al equipo en dos para el resto del fin de semana. Debbie, ¿puedes hacer los cambios necesarios en el cronograma por mí?

—Lo haré, jefa.

—Son las tres de la tarde ahora, así que tendremos un turno reducido esta tarde y noche, y el resto de vosotros mantened vuestros móviles encendidos en todo momento. El hecho de que se os dé un pase temprano no significa que no se os llamará. Quiero que todos estéis en espera en caso de que tengamos un avance, ¿entendido?

Un murmullo de consentimiento recorrió la sala, y ella esperó a que se calmaran una vez más.

—Laura, ¿alguna suerte con las imágenes de videovigilancia?

La joven detective negó con la cabeza. —Las revisé de nuevo esta mañana mientras todos vosotros estabais en los mercados, y también obtuve algunas grabaciones nuevas del ayuntamiento. Shelley sabía dónde estaban todas las cámaras; puede que solo haya estado de vuelta en la ciudad una semana más o menos, pero es astuta.

—¿Algo de los refugios?

—Nada, jefa —dijo Gavin—. Se les ha pedido a todos los organizadores y voluntarios que estén atentos a ella, y les hemos informado que creemos que su vida está en peligro, pero hasta ahora nada en absoluto.

Kay se apoyó en el escritorio y miró fijamente la pizarra, su mirada descansando en la fotografía del cuerpo destrozado de Ethan Archer.

—No podemos rendirnos con ella —dijo—. Está ahí fuera, en alguna parte. Estará asustada, paranoica; simplemente no tendrá la energía para mantenerse alejada de esta gente si no recibe ayuda pronto.

—¿Crees que ha dejado Maidstone? —dijo Barnes.

—No lo creo. Si está diciendo la verdad sobre todo esto, y me inclino a creerle, entonces a pesar de haber estado retenida durante tres años o más, está familiarizada con la ciudad. —Kay comenzó a caminar por las baldosas de la alfombra frente a su equipo, sus ojos trazando los desvanecidos remolinos de color azulado—. Dicho esto, depende de cuánto dinero haya podido mendigar en las calles desde la semana pasada cuando dijo que escapó.

—Si está tratando de mantenerse fuera de la vista

por miedo a ser atrapada, entonces es posible que no tenga mucho dinero —dijo Laura.

—Cierto, pero si ha logrado juntar algo de efectivo, tiene dos estaciones de tren de línea principal y una estación de autobuses para elegir.

—No la he visto en las imágenes de videovigilancia que he revisado fuera de esos lugares, pero puedo echar otro vistazo, jefa.

—Hazlo, por favor. Y consigue que dos de nuestros colegas de uniforme vengan aquí para ayudarte, así tendrás pares de ojos frescos en esas imágenes.

—Gracias, jefa.

Kay asintió a su joven protegida, complacida de que Laura hubiera tomado bien el consejo. Después de pasar las últimas veinticuatro horas mirando los mismos ángulos de cámara, sería demasiado fácil pasar algo por alto.

—Bien, eso es todo por hoy. Revisad el nuevo cronograma con Debbie y si vuestro nombre no está en él, entonces os veré mañana.

Una ráfaga de actividad recorrió la sala mientras los oficiales se alejaban, y Kay se mordió el labio mientras los veía comenzar a dirigirse hacia el escritorio de Debbie.

Después de que se entregaron las asignaciones, algunos se dirigieron hacia la puerta con un paso animado y otros regresaron a sus ordenadores, decididos a avanzar durante el resto de la tarde.

Barnes se acercó a ella y sonrió. —Vamos, lárgate, jefa. Pareces muerta de cansancio.

Ella sonrió y negó con la cabeza. —Lo siento, estaba en las nubes por un momento.

—Como dije, vete a casa. Me quedaré aquí hasta las seis y luego el equipo nocturno puede dirigir el lugar. No nos sirves de nada si estás cansada.

—Qué atrevido. ¿No es esa una de mis frases?

—Es una buena frase.

—ESTÁS PREOCUPADA POR ELLA.

La mano de Kay se sumergió en el cubo de pellets que Adam le ofrecía antes de dejar que el alimento corriera entre sus dedos. —Sí.

—Si ha logrado sobrevivir durante tres años como trabajadora esclava y escapar, tal vez solo esté manteniendo un perfil bajo. Quizás algo la asustó el jueves cuando estaba hablando contigo, y está esperando el momento oportuno.

—Tal vez.

—Sabe dónde encontrarte, ¿verdad?

—Solo en persona. Nunca tuve la oportunidad de darle mi tarjeta.

Adam le dio un codazo. —Menos mal que pasaste por aquí de camino a casa. Solo te habrías quedado sentada preocupándote por ella. Te conozco. Estar con este grupo debería distraerte de ella por un rato.

—Eso es lo que esperaba. —Kay arrojó los pellets en el comedero de acero inoxidable y se hizo a un lado mientras tres cabras miniatura se atropellaban entre sí para ser las primeras en llegar a la comida—. Cristo, pareciera que este grupo no hubiera comido en una semana.

—Lo sé, y este es el segundo lote de hoy. Además de todos los restos de comida que hemos estado trayendo para ellos.

Kay sonrió y miró a través de la red de corrales que Adam había construido en la parte trasera de su clínica veterinaria cuando abrió el negocio hace varios años.

Más allá del corral de las cabras, dos cerdos resoplaban mientras hurgaban entre un lecho de paja que se había extendido bajo un refugio de madera, y un burro levantó su nariz aterciopelada mientras se movían a lo largo del corral hacia él.

—A este ritmo, podrías abrir un zoológico interactivo. Ganarías una fortuna —dijo ella.

—Eso es lo que dijo Stephanie a principios de esta semana. Creo que si fuera por ella, ya tendría los folletos diseñados y en los estantes de la oficina de información turística.

Kay se rio.

La recepcionista de Adam estaba en sus cincuenta y dirigía la parte de atención al público del negocio, además de ser gerente de la sala de urgencias. Dueña de una pequeña granja junto con su marido y contadora calificada, Adam se refería a Stephanie como su arma secreta contra cualquier competidor.

Kay extendió la mano y le apretó el brazo. —Has logrado mucho aquí. Estoy muy orgullosa de ti.

Él sonrió y luego la besó en la mejilla.

—¡Eh, nada de esas cosas amorosas ahí fuera! —gritó alguien desde el fondo de la clínica—. No delante de los pacientes.

Kay se giró para ver a Scott Mildenhall asomándose por una de las ventanas, con una expresión de fingida sorpresa en su rostro.

—¡Mirón!

El veterinario subalterno sonrió y levantó un paquete de cuatro cervezas. —Es hora de la cerveza. ¿Queréis una?

—Vamos para allá —dijo Adam—. Solo tengo que revisar a la paloma.

—¿Paloma? —preguntó Kay.

—Sí, se estrelló contra las ventanas del patio de alguien ayer por la tarde y quedó completamente aturdida. La hemos tenido aquí durante la noche para vigilarla. Debería estar bien. Ve adentro, yo iré en un minuto. Está haciendo frío aquí fuera.

Kay se sacudió el polvo de las manos y caminó por el sendero bordeado de corteza de árbol hacia la parte trasera de la clínica, agradeciendo a Scott mientras le sostenía la puerta abierta.

—No tenemos vasos —dijo él—. Lo siento, solo solemos guardar algunas cervezas en la nevera para emergencias, y parece que tú necesitas una.

—¿Tan mal me veo? Me lavaré las manos y me uniré a vosotros antes de que vayamos a casa a alimentar a esos cachorros de zorro.

Momentos después, los tres estaban reunidos en los sofás del área de recepción vacía, con un tenue resplandor proveniente de la oficina trasera que daba calidez a la habitación mientras se relajaban.

Kay jugueteaba con la etiqueta de su botella de cerveza y luego levantó la cabeza de golpe al escuchar su nombre.

—Lo siento, estaba pensando. ¿Qué dijiste?

—Dije que apuesto a que a pesar de tener un equipo en el que puedes confiar, volverás al trabajo por la mañana. —Adam sonrió—. Vas a seguir buscándola, ¿verdad?

—Tengo que hacerlo. No creo que confíe en nadie más.

CAPÍTULO 35

Gavin ajustó el volumen de la radio Airwave junto a su monitor de ordenador antes de estirar el cuello, luego pasó un lápiz sobre las líneas negras mecanografiadas del informe que estaba leyendo.

Una débil luz solar entraba por la ventana a su izquierda, y cuando su reloj marcó las siete y media, el sistema de calefacción central emitió un gruñido desganado antes de que el radiador a su lado intentara calentarse.

Había llegado temprano, decidido a avanzar con el papeleo que se había generado por las actividades de vigilancia del día anterior en los mercados. No le importaba hacer un turno de doce horas si era necesario, pero quería tener algunos resultados que mostrar.

Mientras tanto, escuchaba las llamadas y los informes de progreso en la escena de sus colegas uniformados que estaban de servicio alrededor de los mercados dominicales más pequeños en el área de la División Oeste, por si el nombre de Shelley se escuchaba entre la estática.

Laura se quitó los guantes sin dedos cuando la temperatura en la sala de incidentes superó los niveles árticos y los arrojó sobre su escritorio a la derecha del suyo, luego se apartó el pelo de la cara antes de girar su silla.

—¿Dónde está Carys? —dijo, inclinándose hacia adelante y bajando la voz.

Gavin pasó otra página del informe y marcó un punto de ubicación que ya había visto en las imágenes de videovigilancia. —No lo sé.

—Pero vosotros dos soléis estar así. —Laura cruzó los dedos—. Seguramente te diría algo si iba a desaparecer por cuatro días. Quiero decir, en algo como esto, Carys normalmente estaría en medio de todo, ¿no?

Gavin arrojó el informe sobre el teclado de su ordenador, con el ceño fruncido.

El mismo pensamiento había cruzado por su mente varias veces desde el final del turno el jueves, cuando Kay informó a sus detectives que Carys estaría de permiso hasta el lunes.

Había intentado llamarla, pero su móvil iba directo al buzón de voz, y no estaba devolviendo esos mensajes de voz, ni los de textos que le había enviado preguntando si estaba bien.

—Tal vez sea, ya sabes, cosas de mujeres —dijo, sintiendo que el calor subía a sus mejillas—. Algo de lo que no quiere hablar.

—Créeme, si fuera eso, pediría una cita después de que esta investigación terminara. No querría perderse todo esto, ¿verdad? Los tiempos de espera estos días para cualquier cosa así son horribles, de todos modos.

Gavin se aclaró la garganta y comenzó a apilar los informes en una pila ordenada, incómodo con la dirección que estaba tomando la conversación. Era lo mismo cuando su madre y su hermana menor hablaban en las barbacoas familiares: nada estaba fuera de límites cuando se trataba de su salud, y a menudo huía para lavar los platos con su padre.

—¿Has terminado de hacer una lista de todos los otros propietarios de tierras que tenemos que entrevistar con los uniformados? —dijo.

Laura señaló la pantalla de su ordenador. —He realizado una búsqueda de títulos que abarca un radio de cuarenta kilómetros desde donde se encontró el cuerpo de Ethan. Ya hemos hablado con tres, así que nos quedan otros ocho.

—Eso es un montón de propietarios para esa cantidad de tierra. —Gavin clavó los talones en la alfombra y acercó su silla al escritorio de su colega, asomándose por encima de su hombro para mirar la pantalla.

—Algunas son pequeñas propiedades, pero pensé que deberíamos revisarlas también.

—Cierto. Buena idea. Entonces, ¿qué has encontrado?

—Un criador de pollos, dos huertos, una granja lechera y un productor de champiñones. Esas son las propiedades más grandes, y luego hay dos pequeñas explotaciones: una en las afueras de Sevenoaks y la otra de camino a Hildenborough.

—De acuerdo. ¿Cómo te fue con las cámaras de videovigilancia de las estaciones de tren y el autobús? ¿Alguna señal de Shelley?

—Nadie con su descripción. Trabajé con Phillip y Debbie hasta que terminamos ayer y ninguno de nosotros pudo verla. Si tuviéramos una fotografía clara de ella, podría organizar que los uniformados fueran allí y preguntaran...

—Algo podría aparecer. —Gavin le dio una

palmada en la espalda a su colega—. Este es un buen trabajo. Al menos cuando Barnes llegue, podrás darle un punto de partida con esa lista de propietarios y él podrá coordinarse con los uniformados para comenzar las búsquedas en las propiedades.

—Sí, supongo que sí.

Gavin retrocedió con su silla y tomó su teléfono móvil.

Aún no había noticias de Carys.

Se preguntó si debería mencionar su ausencia a Barnes cuando llegara, y si el oficial sabía el paradero de su colega. Seguramente estaba bien, de lo contrario les habrían informado.

Entonces, ¿dónde estaba?

Desde que se había unido al equipo hace dos años y medio, él y Carys habían sido cercanos. Se cuidaban las espaldas mientras estaban de servicio, se burlaban el uno del otro sin piedad fuera de servicio, y compartían una vena competitiva que daba lugar a animadas bromas.

Ella era como una hermana mayor para él.

Entonces, ¿por qué el silencio ahora?

Miró por encima de su pantalla cuando la puerta de la sala de incidentes se abrió y Barnes se acercó hacia ellos, con las manos cargadas de bolsas de papel, manchadas de grasa en los costados.

—Bocadillos de beicon —dijo, sonriendo mientras le entregaba una bolsa a cada uno antes de dirigirse a su escritorio—. ¿Alguna novedad?

—Todavía no —dijo Gavin—, y gracias.

—Gracias, oficial —dijo Laura—. ¿Dónde está Carys?

—Tuvo que tomarse un tiempo —dijo Barnes—. Volverá mañana.

—¿Está bien?

—Hasta donde yo sé. —Señaló su bocadillo—. Ahora cómete eso, antes de que se enfríe.

Gavin le miró a los ojos, pero Barnes apartó la mirada antes de que pudiera interrogarlo más.

Conteniendo su frustración, devoró el bocadillo caliente y miró la siguiente lista de tareas que la base de datos HOLMES2 le había asignado esa mañana.

Su teléfono móvil vibró sobre el escritorio cuando estaba terminando su desayuno, y frunció el ceño ante la pantalla al ver que se mostraban las palabras "número desconocido".

—Agente Gavin Piper.

—Detective, soy Jeremy. Del refugio. Necesito hablar contigo urgentemente. ¿Podemos reunirnos?

CAPÍTULO 36

Veinte minutos después, Kay esperaba junto a Gavin en las escaleras que subían desde Earl Street hasta el centro comercial Fremlin Walk.

Él la había llamado mientras ella caminaba junto al río, sus ojos recorriendo los senderos y callejones mientras cruzaba desde allí hasta el anfiteatro y de vuelta, buscando desesperadamente a la mujer que tenía las respuestas sobre el asesinato de Ethan.

Llevaba vaqueros y un suéter bajo una chaqueta de cuero para mezclarse con la multitud de la mañana temprana y se detenía de vez en cuando para revisar sus mensajes. Había varios equipos uniformados en mercados por toda el área de la División con los que mantenía contacto, pero sin éxito.

—¿Cómo es este Jeremy? —le preguntó a Gavin.

—Amigable. Servicial.

—¿Crees que se puede confiar en él? Quiero decir, ¿no es el tipo de persona que haría afirmaciones falsas solo para llamar la atención?

—No, no me dio esa impresión. Sonaba genuinamente preocupado cuando hablamos. — Señaló con la barbilla a un hombre delgado de unos cuarenta años que se apresuraba hacia ellos, con una bolsa deportiva al hombro—. Ahí viene.

Kay esperó mientras Gavin estrechaba la mano del hombre, y luego se presentó—. Espero que no te importe que me una a vosotros, Jeremy. Estoy muy preocupada por la seguridad de Shelley.

—Eso entiendo. —Miró por encima de su hombro, luego volvió a mirarlos—. ¿Podemos hablar en otro lugar? Está un poco expuesto aquí, ¿no?

—He oído que la cafetería de allí abajo sirve buen café.

—Preferiría que no. ¿Qué tal el parque detrás del centro comercial?

—Sé cuál dices. Guía el camino.

Kay dejó que Jeremy se dirigiera hacia Brenchley Gardens, y lo siguió junto con Gavin. Sus primeras impresiones del hombre eran que hablaba suavemente, y parte de la bravuconería que su colega dijo que había demostrado cuando él y Laura lo conocieron en el refugio el miércoles estaba notablemente ausente.

En cambio, parecía reticente, nervioso, y ella se preguntó si era su manera de lidiar con la vida en la calle, o algo completamente diferente.

Mientras subían por St Faith's Street y pasaban el museo, Jeremy miró por encima de su hombro, su mirada pasando por Kay y más allá con tanta intensidad que los finos vellos en la nuca de ella se erizaron y crearon un impulso de mirar atrás para ver qué podría haber visto.

Antes de que pudiera hacerlo, él giró a la izquierda pasando el museo y siguió el sendero hacia los jardines detrás de la Iglesia de St Faith, con los dos detectives tras él.

Kay notó que se habían montado cámaras de videovigilancia en altos postes de acero en el perímetro del parque, y se hizo una nota mental para pedirle a uno de su equipo que revisara esas también en busca de señales de Shelley, en caso de que la mujer hubiera buscado refugio allí durante los últimos tres días.

La extensa área verde del resto del parque estaba desierta, salvo por algunos compradores que usaban los senderos como atajo entre el centro comercial y la estación Maidstone East o los estacionamientos cercanos. Árboles desnudos, sus ramas apenas comenzando a mostrar las primeras etapas de nuevos brotes, proyectaban sombras esqueléticas a través de los senderos, sumando a la atmósfera desolada.

El sendero subía una ligera pendiente mientras se acercaban al quiosco ornamentado, y mientras Kay observaba la estructura de hierro, entendió por qué Jeremy lo había sugerido.

Setos paisajísticos rodeaban el perímetro de la estructura victoriana, desaliñados y descuidados después de los meses de invierno sin uso, proporcionando una pantalla contra miradas indiscretas.

Gavin se quedó atrás, esperando para hablar hasta que estuvo al lado de ella.

—Está preocupado por algo.

—Me lo imaginé. Supongo que estaba más tranquilo cuando hablaste con él la última vez.

—Definitivamente. Mucho más relajado.

—Bien. Veamos qué tiene que decir. Esperemos que no se asuste como Shelley y desaparezca antes de que hayamos avanzado algo. Tú dirige, él confía en ti.

—Jefa.

Se interrumpió cuando Jeremy entró en el quiosco, y Kay alzó la vista hacia el nombre de un compositor clásico inscrito entre las enjutas debajo del toldo antes de unirse a su colega.

Dentro, la caja de resonancia fijada a la parte inferior del techo estaba cubierta de viejas telarañas y polvo, todo lo cual sería barrido antes de que comenzara la temporada de bandas de verano. Por ahora, el lugar mantenía un abandono y desolación invernal.

Se estremeció y se volvió hacia el hombre sin hogar que caminaba de un lado a otro.

—¿Qué querías decirme? —dijo Gavin, parándose frente a él y levantando una mano. Mantuvo su tono calmado, sin prisa—. ¿Está todo bien?

Jeremy respiró profundamente y pareció forzarse a quedarse quieto. —No, no lo está.

—¿Has visto a Shelley?

—No. No desde que hablé con vosotros en el refugio. Nadie la ha visto. Ha desaparecido.

—¿Alguna idea de adónde podría haber ido?

—No tengo ni idea.

—¿Qué pasa, Jeremy? Pareces nervioso.

—¿Lo parezco? Sí, lo estoy.

—¿Qué ha pasado? ¿Es algo sobre Shelley? ¿Le ha pasado algo?

—No lo sé. —El hombre se quitó el gorro de lana y se rascó el pelo corto—. Tal vez. Mirad, escuché un rumor el jueves por la noche en el refugio de que alguien había estado deambulando por la ciudad, preguntando por ella. El viernes también.

Kay miró a Gavin, luego de vuelta a Jeremy. — Lamento si eso os causó preocupación, pero yo había encargado a mi equipo de investigación que hablara con los voluntarios del refugio y cualquiera que conocieran en las calles de por aquí en caso de que alguno hubiera visto a Shelley. Ella me pidió que me reuniera con ella en el anfiteatro el jueves por la mañana, pero algo la asustó y se fue. Yo también estoy preocupada por ella y no tengo forma de contactarla.

—¿Vuestra gente anda por ahí ofreciendo dinero por información?

—¿Qué? No, yo...

—Eso es lo que les dije a los demás. No, no estoy hablando de la policía. No de los vuestros. Vosotros os destacáis a kilómetros. Este era un tipo solo, corpulento, casi tan alto como yo, con barba.

La boca de Kay se secó. —¿Cuándo fue esto?

—Ayer por la mañana. Por la oficina de correos en High Street. Me mostró una foto de ella y dijo que estaba tratando de encontrarla. Dijo que podría estar en peligro. Como dije, también ha estado preguntando a otros.

—¿Qué llevaba puesto? —dijo Gavin, sacando su libreta del bolsillo de su abrigo.

—Vaqueros azules, chaqueta negra con capucha. También llevaba una gorra de béisbol. —Los ojos de Jeremy se fijaron en las tablas de madera del techo del quiosco, luego parpadeó—. Tenía puesta la capucha de su abrigo, pero pude ver parte de un logotipo en la parte delantera de la gorra... no recuerdo qué era. No era una de esas marcas deportivas conocidas.

—Eso es útil, gracias. Quizás podamos identificarlo en las cámaras de seguridad.

—¿Con quién más ha hablado? —preguntó Kay.

—Con algunos habituales de por aquí. Saben que estoy pendiente de Shelley porque estoy preocupado después de nuestra charla del otro día, así que me lo dijeron cuando los vi. Anda por ahí con un puñado de billetes de veinte libras para cualquiera que le diga dónde está ella.

—¿Lo habías visto antes? Me refiero a antes de conocer a Shelley —dijo Gavin.

—No, los demás tampoco.

—Jeremy, ¿podrías hacerme un favor? —dijo Kay.

—Dime.

Ella le entregó una tarjeta de visita. —Ya tienes el

número de Gavin, así que si ves a este tipo merodeando o hablando con alguien, ¿podrías llamar a uno de nosotros? No importa la hora del día o de la noche. Pásate por la comisaría de Palace Avenue y pregunta por nosotros en recepción si no puedes llamar. Les avisaremos de que nos estás ayudando.

Él tomó su tarjeta y pasó el pulgar por el texto. —Va a hacerle daño si la encuentra, ¿verdad?

—No lo sabemos con certeza, pero necesitamos hablar con él —dijo Gavin—. Aunque solo sea para averiguar por qué está ofreciendo dinero a cambio de información sobre ella.

Jeremy asintió, con expresión sombría mientras guardaba la tarjeta de Kay en el bolsillo de sus vaqueros y se volvía a poner su gorro de lana.

—El problema es que, en esta época del año, no pasará mucho tiempo antes de que alguien tome su dinero y le diga dónde está ella —dijo—. En mi experiencia, el hambre vence a la solidaridad la mayoría de las veces.

CAPÍTULO 37

Barnes miró por encima de sus gafas de lectura cuando su teléfono móvil emitió un zumbido bajo, y sonrió al ver el nombre que aparecía en la pantalla.

Al abrir la notificación, encontró una nueva fotografía de su hija, Emma, junto a dos de sus amigas de la universidad. Las tres chicas intentaban maniobrar karts de interior a través de un eslalon con poco éxito; el pie de foto sugería que no les estaba yendo bien, evidenciado por los ataques de risa en sus rostros.

—¿Es tu hija? —dijo Laura. Se detuvo a su lado, dejando dos carpetas manila en su bandeja.

—Sí. Vive con su madre cuando no está en la universidad.

—Es guapa.

—Definitivamente se parece a su madre. — Barnes sonrió, luego envió un breve mensaje a Emma diciéndole que la llamaría más tarde en la semana, y dejó el móvil a un lado—. Bien, ¿quieres enviarme por correo electrónico esa lista de propietarios que has recopilado y llamaré a Dave Morrison para ver si podemos conseguir ayuda de los uniformados para hacer las entrevistas? Probablemente será mañana por la mañana cuando tengamos todo organizado, pero anótate en el registro para esas.

—Lo haré, gracias, oficial.

Giró su silla cuando la puerta de incidentes se abrió de golpe y aparecieron Kay y Gavin.

—¿Qué pasa? —dijo.

—Hay alguien caminando por la ciudad ofreciendo dinero a cambio de información sobre Shelley —dijo Kay. Colgó su abrigo en una percha fuera de la oficina de Sharp y luego se acercó a su escritorio y sacó una silla libre mientras Gavin se unía a ellos.

—¿Y creéis que es el asesino de Ethan?

—Tiene que serlo, ¿no? —dijo Gavin.

—¿Y si es un familiar de ella tratando de encontrarla? —dijo Laura.

Barnes resopló, incapaz de ocultar la amargura en su voz. —No se han molestado en los últimos tres o cuatro años, ¿por qué iban a empezar ahora? Ni siquiera han presentado una denuncia por persona desaparecida.

—Laura tiene un punto válido, de todos modos — dijo Kay—. Necesitamos actuar rápido con esta nueva información, porque si no es un familiar preocupado, entonces Shelley está en más peligro del que pensábamos. Laura, ¿puedes empezar a averiguar qué escuelas secundarias hay en la zona? Shelley me dijo que tuvo dificultades en la escuela, así que ignora las escuelas selectivas. Tiene un acento de Liverpool bastante marcado y se mudó aquí cuando tenía trece años. Supongo que no siguió estudiando para los exámenes de ingreso a la universidad, así que se habría ido cuando tenía dieciséis.

—De acuerdo, jefa. La mayoría de los sitios web de las escuelas tienen datos de contacto de emergencia para vacaciones y fines de semana, así que debería poder comunicarme con ellos hoy.

—Bien, gracias. Si puedes averiguar su apellido con ellos, es un comienzo. Pregúntales si tienen una dirección en Liverpool de su madre también; aunque sea antigua, les dará a nuestros colegas de allí una ventaja. Gavin, basándote en la descripción que nos dio Jeremy, trabaja con Parker cuando reaparezca y consigue las imágenes de videovigilancia de High

Street cerca de la oficina de correos. Mira si puedes localizar al hombre que dice que se le acercó. Si es necesario, llama a Andy Grey en el departamento forense digital en la Jefatura; ya sabes cómo es, probablemente conocerá algunos ángulos de cámara adicionales que podrían ayudarnos.

—Sí, jefa.

—¿Qué hay de las entrevistas a los propietarios, jefa? —dijo Barnes—. ¿Seguimos adelante con ellas mañana o esperamos a ver qué novedades tenemos con este enfoque primero?

Kay se ató el pelo y luego apoyó el brazo en su escritorio y miró fijamente su pantalla. —Creo que seguimos adelante. Parece que tienes una lista bastante larga de Laura, y va a llevar tiempo coordinarlo. Organízalo con los uniformados, y si pasa algo mientras tanto, podemos reprogramar según sea necesario.

—De acuerdo. ¿Qué se sabe del tipo que ofreció dinero al contacto de Gavin?

—Nada excepto una descripción por el momento, pero Jeremy, ese es el sin techo que llamó a Gavin, dice que le ofrecieron un puñado de billetes de veinte para que le dijera dónde estaba Shelley. No lo aceptó, por supuesto, y ha intentado decirles a varios de los otros que usan los refugios que no hablen con el hombre, pero, como nos dijo, tienen hambre y necesitan ropa abrigada y un techo sobre sus cabezas. Si alguien les ofrece dinero así, no pasará mucho tiempo antes de que alguien hable.

Barnes hizo un gesto hacia su colega que ahora tenía la cabeza inclinada sobre su escritorio, con el teléfono en la oreja. —Laura revisó las imágenes de videovigilancia cerca de todos los refugios de anoche cuando Gavin salió a reunirse contigo antes. No hay señales de Shelley cerca de ninguno de ellos.

—No me sorprende, dado lo que sabemos ahora. Probablemente esté durmiendo a la intemperie en algún lugar, tratando de mantenerse fuera de la vista.

—Eso es lo que me preocupa. —Movió el ratón y abrió el navegador de Internet—. Mira las temperaturas nocturnas que se esperan esta semana. Necesita estar en algún lugar cálido y seguro.

—Lo sé, Ian. Esperemos que encontremos algo esta tarde, o tal vez uno de los contactos de Jeremy nos dé una pista de dónde podríamos encontrarla. —Se levantó de su silla—. Será mejor que me dirija a la Jefatura. Se supone que me reuniré con Sharp allí a las cuatro. ¿Estarás bien manteniendo el fuerte?

—Sin problema. Te llamaré si la encontramos.

—Gracias. Hablamos luego.

La vio salir rápidamente de la habitación, con el

abrigo sobre el brazo y el teléfono móvil ya en la oreja, luego se volvió hacia su ordenador e intentó contener el latido de su corazón.

Shelley tenía solo tres años más que su hija y debía estar muerta de miedo.

Sacudió la cabeza para aclarar el pensamiento y comenzó a coordinar las investigaciones puerta a puerta para las granjas y pequeñas propiedades del día siguiente.

CAPÍTULO 38

Carys tiró del freno de mano y se quitó el cinturón de seguridad, fijando su mirada en las dos furgonetas plateadas y los tres coches patrulla que bloqueaban la entrada a un callejón a cien metros de distancia.

Su móvil había sonado estridentemente cuarenta minutos antes, sacándola de un sueño profundo.

Se había despertado completamente en los primeros tres segundos al oír la voz de Kay al otro lado de la línea, y se había duchado y vestido apresuradamente antes de conducir hasta los límites del centro de la ciudad, luchando contra el tráfico de primera hora de la mañana.

Un envoltorio vacío de kebab rodó hasta la cuneta junto al coche mientras abría la puerta del conductor, y su labio superior se curvó al ver el charco de vómito que se había derramado en medio de la acera antes de esquivarlo y apresurarse hacia dos agentes de policía uniformados en el cordón azul y blanco.

Mostrando su placa, esperó mientras anotaban sus datos y luego firmó donde le indicó el más alto de los dos.

—¿Quién más está aquí?

—Harriet está aquí con su equipo de Investigación de la Escena del Crimen, y el patólogo llegó hace media hora. Tenemos un segundo cordón al otro extremo del callejón.

—¿Qué saben hasta ahora?

Su compañera se aclaró la garganta. —Nadie oyó nada, señora. El vecino más cercano vive en el piso justo después de su coche, encima de la tienda de *fish and chips*. Los edificios que dan a este callejón son entradas de servicio para las tiendas de las calles de ambos lados. Todos cerrados desde las cuatro de la tarde de ayer, si es que abrieron. No esperamos verlos abrir hasta las nueve de esta mañana...

—Eso si les dejamos abrir —añadió el otro policía.

—¿Qué tenemos?

—Mujer, fallecida, a simple vista de unos veinticinco años, quizás más joven. Su cuerpo fue arrojado en un contenedor a mitad del callejón.

—¿Cómo la descubrieron si ninguna de las tiendas está abierta?

—Un indigente que buscaba restos de comida la encontró. —Apuntó con el pulgar por encima del hombro hacia los coches patrulla aparcados—. El agente Harris lo está interrogando en este momento. Estaba bastante conmocionado, pero dice que no la conocía.

—¿Tienen un nombre para él?

—Al parecer, se hace llamar Spikey. Está fuera de sí por algo. Con suerte, Harris sacará más información de él una vez que tome algo de café. ¿Quieres ponerte guantes y cubrezapatos?

—Sí, por favor. Gracias.

Carys se puso los cubrezapatos de papel y el mono a juego, se colocó los guantes sobre los dedos entumecidos y luego asintió en señal de agradecimiento y pasó por debajo de la cinta, dirigiéndose hacia el técnico de Investigación de la Escena del Crimen más cercano, que estaba agachado sobre el asfalto agrietado cerca de la entrada del callejón con una cámara en las manos.

—Buenos días, Patrick.

—Carys. ¿Cómo estás?

—Bien, supongo, dadas las circunstancias. ¿Qué sabes?

Se puso de pie, gimiendo en voz baja. —No te rías, solo te faltan unos años para que hagas ruidos así al levantarte.

Ella logró sonreír y señaló la cámara. —¿Puedo ver?

—Claro.

—¡Carys!

Al volverse ante el grito, vio a Kay caminando hacia ella con paso decidido.

—Espera un momento, Patrick. Será mejor que la inspectora vea esas fotos al mismo tiempo —dijo—. Buenos días, jefa.

—¿Acabas de llegar?

—Hace unos diez minutos. Patrick estaba a punto de mostrarme las fotos que ha tomado hasta ahora.

—De acuerdo, adelante.

Carys esperó hasta que Kay se movió hacia la izquierda de Patrick, y entonces él inclinó la pantalla de visualización en la parte trasera de la cámara digital para que ambas pudieran ver.

—Pasaré rápidamente las primeras, son tomas de la entrada al callejón, y luego me he movido por aquí hacia el contenedor donde se encontró el cuerpo de la mujer.

—¿Llevaba alguna identificación? —preguntó Kay.

—Ninguna que hayamos encontrado hasta ahora. Harriet tiene un equipo de tres personas trabajando en el contenido del contenedor en este momento. Pasará un tiempo antes de que lo sepamos con certeza.

Kay asintió y luego le indicó que continuara con las imágenes.

Carys hizo una mueca ante la primera imagen del cuerpo retorcido de la mujer entre los pliegues de envoltorios de comida para llevar desechados, latas de aluminio y otros desechos.

Todo lo que se veía de su rostro era una mejilla pálida enmarcada por cabello oscuro que ocultaba sus ojos y nariz. Llevaba una camiseta de tirantes finos de color rosa pálido sucia, y Carys vio asomar la cintura de unos vaqueros antes de que estos también quedaran cubiertos por viejas cajas de cartón y revistas rotas.

—Gracias, Patrick —dijo cuando llegó al final de las fotografías que había tomado hasta el momento—. ¿Está bien si nos acercamos allí?

—Debería estar bien, solo manteneos en el camino designado que hemos marcado y consultad con Harriet antes de entrar en el segundo cordón.

Kay le dio una palmada en el brazo antes de alejarse, y Carys sabía por experiencia que era la manera en que su jefa le hacía saber al fotógrafo que apreciaba su diligencia y cuidado en circunstancias tan difíciles.

—¿Cuándo volviste de Bridgend? —preguntó mientras pasaban junto a un segundo técnico agachado a un lado del callejón, marcando otra área de interés para el equipo de Investigación de la Escena del Crimen.

—Anoche, alrededor de las diez.

—¿Fue bien?

—Eso creo. Es difícil saberlo, ¿verdad?

Los labios de Kay se torcieron en una sonrisa sardónica. —Tienes razón, lo es. ¿Cuándo te lo harán saber?

—Uno de los comisarios que me entrevistó dijo que tomarían una decisión para finales de la semana. —Carys oyó a su inspectora exhalar en voz baja y tragó saliva—. Me quedaré hasta el final de este caso, jefa. No te defraudaré.

—Lo sé. —Kay señaló con la barbilla hacia el contenedor, ahora a solo un par de metros de distancia, y alzó la voz—. ¿Harriet? ¿Podemos acercarnos?

La jefa de Investigación de la Escena del Crimen se bajó la mascarilla. —Venid. Vamos por la mitad, pero ya hemos procesado todo el suelo de aquí, así que podéis pasar.

Carys siguió a Kay hacia el pequeño equipo de técnicos, y luego dio un paso atrás sorprendida cuando Lucas Anderson apareció desde dentro del contenedor junto a uno de ellos, con el cuerpo cubierto por un traje de protección contra riesgos biológicos.

—¿Aún estás aquí? —preguntó.

—Mmm —respondió a modo de contestación—. Pensé que sería mejor quedarme. Este caso es casi tan malo como el del tipo en el campo de la otra semana.

—¿Por qué?

Ambas detectives se apresuraron a acercarse, con el interés de Carys despertado.

—Espera, traeré otra escalera —dijo Charlie, otro miembro del equipo de Harriet.

Ella esperó mientras él desplegaba una escalera de repuesto que había estado apoyada contra la pared de ladrillo oscuro de una de las tiendas a la derecha del callejón y la colocaba contra el contenedor para ella, extendiéndole la mano y sosteniéndole el brazo mientras subía a la plataforma.

—Gracias —dijo ella, y luego volvió su atención al patólogo.

A su lado, Kay subió por la otra escalera, colocó sus manos enguantadas en el borde del contenedor y dejó escapar un gemido.

—¿Es ella?

La inspectora asintió, la tristeza cruzó sus facciones antes de que apretara la mandíbula. —Es Shelley. Llegamos demasiado tarde.

Lucas les dio unos segundos para asimilar la revelación, y luego se aclaró la garganta. —Quien le hizo esto probablemente la estranguló primero. Podré dar una opinión más precisa sobre eso después de la autopsia, obviamente.

—Maldita sea.

Carys oyó a Kay maldecir en voz baja, y supo que estaría jurando hacer justicia por la mujer muerta y que encontraría a su asesino, costara lo que costara.

—Hay una cosa más —dijo Lucas. Señaló las piernas de la mujer—. Le han cortado los pies.

—¿Qué? —Kay no pudo ocultar el horror en su voz.

—Probablemente post mortem, dada la falta de sangre aquí dentro.

—¿Por qué alguien haría eso? ¿Cortarle los pies? —dijo Carys.

Kay entrecerró los ojos contra la suciedad levantada por el viento que aullaba a través del patio.

—Es como con Ethan, ¿no? Están enviando un mensaje a los demás para mostrarles lo que pasará si intentan escapar.

CAPÍTULO 39

—¿Kay? Kay. Un momento, por favor.

La voz de Sharp resonó por la sala de incidentes cuando ella y Carys entraron, y miró hacia la oficina del comisario para verlo asomándose por la puerta, haciéndole señas.

Esperó hasta que ella se acercó, y luego se dio la vuelta y la guio adentro. —Cierra la puerta.

Ella hizo lo que le pidió, moviéndose hacia su escritorio mientras él se ajustaba la parte trasera de su chaqueta de traje y se sentaba, indicándole que tomara una de las sillas para visitantes.

Kay lo ignoró y se paró frente al escritorio, apretando los dientes.

—¿Estás bien? Me enteré de la noticia.

—Llegamos demasiado tarde para salvarla, jefe. La mutiló. Le cortó los pies a la altura de los tobillos.

—Lo encontraremos.

—Claro que lo haré, jefe. Me aseguraré de que pase mucho tiempo encerrado por esto. Yo...

—¿Kay? Respira. Tómate un minuto. Sé que estás enojada y alterada. Yo también lo estaría, pero hiciste todo lo que pudiste para intentar encontrarla.

Ella arrojó su bolso sobre una de las sillas para visitantes, luego se movió hacia la ventana y se cruzó de brazos mientras observaba el movimiento de otros oficiales entrando y saliendo del edificio. —Le fallé.

—El único culpable de todo esto es la persona que la mató. —Sharp empujó su silla hacia atrás y se unió a ella—. ¿Carys está bien?

—Sí, eso creo. Debería salir y dar el informe, de lo contrario estamos perdiendo tiempo aquí charlando. —Forzó una sonrisa mientras se volvía para mirarlo—. Gracias, jefe.

—A mí también me afecta —dijo él—. Es porque somos humanos.

—Díselo a algunos de los reporteros con los que tenemos que lidiar —dijo ella, colgándose el bolso del brazo y dirigiéndose a la puerta.

Carys sostenía su móvil entre la oreja y el hombro mientras se acercaba al grupo de escritorios de los detectives, su voz un murmullo bajo mientras leía sus notas de la escena del crimen.

Barnes le entregó a Kay una taza de té mientras se sentaba. —Tiene azúcar extra. Carys parecía necesitar uno cuando entró, y tú también.

—Gracias, Ian. —Tomó un sorbo, parpadeó cuando el azúcar golpeó sus dientes traseros, y luego recorrió con la mirada la abarrotada sala de incidentes —. ¿Están todos aquí?

—Gavin y Laura están de camino de vuelta de la Jefatura; estuvieron trabajando con Andy Grey hasta tarde ayer para tratar de averiguar quién estaba hablando con Jeremy sobre Shelley, y él llamó más temprano para decir que tenía algunas imágenes de una cámara de seguridad privada en High Street que podrían ayudarnos.

—Bien, de acuerdo. Les daremos otros diez minutos y luego tendremos la reunión informativa.

—Carys me contó lo que pasó. ¿Estás bien?

Ella asintió, amenazada por el agotamiento. —Lo estaré, cuando atrapemos al bastardo que hizo esto.

Cinco minutos después, los dos agentes habían llegado y ella se había movido al frente de la sala, actualizando la pizarra con los detalles básicos del asesinato de Shelley y las fotografías de la escena que

Carys había descargado de su móvil para dar contexto.

Mientras Kay se volvía para enfrentar a sus colegas reunidos, enderezó los hombros.

—A pesar de nuestros mejores esfuerzos para localizar a Shelley antes de que le hicieran daño, puedo confirmar que el cuerpo encontrado en un contenedor esta mañana es el suyo. Lucas estuvo en la escena y ha declarado que fue estrangulada antes de que le cortaran los pies. —Revisó un mensaje en la pantalla de su móvil—. Por el momento, sus pies no han sido encontrados. No estaban en el contenedor.

Un murmullo de conmoción recorrió la sala.

—Mantendremos los detalles de su muerte fuera del alcance de los medios por ahora —continuó Kay —, y os pido que si algún miembro de la prensa se os acerca, los dirijáis al comisario Sharp o a mí en primera instancia. Emitiremos una declaración formal más tarde hoy. Mientras tanto, ¿tenemos algún progreso sobre el hombre que Jeremy dijo que se le acercó ofreciéndole dinero a cambio de noticias sobre Shelley? ¿Gavin?

—Jefa. —Caminó para unirse a ella mientras Laura repartía un documento de dos páginas a cada miembro del equipo—. No tuvimos suerte con ninguna de las cámaras de videovigilancia operadas por el ayuntamiento en el centro de la ciudad, pero cuando el equipo de forenses digitales de Andy llamó, obtuvieron imágenes de una casa de apuestas con licencia cerca de la oficina de correos que pudieron ayudar. Las imágenes que ven aquí son las cuatro más claras que tenemos.

Kay examinó las fotografías que habían sido capturadas y dispuestas dos por página para los propósitos de la reunión informativa. —¿Están estas en HOLMES2?

—Sí, jefa. Andy lo actualizó por nosotros mientras regresábamos. Las dos primeras fotografías confirman que el hombre de la izquierda es Jeremy. En la segunda página, tenemos a nuestro sospechoso. —Hizo una pausa mientras un crujido de papel llenaba la sala—. Obviamente, no podemos mejorar la imagen dadas las restricciones de que esta es una cámara de ángulo fijo, pero Andy pudo distinguir algunas de las características del hombre.

—¿Alguno de vosotros lo reconocéis? —dijo Kay, acercando la página.

Un murmullo de respuestas negativas llenó la sala.

—Muy bien, no perdamos el tiempo con esto. Haced circular esta fotografía por toda la División. Si no tenemos respuestas para el final del día, extended la solicitud a nivel nacional.

—Lo haremos, jefa.

Gavin volvió a su asiento mientras Kay repasaba la lista de tareas que vendrían con el evento del asesinato de Shelley, y luego dirigió su atención a Barnes.

—Ian, ¿están los uniformados listos para comenzar las búsquedas en las granjas que Laura identificó?

—Sí, jefa. Lo hemos reducido a cinco productores y dos pequeñas propiedades.

—Hazme llegar el papeleo para firmar y comenzaremos con eso esta mañana. —Kay actualizó la pizarra con las nuevas tareas, luego se volvió y examinó a su equipo.

—No necesito deciros que no descansaremos hasta que este asesino sea encontrado —dijo—, y sé que puedo contar con vosotros para encontrarlo y darles a Ethan y Shelley la justicia que merecen. Podéis retiraos.

CAPÍTULO 40

—¿Lista, jefa?

Kay se volvió al oír la voz del policía Morrison y sacó un par de guantes protectores del bolsillo de su abrigo. —Te dejaré que informes a tu equipo, Dave. Solo dime dónde me quieres.

—Gracias. —Hizo una seña a los seis policías que se encontraban en la entrada de Wiseacre Mushroom Suppliers, y esperó hasta que formaron un semicírculo irregular a su lado—. La orden para el registro de esta mañana ha sido entregada a los propietarios, y la agente Laura Hanway los está interrogando en la casa con el policía Phillip Parker presente. Nuestra misión es realizar un registro exhaustivo de los edificios anexos y el patio. Los cuatro individuos que pueden ver tras de mí cerca de la casa son los trabajadores a tiempo completo que emplean. Tres son locales, uno es rumano, y antes de que preguntareis, su visado está en regla. Ha estado trabajando aquí desde octubre y aunque dice que el sueldo es pésimo, mi hija gana menos que él como aprendiz de peluquería en Tunbridge Wells, así que creo que debería dejar de quejarse.

Una ola de risas amistosas recorrió el grupo, y Kay sonrió.

Era típico de Dave Morrison intentar aligerar una situación estresante. Mucho dependía del resultado de los registros que se llevaban a cabo hoy y todos sentían la presión, especialmente después de que la naturaleza de la muerte de Shelley se extendiera por la comisaría.

Su asesinato había tocado una fibra sensible.

La noche anterior, Adam le había echado un vistazo a su cara cuando llegó a casa y la llevó al pub que estaba calle arriba de su casa antes de acomodarla en un rincón tranquilo y colocar un gran vaso de brandy en la mesa junto a ella. Había escuchado sus susurros mientras le contaba lo que había sucedido, y le había sostenido una mano mientras ella se secaba lágrimas de rabia con la otra.

Esa mañana había salido de casa con una

renovada determinación, con un solo pensamiento dando vueltas en su cabeza.

Haría justicia por Ethan y Shelley, costara lo que costara.

Mientras Dave repasaba el procedimiento de registro para un par de agentes especiales nuevos en la fuerza y se aseguraba de que estuvieran emparejados con oficiales más experimentados, ella dirigió su mirada hacia el patio donde esperaban los recolectores de champiñones.

Un flujo constante de humo de cigarrillo se elevaba en el aire sobre sus cabezas, y una ola de resentimiento emanaba del grupo mientras pateaban piedras y lanzaban miradas de reojo a los policías que los habían obligado a detener el trabajo.

—¿Por qué están tan nerviosos? —dijo Kay—. ¿Alguien ha hablado ya con ellos?

Dave levantó la vista de sus notas mientras su equipo se dispersaba. —Según el propietario, se supone que deben comprobar la temperatura y la humedad tres veces al día. Tiene veinte naves de cultivo aquí, así que están preocupados de que las cosechas se echen a perder si los retenemos demasiado tiempo. Por eso he empezado el registro por el extremo más alejado. Una vez que revisemos cada edificio, podrán volver a trabajar detrás de nosotros.

Kay recorrió con la mirada los edificios arqueados que se habían construido a cada lado de un camino de tierra que se alejaba de la granja. —¿Qué probabilidades crees que hay de que encontremos una aeronave en uno de esos?

—Serían un escondite perfecto. ¿Quieres acompañarme y echamos un vistazo?

—Vamos, entonces.

Caminó junto al policía, sus botas hundiéndose en el barro blando que desprendía un aroma distintivo de residuos compostados, estiércol y tratamientos químicos para plantas. A cada lado, las grandes naves de cultivo se alzaban sobre ellos, creando un efecto de túnel de viento a lo largo del camino que la obligó a hundir la cara en su bufanda para protegerse del frío.

Cuando Dave siguió a uno de los equipos al interior de un edificio en el extremo más alejado, se sintió aliviada de escapar de los elementos, y sorprendida por el calor en el interior.

Su mandíbula cayó ante la vista de las filas de estanterías de aluminio que desaparecían en las profundidades del edificio a unos treinta metros de distancia, cuyo extremo estaba iluminado por el resplandor tenue de bombillas de baja potencia que colgaban de las vigas de acero del techo.

—En cuanto a trabajos de invierno, este tiene que ser uno de los mejores —dijo.

—Por eso estaban preocupados por cuánto tiempo íbamos a tardar —dijo Dave—. Esta temperatura debe mantenerse constante.

Veinte minutos después, parpadeó al salir de la nave de cultivo a la débil luz del sol, y vio a dos de los trabajadores de la granja entrar en el edificio de enfrente mientras los agentes uniformados completaban su registro allí y se movían al siguiente.

—Vamos a recorrer el resto de estos —dijo—. Podemos buscar la aeronave o personas, y tu equipo puede realizar un registro más exhaustivo detrás de nosotros. Al menos mantendremos esto en movimiento.

—Suena bien, jefa. —Dave sonrió—. De todos modos, hace demasiado frío para quedarse parado aquí fuera.

—Exactamente lo que pensaba.

Se mordió el labio mientras lo seguía, y sacó su teléfono móvil.

Le había costado al comisario Sharp una serie de llamadas telefónicas a sus superiores en la Jefatura y la persuasión de otros dos comisarios dentro de la

División Oeste para asignar suficientes agentes para llevar a cabo los registros del día, y sabía que estaría esperando una actualización pronto, y resultados.

Dave abrió la puerta de otro edificio y entró. —¿Tomaré la izquierda y tú la derecha si quieres, jefa?

—Nos vemos al otro lado.

Se aflojó la bufanda del cuello y se desabrochó la chaqueta mientras el calor de la nave de cultivo comenzaba a filtrarse a través de las capas de ropa, luego se puso en marcha entre las filas de hongos.

Momentos después, se encontró con Dave en el extremo opuesto y negó con la cabeza.

—Nada. Nadie se esconde aquí. ¿Y tú?

—No. Al siguiente, entonces.

La frustración comenzó a apoderarse de ella a medida que se investigaba cada edificio, pensando que nunca localizaría al asesino o a las otras víctimas de esclavitud. No tenían idea de cuántos otros podría haber, o cuánto tiempo habían estado sometidos a los horrores del trabajo forzado, y cuando sus esfuerzos de búsqueda llegaron al final del camino cerca de la granja, se resignó a la realización de que tampoco había ninguna aeronave escondida en la propiedad.

Laura salió por la puerta principal de la casa cuando llegaron al patio, hizo un gesto a Parker para que se dirigiera a uno de los coches patrulla, y luego se encaminó hacia Kay.

—El señor Clapperton y su plantilla están limpios, jefa —dijo mientras se acercaba—. ¿Qué tal les fue a ustedes?

—No hay señales de nadie, ni de una avioneta. Probablemente estarán aquí un par de horas más para concluir la búsqueda, pero creo que hemos terminado.

—Definitivamente podemos tachar este lugar de nuestra lista —dijo Dave, con un tono de decepción en sus palabras.

Kay miró su reloj. —Supongo que solo nos queda esperar un avance en alguna de las otras propiedades. Gracias, Dave, te veré de vuelta en la sala de investigación.

Mientras caminaba de regreso a su coche con Laura a su lado, clavó las uñas en las palmas de sus manos e intentó ignorar el temor que le arañaba la parte posterior de la mente mientras sus pensamientos se atropellaban unos a otros.

¿Y si llegaban demasiado tarde?

¿Y si el asesino había destruido las pruebas?

¿Qué había pasado con los otros que estaban cautivos junto con Ethan y Shelley?

CAPÍTULO 41

Laura dio un respingo en su asiento cuando una feroz ráfaga de viento hizo temblar el cristal a su lado, mientras la lluvia azotaba los vidrios.

Recuperándose, dio un sorbo a una taza de café tibio y frunció el ceño a la pantalla de su ordenador mientras tecleaba sus notas de las búsquedas del día.

La puerta de la sala de incidentes se abrió de golpe cuando otro grupo de agentes uniformados entró arrastrando los pies, quitándose los chalecos antibalas empapados y los sombreros o pasándose las manos por el pelo mojado tras haber sido sorprendidos por el diluvio entre el aparcamiento y la comisaría.

El agotamiento y el abatimiento salpicaban las conversaciones murmuradas, fragmentos de las cuales llegaban hasta donde ella estaba sentada, encorvada, evitando el contacto visual con cualquiera de ellos.

Intentó ignorar la vergüenza que había estado mordisqueando los bordes de su confianza como un terrier irritado desde que ella y Kay habían regresado de la granja de champiñones.

Uno por uno, los jefes de equipo responsables de cada registro de propiedades habían informado por radio de sus progresos, y la confianza de Laura se disipaba con cada actualización.

La puerta del despacho del comisario Sharp se abrió y aparecieron Kay y Barnes, con expresiones sombrías.

Aparte de algunas infracciones menores de vehículos, el personal adicional asignado a los registros no había descubierto nada, y no dudaba de que sus superiores estuvieran recibiendo ahora las opiniones de la comisario jefa sobre el asunto.

Se aclaró la garganta cuando se acercaron a donde estaba sentada junto a Carys y Gavin, ambos con teléfonos en las orejas.

—¿Puedo traeros algo de beber? —dijo, y luego se sonrojó. Sonaba desesperada.

Barnes negó con la cabeza. —No, gracias. Haremos el informe y luego dejaremos que todos os vayáis; ha sido un día largo.

Pareció forzar una sonrisa y luego se alejó para hablar con un par de policías que acababan de llegar, con rostros cansados y demacrados.

Para su sorpresa, Kay sacó una silla libre a su lado y se dejó caer en ella antes de apoyar los codos en las rodillas y bajar la voz.

—Sé lo que está pasando por tu cabeza, y te digo que lo dejes ahora mismo.

—¿Perdón, jefa?

—El hecho de que no hayamos encontrado nada en ninguna de las propiedades que registramos hoy no es culpa tuya.

Laura parpadeó, enfadada porque sus ojos empezaban a escocer. —Pero fui yo quien las identificó, jefa. Fui yo quien le dio la lista a Ian y tú basaste los registros en eso.

—Sí, y si se hubiera encargado a cualquier otra persona esa tarea, probablemente habría elaborado la misma lista. Ya te lo he dicho: no obtenemos resultados con todo lo que hacemos. —La inspectora se enderezó y señaló los informes que Laura había estado introduciendo en el sistema—. Todo esto, todas estas horas que pasamos buscando entre fragmentos de información, ayuda a construir el cuadro general. Cualquiera de ellas podría proporcionar el avance que necesitamos, pero si no hacemos el trabajo y tachamos las cosas que no son relevantes, nunca llegaremos a la verdad.

Laura inclinó la barbilla hacia la puerta de Sharp. —¿Y qué hay del comisario? ¿Piensa lo mismo?

Kay le guiñó un ojo y luego se puso en pie. —¿Quién crees que me entrenó?

Mientras observaba a Kay moverse por la sala de incidentes, llamando al equipo para que se uniera a ella para el informe, Laura exhaló.

—Date prisa, Hanway, no conseguirás un asiento cerca del frente —dijo Gavin. Pasó empujándola, seguido de cerca por Carys, que se detuvo en su escritorio mientras recogía su libreta.

—¿Todo bien?

Laura sonrió. —Sí, gracias. Guía el camino.

—Muy bien, todos —dijo Kay, cuando encontraron dónde sentarse—, seré breve y nos reagruparemos por la mañana. Como probablemente sabéis, no hemos tenido resultados hoy después de registrar las cinco propiedades agrícolas y las dos pequeñas explotaciones, aunque sí identificamos un puñado de infracciones menores para que nuestros colegas las investiguen más adelante.

Hizo una pausa y golpeó con los nudillos los puntos escritos en la pizarra. —Repasemos por qué creemos que el asesino de Ethan y Shelley está relacionado con la agricultura y no con otra industria. Uno, se requiere mano de obra manual y la esclavitud moderna representa un recurso barato. Dos, el hecho de que las propiedades estén repartidas en varias hectáreas significa que los trabajadores pueden mantenerse ocultos durante largos periodos de tiempo, en edificios anexos u otros alojamientos temporales. Los capataces tienen la posibilidad de comprar suministros de alimentos en grandes cantidades sin levantar sospechas a nivel local.

Kay bajó la mano y se detuvo un momento, mirando la alfombra antes de volver a levantar la vista hacia el equipo, con expresión endurecida. —Por último, y lo más importante para nuestros intereses, la agricultura representa una oportunidad para que los esclavos modernos se mantengan aislados, y si están aislados de los demás, es más fácil crear una atmósfera de miedo y control. Ethan y Shelley rompieron las reglas. Consiguieron escapar, pero lo pagaron con sus vidas. Shelley se arriesgó a todo para intentar ayudar a los que aún podrían estar cautivos. Se lo debemos a ella y a Ethan encontrarlos. No, no hemos obtenido los resultados que queríamos hoy, pero no nos rendiremos. Id a casa, descansad y estad aquí mañana a las siete y media porque vamos a encontrar al bastardo que hizo esto.

Laura empujó hacia atrás su silla cuando los agentes reunidos empezaron a dispersarse, con el corazón acelerado tras las palabras de Kay.

La inspectora tenía razón.

Encontrarían a quien asesinó a Ethan y Shelley, costara lo que costara.

CAPÍTULO 42

Gavin se llevó a la boca otro bocado de fideos con los palillos, tragó y resistió el impulso de bostezar.

La sala de incidentes finalmente se había vaciado hace una hora, cuando el comisario Sharp pasó por el escritorio de Gavin para verificar si estaba bien antes de irse a casa, y ahora él estaba disfrutando de la inusual paz y tranquilidad.

Su mirada se desvió hacia el escritorio de Kay cuando su teléfono comenzó a sonar, y se limpió las manos antes de contestar la línea externa.

—Soy Lucas —dijo la voz—. Me preguntaba si algunos de vosotros todavía estabais por ahí. ¿Kay no está?

—Se fue hace un rato. Estará disponible en su móvil si la necesitas.

—Está bien. Solo iba a dar una rápida actualización sobre la autopsia de la joven que fue encontrada en ese contenedor esta mañana.

Gavin frunció el ceño y alcanzó su libreta. —Eso fue rápido, no creo que el jefe lo esperara hasta más tarde esta semana.

—Dadas las circunstancias, mi personal y yo pensamos en reprogramar algunos de nuestros casos menos urgentes. Es lo mínimo que podíamos hacer.

—Eso es muy amable de tu parte, gracias. ¿Qué puedes decirnos?

—Como sospechaba, Shelley fue estrangulada, pero alguien usó sus manos en lugar de un objeto.

—¿Huellas?

—Guantes, me temo. No hay indicios de que haya sido agredida sexualmente. La causa real de la muerte fue un paro cardíaco, provocado por el estrangulamiento.

Gavin se pasó un dedo por el cuello de la camisa y tragó saliva. —¿Qué hay de... qué hay de sus pies?

El patólogo suspiró. —No han sido encontrados. Tuve una conferencia telefónica con Harriet y su equipo anteriormente, y a pesar de haber recorrido todo el callejón y registrado los cubos de basura de la zona, no han encontrado nada.

—¿Los pies fueron removidos...?

—Después de la muerte, como pensé inicialmente. A juzgar por el estado de sus piernas, diría que fueron dos o tres golpes con una hoja como una cuchilla de carnicero.

Gavin hizo una mueca. —Eso requeriría bastante esfuerzo.

—Ciertamente se necesitaría fuerza. Supongo que debemos considerar que su asesino posiblemente estaba enfurecido también.

—Y es más grande que ella. ¿Necesitamos buscar otra escena del crimen?

—No, Harriet y yo opinamos que sus pies fueron removidos en el contenedor.

Gavin metió el auricular bajo su barbilla y se inclinó hacia su ordenador, actualizando sus correos electrónicos. —Aún no hemos recibido el informe de Harriet.

—Mencionó que lo terminaría esta noche y lo enviaría a primera hora —dijo Lucas—. Yo también tendré el mío para vosotros a media mañana.

—¿Harriet mencionó si Shelley llevaba alguna pertenencia?

—No se notó nada aparte de dos billetes de cinco libras y algo de cambio suelto. No tenía características distintivas como tatuajes o decoloraciones en la piel. Si Kay no la hubiera reconocido...

—No habríamos podido identificarla.

—Algo que era consistente tanto en Shelley como en el cuerpo de Ethan Archer es la palidez del tono de piel, como si hubieran sufrido una falta de exposición al sol.

—Kay dijo que Shelley le contó que los habían obligado a trabajar en interiores todo el tiempo que estuvieron cautivos —dijo Gavin—. Imagino que quien les hizo esto no podía arriesgarse a que los vieran afuera.

—Bueno, eso sería consistente con mis hallazgos. —Lucas cubrió el teléfono y habló con alguien al otro lado—. Tengo que irme, Piper, nos acaban de solicitar que asistamos a un incidente en Dartford.

—Gracias por llamar, conduce con cuidado. —Gavin colocó el auricular de vuelta en su base, luego recogió los restos de su comida para llevar y se dirigió a la cocina.

Mientras esperaba que el café se filtrara, separó los restos de comida del reciclaje y luego echó azúcar en una gran taza de café y se acercó a las tareas resaltadas en la pizarra al final de la habitación.

Llevaban casi dos semanas investigando la muerte de Ethan, y aún no estaban más cerca de descubrir quién era responsable de su brutal asesinato y el de Shelley.

Colocó su taza de café en un escritorio cercano, su mirada cayendo sobre el mapa extendido en una mesa adyacente.

Notas adhesivas de colores brillantes indicaban las propiedades que habían sido registradas ese día, los límites entre cada granja marcados con un rotulador amarillo y una marca roja en el medio para mostrar que los propietarios estaban libres de sospecha, por ahora.

Giró el mapa hasta que mostró Hildenborough en la esquina inferior derecha y Sevenoaks en la parte superior.

En algún lugar dentro de esa área al oeste de las dos ciudades, podría haber otros como Shelley y Ethan, desesperados por escapar de condiciones de trabajo horribles.

Pero, ¿dónde?

Apartó el mapa y alcanzó un montón de fotografías aéreas que habían sido impresas desde una aplicación bien conocida y organizadas en paquetes separados para cada una de las propiedades. Quitando los clips de cada paquete, las extendió sobre la mesa hasta tener una vista de toda la franja occidental de

Kent, y cruzó los brazos sobre el pecho mientras sus ojos recorrían el paisaje.

El campo donde se había encontrado el cuerpo de Ethan estaba marcado con un punto plateado, facilitándole orientarse. Al norte de eso, podía ver el bosque donde Barnes había encontrado las marcas de neumáticos que podrían haber sido dejadas por la furgoneta que Peter Winton dijo haber escuchado en el camino fuera de su casa. Al sur de la granja de Maitland estaban las propiedades de Hugh Ditchens y los Peverell, los huertos de Ditchens fundiéndose a la perfección con un amplio potrero en el borde de la granja de conejos de los Peverell.

Más lejos de las propiedades, la reserva natural que incluía el embalse proporcionaba una extensión aún más verde, el ángulo de la toma aérea captando el agua brillando bajo la luz del sol.

Gavin bostezó, envolvió sus dedos alrededor de su taza de café, y luego se detuvo.

Desde que Laura había regresado de las búsquedas esa mañana, había estado discretamente avergonzada por la falta de un avance basado en la información que había reunido, pero él y Carys habían estado de acuerdo en que su lógica había sido sólida.

Hojeó las páginas de su libreta, tratando de

encontrar sus notas de la reunión informativa previa a la búsqueda que se había llevado a cabo, en la que Kay había reiterado los parámetros.

Un lugar aislado.

Algún lugar donde se pudiera esconder a la gente.

Algún lugar donde se pudiera guardar una avioneta.

Volvió a mirar las fotografías, y su mirada se posó en la propiedad perteneciente al cultivador de champiñones. La colocación precisa de los techos de plástico identificaba las naves de cultivo, y trazó con el dedo la línea de los edificios antes de golpear la fotografía con el dedo, mientras un recuerdo se aferraba a un rincón de sus pensamientos.

Cuando empezó a tomar forma, se abalanzó sobre su teléfono móvil, solo comprobando su reloj y dándose cuenta de lo tarde que era cuando la llamada se conectó.

Una voz soñolienta contestó:

—¿Piper?

—Perdona que te despierte, jefa. Necesitamos ampliar las búsquedas. Creo que podría saber dónde estaban retenidos Ethan y Shelley.

CAPÍTULO 43

Un amargo hedor a desechos animales y muerte se aferraba al aire mientras Kay caminaba junto a Adrian Peverell hacia un cobertizo revestido de hierro corrugado, con el estómago revuelto por la aprensión.

—¿Por qué conejos? —preguntó ella.

El hombre a su lado se encogió de hombros y se frotó la mano sobre un salpicado de llagas rojas que le cubrían las mejillas.

—Helen investigó un poco y descubrió cuánta carne de conejo se importaba de la UE para alimento de mascotas. Pensó que podríamos llenar un hueco en el mercado y proporcionar suministros nacionales, ahorrando a los minoristas dinero en esos costos de importación.

—¿Va bien el negocio?

—Muy bien. —Parpadeó, como si estuviera sorprendido de su propio éxito—. Apenas podemos satisfacer la demanda, para ser honesto.

Kay señaló el más alto de los edificios frente a ella.

—¿Tienen otros edificios en su terreno?

—No, solo estos. Había un viejo granero detrás de aquellos cuando compramos el lugar, pero el techo se había derrumbado y las vigas de soporte estaban podridas; nos salió más barato derribarlo.

Al pasar, asintió a Gavin, quien, después de llamarla para compartir su teoría de que los edificios anexos de la granja de conejos cumplían los mismos parámetros establecidos para las otras propiedades registradas el día anterior, ahora dirigía las entrevistas y hablaba con el equipo de trabajadores a tiempo parcial de los Peverell.

Trató de ignorar el delantal salpicado de sangre del hombre más bajo en el grupo de cuatro que vagaban por el patio esperando su turno para ser interrogados, y en su lugar se concentró en lo que Adrian Peverell le estaba contando.

—Tenemos unos cuantos miles de conejos aquí en cualquier momento. Se mantienen en jaulas desde el día que nacen hasta que los sacrificamos.

—¿Cuánto tiempo están en las jaulas, entonces?

—Alrededor de ochenta días. Separamos a los machos y los mantenemos alejados de las hembras para poder inseminarlas artificialmente y controlar el número de camadas que tienen cada año. Obviamente, cuantas más, mejor para nosotros.

Kay hizo una mueca, tomó los botines y guantes protectores que él le ofrecía, y se los puso mientras él levantaba el pestillo de la puerta del primer edificio.

—¿Lista?

—Sí, gracias.

—Bien, debo advertirle que probablemente le parecerá impactante si nunca ha estado en una granja antes, pero recuerde que es el mismo proceso que para los pollos.

Ella respiró hondo y luego lo siguió adentro.

Su primera impresión fue que la distribución era similar a la granja de champiñones, excepto que en lugar de filas de estantes con hongos en varias etapas de crecimiento, este edificio contenía filas de jaulas, cada una de medio metro cuadrado y apiladas en cuatro niveles.

Un terrible chillido vino del otro lado del edificio antes de caer en silencio, y ella se volvió hacia Peverell, incapaz de ocultar la conmoción en su rostro.

—¿Qué fue eso?

Él se encogió de hombros.

—A veces pelean.

Tragándose su réplica, caminó unos metros más adentro de la granja industrial, sus botas arrastrándose por los desechos que cubrían el suelo en una capa de estiércol y paja vieja. Sus ojos se abrieron horrorizados cuando se detuvo junto a una de las jaulas.

Ocho conejos parpadearon hacia ella, con las bocas abiertas mientras jadeaban en el aire estancado.

—¿No necesitan más espacio que esto?

—Están bien.

—¿Dónde está su suministro de agua?

—En esa botella de allí. Se suministra por goteo.

—¿Cómo se ventila el edificio?

El granjero señaló con el pulgar hacia arriba, y ella levantó la vista hacia el techo para ver una línea de conductos de ventilación maltrechos.

Frustrada, apretó los dientes, luego se dio la vuelta y lo siguió a través de las entrañas del edificio de vuelta hacia la puerta principal.

El equipo de búsqueda estaba esperando para comenzar en la granja industrial después de haber revisado ya el matadero, y ella no tenía ningún deseo de permanecer dentro por más tiempo.

—No puedo evitar notar que estas jaulas no se han limpiado en un tiempo —dijo.

Peverell se detuvo y la miró por encima del hombro, sus ojos endureciéndose.

—Las limpiamos todos los días.

—Hay un conejo muerto en esa.

—Es un hecho de la vida y de este negocio, detective. ¿Quiere ver el matadero ahora?

Kay arrugó la nariz mientras un puñado de moscas se lanzaba al aire sobre las jaulas antes de descender sobre la siguiente fila, el zumbido de sus alas creando un horrible ruido blanco que estaba segura de que escucharía durante días. Preferiría hacer cualquier cosa menos ver el otro lado de la operación agrícola, sin embargo, el interés profesional la hizo asentir en acuerdo.

—Guíeme.

Media hora después, se quitó los guantes y los botines de plástico y los arrojó a un cubo de basura que Peverell indicó fuera del matadero.

Él había sido pragmático durante el recorrido, describiendo el proceso de sacrificio, mostrándole las enormes cámaras frigoríficas donde se guardaba la carne hasta que se enviaba a las compañías de alimentos para mascotas, y alabando el hecho de que su negocio solo usaba un tercio del espacio de otras empresas comerciales de carne.

Ella se había sorprendido por la escala de lo que él y su esposa estaban haciendo.

—Como le dije, hay demanda de la carne —dijo mientras cerraba la puerta y se quitaba los guantes—. Si eso es todo, tengo papeleo que hacer. ¿Los suyos tardarán mucho más?

Kay miró más allá de él hacia donde los equipos de búsqueda comenzaban a congregarse en el patio para una sesión informativa, sus rostros estoicos.

—Gracias, señor Peverell. Creo que hemos terminado aquí. Nos pondremos en contacto si necesitamos algo más.

Él asintió, luego le dio la espalda y se dirigió a zancadas hacia la casa.

—Jesús. —Kay exhaló, comprobó que Gavin tenía la sesión informativa bajo control, y luego se alejó del patio hacia un sendero de hierba que comenzaba al lado del edificio del matadero.

Respiró profundamente mientras el hedor de la granja disminuía con una brisa fresca que soplaba a través de un prado a su izquierda, y tragó el dulce aroma de la hierba recién cortada mientras caminaba.

El sendero se ensanchó, el suelo bajo sus pies se niveló entre una avenida de árboles podados y setos pulcramente cortados de endrino y ciruelo, y el estrés de las últimas horas comenzó a disminuir un poco, permitiéndole concentrar sus pensamientos en qué ángulos de investigación tendría que seguir a continuación.

Cuando miró por encima del hombro, se sorprendió al ver lo lejos que se había alejado de la granja de conejos.

Más allá de su posición, divisó las inconfundibles ramas enmarañadas de los árboles frutales y se acercó para echar un vistazo. Después de unos cien metros, encontró el camino bloqueado por una única cadena que se había extendido a la altura de la rodilla, con un simple gancho que la sujetaba a un poste de madera en el lado derecho.

Sacando de su bolsillo el mapa doblado de la zona, alisó las arrugas con los dedos, trazó su recorrido y se dio cuenta de que estaba parada en el límite con las tierras de los Ditchens. Sorprendida por la falta de marcas fronterizas u otra señalización en la línea de la valla, volvió a doblar el mapa y se dirigió de vuelta hacia el patio de los Peverell.

La capa de nubes se rompió por un momento, bañando el paisaje con una cálida luz solar que prometía un mejor clima, y ella entrecerró los ojos ante el repentino contraste con la penumbra que había envuelto sus alrededores un momento antes.

A medida que se acercaba a la granja de conejos, el ya familiar hedor llegó hasta ella. Tomó una última y profunda bocanada de aire fresco y luego siguió adelante mientras una agente uniformada se alejaba tambaleándose del grupo que se dispersaba desde el patio y apoyaba su mano en el costado del matadero.

Kay echó un vistazo al rostro de la joven policía y la dirigió hacia un parche de maleza más allá de la puerta abierta del edificio anexo. —Hay una brisa en ese lado del edificio. Ayuda.

—Gracias, señora.

Kay se alejó de la policía mientras Gavin se acercaba arrastrando los pies, con cara de desánimo.

—Jefa, lo sien...

Ella levantó la mano para detenerlo. —Como le dije a Laura ayer, tenemos que seguir estas pistas. Tal como están las cosas, quiero que llames al ayuntamiento y al Departamento de Medio Ambiente, Alimentación y Asuntos Rurales. Pídeles que inspeccionen este lugar para verificar sus prácticas agrícolas. No puedo imaginar que vayan a estar muy impresionados con las condiciones de ese edificio anexo.

Sus hombros se enderezaron mientras sacaba su móvil. —Gracias, jefa. Lo haré.

Satisfecha de que el resto del equipo pudiera arreglárselas sin ella, se dirigió a donde había aparcado, cambió sus botas por zapatos y metió las botas de agua cubiertas de ensilaje en una bolsa de plástico que selló y colocó en la parte trasera del coche para lavarlas cuando llegara a casa.

Dando marcha atrás hacia el camino, pisó el acelerador.

Mientras el campo pasaba como un borrón, intentó templar su frustración. Dos búsquedas en otros tantos días sin encontrar nada no hacían mucho por su relación con la comisario jefa, pero se mantenía firme en su decisión de escuchar a sus detectives.

Estaba segura de que estaban cerca.

—Maldita sea.

Comprobó sus espejos antes de frenar, luego giró bruscamente el coche hacia un área de descanso, tiró del freno de mano y golpeó el volante.

¿Qué demonios se les estaba escapando?

CAPÍTULO 44

Carys estaba sentada con el bolígrafo suspendido sobre su libreta mientras Kay se dirigía al frente de la sala de incidentes y se paraba delante de la pizarra blanca, con el rostro sombrío mientras tachaba las tareas relacionadas con los registros de propiedades.

Se había enterado por Gavin sobre la granja de conejos a su regreso, y al mismo tiempo se alegraba de no tener que ir a ver a las pobres criaturas y lamentaba que la corazonada de su colega, de la que estaba tan seguro, hubiera resultado en otro día frustrante para el equipo.

Levantando la mirada por encima de la pantalla del ordenador, observó cómo su colega se sentaba encorvado en su silla mientras escribía su informe, con círculos oscuros bajo los ojos por la noche larga que había tenido antes de un comienzo temprano por la mañana.

Se mordió el labio y abrió un navegador web, escribiendo el nombre de uno de los pueblos cercanos y ampliando el mapa que aparecía en los resultados.

Los mapas extendidos sobre la mesa cerca de la pizarra no le servían de nada: todas las marcas y resaltados la distraerían y servirían para afianzar las opiniones que se habían discutido desde que se descubrió el cuerpo de Ethan Archer.

Necesitaba un lienzo en blanco para empezar.

En algún momento, también tenía que contarle a Gavin sobre la llamada que había recibido esta mañana.

Sus manos habían comenzado a temblar cuando vio el número que se mostraba en la pantalla de su teléfono móvil, y había corrido al pasillo, hablando con el hombre de la Policía del Sur de Gales en tonos bajos mientras vigilaba a los que pasaban por si sospechaban lo que estaba sucediendo.

Después, no podía recordar lo que se había dicho: se mencionaron palabras como "felicitaciones", "fecha de inicio" y "periodo de preaviso", y estaba segura de haber hecho los ruidos apropiados, pero cuando el hombre terminó la llamada y confirmó que se le enviaría una carta de oferta por correo electrónico y correo postal al final de la tarde, al menos recordó darle las gracias.

Su euforia por la noticia contrastaba amargamente con la atmósfera en la sala de incidentes cuando regresó a su escritorio, y fue entonces cuando decidió ayudar a sus colegas a encontrar al asesino de Ethan y Shelley antes de dejarlos.

Tragó saliva, con las comisuras de los ojos picándole, y parpadeó para volver a enfocarse en sus pensamientos.

—¿Estás bien?

Laura pasó con un montón de carpetas manila mientras se dirigía hacia el escritorio de Debbie.

Carys asintió. —Estoy bien, gracias.

—Parecías estar en las nubes.

Hizo un gesto hacia los documentos y fotografías esparcidos por su escritorio. —Solo estoy tratando de ver si puedo encontrar otro ángulo en todo esto.

Laura sonrió y luego se alejó, y Carys exhaló.

No podía decírselo, no hasta que hubiera hablado con Kay primero.

Le debía eso y mucho más.

Un teléfono móvil sonó en la parte delantera de la sala, y ella miró por encima del hombro para ver a Kay inmersa en una conversación.

El rostro de la inspectora decayó mientras

escuchaba, y por un momento fugaz Carys pensó que alguien se le había adelantado con su noticia, hasta que Kay terminó la llamada y se dirigió hacia ellos.

—Era la Policía de Merseyside —dijo—. Lograron localizar a la madre de Shelley con la información que Laura obtuvo de la escuela secundaria aquí en Maidstone, y le dieron la noticia sobre la muerte de su hija hace una hora.

—Maldita sea —dijo Gavin—. No puedo imaginar lo que está pasando.

Los labios de Kay se estrecharon. —Me imagino que va a empeorar cuando los medios se enteren de la noticia. Nuestros colegas allá arriba le han proporcionado un Oficial de Enlace Familiar y haré que Phillip se comunique con él para mantenerla a ella y al padrastro de Shelley al tanto de nuestro progreso aquí.

Carys observó cómo se apresuraba de vuelta a su escritorio mientras otro teléfono comenzaba a sonar insistentemente, y oyó a Kay saludar a la comisario jefa cuando contestó.

Bajando la mirada de nuevo a las fotografías, golpeó con el dedo el reverso de la que sostenía y frunció el ceño mientras una idea comenzaba a formarse.

Se mordió el labio: ya habían perdido tiempo

valioso persiguiendo pistas y realizando búsquedas sin éxito; ¿se enfrentaría a la misma decepción que sus colegas si se equivocaba?

—Oye, Piper, ¿tienes un minuto?

—¿Qué pasa?

—Ven a echar un vistazo a esto.

Él suspiró, bloqueó la pantalla de su ordenador y se acercó a donde ella estaba sentada.

Sosteniendo dos de las fotografías aéreas, se volvió hacia él. —Esta granja de conejos a la que fuiste. Os dijeron a ti y a Laura que no tienen una aeronave, ¿verdad?

—Sí. —Su frente se arrugó—. Pensé que podrían estar mintiendo. Eso es lo que creí que podríamos encontrar en los edificios anexos. Son lo suficientemente grandes.

Ella sonrió, empujó su silla hacia atrás y le dio un codazo en el brazo. —No creo que estuvieras muy lejos de la verdad. Vamos.

Abriéndose paso entre los escritorios, cruzó hacia donde Kay estaba sentada mientras intentaba ordenar el papeleo que se acumulaba en su bandeja de entrada.

—¿Jefa?

—¿Sí?

—Cuando estuviste en la granja de conejos de los

Peverell esta mañana, ¿por casualidad echaste un vistazo alrededor de los edificios?

Los ojos de Kay se entrecerraron mirándolos a ambos. —¿Por qué?

Carys puso la fotografía aérea en el escritorio de Kay y señaló con el dedo la línea límite. —¿Qué es esto?

La inspectora acercó la imagen, luego se reclinó en su silla y se encogió de hombros. —Un sendero. Debe haber sido un antiguo camino de herradura o algo así en su día. Di un paseo por él y va desde la parte trasera del edificio que están usando como matadero y conduce a los huertos de Ditchens. Solo hay una cadena separando las dos propiedades.

—¿Qué tan ancho es? —dijo Gavin.

Kay ladeó la cabeza. —Unas tres longitudes de coche, supongo. ¿Por qué, qué estás pensando?

Carys sonrió.

—Creo que alguien está usando ese sendero como pista de aterrizaje.

CAPÍTULO 45

Kay cambió de marcha y redujo la velocidad del coche cuando las señales de límite de velocidad de cuarenta y cinco kilómetros por hora aparecieron a la vista, luego miró a Carys, quien sostenía su móvil y leía las indicaciones de la aplicación de mapas mientras serpenteaban por las calles del pueblo.

La reunión informativa convocada apresuradamente había terminado hacía cuarenta minutos, con la instrucción de que se realizara una auditoría de las declaraciones de testigos y pruebas existentes antes de que alguien se acercara a los Peverell.

Iba a ser una noche larga para todos ellos, pero Kay quería estar segura.

Si permitía que alguno de su equipo volviera a la

granja de conejos, alertaría a los propietarios sobre la premisa que ahora impulsaba la investigación, dado que la propiedad ya había sido registrada, y no quería tener que explicarle a la comisario jefa por segunda vez por qué se habían desperdiciado tiempo y costos en una línea de investigación infructuosa.

A pesar de los mejores esfuerzos de Sharp por protegerla de las conversaciones que tenían lugar en la Jefatura, sus oídos aún resonaban por la reprimenda que había recibido esa tarde.

En su lugar, había decidido unirse al equipo para desmenuzar todo lo que tenían hasta la fecha, razón por la cual ahora conducía hacia la casa de Luke Martin, el hombre que había descubierto el cuerpo de Ethan Archer.

—El giro viene aquí a la derecha, jefa, justo después de la escuela infantil. —Carys señaló a través del parabrisas cuando apareció un muro de ladrillo bajo coronado con una valla metálica, y luego amplió el mapa en su móvil —. El número sesenta y tres está a unos doscientos metros más adelante en el lado izquierdo.

—Gracias.

Encontró la dirección rápidamente, frenando hasta detenerse en la acera y mirando la casa más allá de un seto bajo de ligustro que enmarcaba un jardín que había sido pensado hasta el último detalle, con grava decorativa donde antes había un césped y arbustos de diferentes alturas que proporcionaban un toque de color.

—Están en casa —dijo Carys, y revisó sus notas—. Su esposa se llama Sonia, y no tienen hijos en casa. Un hijo en un internado cerca de Guildford. Luke tiene cuarenta y ocho años y dirige un negocio de pintura y decoración.

—De acuerdo. Al menos sin niños en casa, será un poco más fácil aparecer en la puerta sin previo aviso. Vamos.

Kay había optado por no llamar con antelación para hablar con Luke Martin porque quería evaluar su reacción cara a cara, no porque creyera que tenía algo que ocultar, sino porque descubrió que sentarse con un testigo y repasar sus declaraciones proporcionaba más información si podía observar sus expresiones faciales.

La gente revelaba más de lo que pensaba con la forma en que se movían sus ojos y manos, y ella quería saber si el subconsciente de Luke había captado más detalles sobre la granja donde se encontró el cuerpo de Ethan de los que contenía su declaración actual.

A la cabeza por el corto camino de entrada,

escuchó un televisor a través de la ventana delantera, la luz parpadeando contra las cortinas que habían sido cerradas casi por completo. Un espacio en la parte superior proporcionaba una vista del techo de la sala de estar, nada más, y se dirigió a la puerta principal.

Al sonido del timbre, el televisor se silenció y pudo escuchar los tonos bajos de una conversación mientras los habitantes se preguntaban quién llamaba a esta hora de la noche. Finalmente, se encendió la luz del pasillo, una cadena resonó contra la superficie de madera, y luego la puerta se abrió y Luke Martin se asomó, con confusión en sus ojos y su cabello castaño de longitud media erizado como si hubiera estado recostado en el sofá.

Apoyó una mano en el marco de la puerta y frunció el ceño. —¿Detective...?

—Kay Hunter. Nos conocimos en la granja de Dennis Maitland hace unos días. Esta es mi colega, la agente Carys Miles. ¿Podemos pasar?

Se adelantó, sin darle la oportunidad de inventar una excusa mientras una voz llegaba desde la sala de estar.

—¿Quién es, Luke?

—La policía.

Un silencio conmocionado siguió a su respuesta, y

luego apareció su esposa, con la boca abierta por la sorpresa.

—¿Qué están haciendo aquí?

—¿Podemos sentarnos en algún lugar y evitar que entre este aire frío? —dijo Kay, consciente de que la puerta principal aún estaba abierta y ansiosa por continuar con la entrevista—. Solo tenemos algunas preguntas que nos gustaría hacerles si está bien.

Luke parpadeó, luego se hizo a un lado cuando Carys cruzó el umbral y cerró la puerta. —Pero ya les di una declaración.

—Lo sé. Hemos estado trabajando en varias líneas de investigación y queríamos aclarar algunas cosas.

—Supongo que sí... mejor usemos la cocina; Sonia tiene sus apuntes esparcidos por todo el sofá.

Su esposa se encogió de hombros ligeramente. —Estoy tratando de terminar mi carrera antes de cumplir los cincuenta; pensé que quería aprender algo nuevo.

—Lo que no les dirá es que es su tercera carrera —dijo Luke mientras los guiaba por el pasillo, con una nota de orgullo en su voz—. No hace falta decir que nuestro hijo salió a ella, no a mí.

—Entiendo por su declaración que él está en un internado en este momento —dijo Kay mientras la pareja se ocupaba de despejar la mesa de la cocina de revistas de diseño de interiores, catálogos de pintura y papeleo.

—Justo a las afueras de Guildford —dijo Luke, cerrando un portátil y empujándolo a un lado—. Tomen asiento. ¿Quieren un café o algo?

—No, está bien, gracias. No les quitaremos mucho tiempo. —Kay esperó hasta que él y su esposa se sentaron enfrente, comprobó que Carys estuviera lista para tomar notas, y luego volvió su atención a Luke—. La granja donde estaba detectando metales, ¿cuánto tiempo hace que conoce a Dennis Maitland?

—Unos cuatro años. Pinté su cocina, me puse a charlar con su esposa sobre cómo me gustaba la historia y cosas así, y ella mencionó que debería preguntarle si alguna vez quería explorar parte del terreno alrededor de la granja. Ella había estado investigando el lugar de vez en cuando desde que se casaron y estaba interesada en lo que podría haber allí. Tom y yo no empezamos con la detección de metales hasta hace un año, y no fue hasta ahora que Dennis pudo dejarnos entrar en el terreno. De todos modos, solo teníamos una ventana de unos pocos días, porque él estaba ansioso por plantar la primera cosecha de este año. —Su rostro decayó y bajó la mirada hacia sus manos—. Ojalá hubiera escuchado a Sonia y me hubiera dedicado al golf.

Su esposa extendió la mano y le apretó los dedos.

—Luke no se lo dirá, pero ha estado teniendo pesadillas desde que encontró el cuerpo de ese hombre.

Él se sonrojó y levantó la barbilla.

—Lo superaré eventualmente.

—No hay nada de qué avergonzarse. Debe hablar con su médico si está afectando su sueño —dijo Kay—. Después de todo, tiene un negocio que dirigir. A nuestros oficiales a menudo les ayuda hablar con alguien.

Luke asintió, pero no dijo nada.

—¿Ha vuelto a la granja recientemente? ¿Desde que pintó la cocina? —preguntó Kay.

—No, realmente no había necesidad. Ese día en el campo fue la primera vez que volví allí.

—¿Vio a alguien más entre dejar la carretera principal y llegar al campo?

—No. Dennis estaba trabajando en el campo adyacente, y éramos solo Tom y yo. El camino que llevaba al campo no se había usado en un tiempo tampoco. Pensé que iba a quedar atascado con mi vehículo en los surcos antes de llegar allí.

Kay recordó cómo Barnes había luchado para llegar a la escena del crimen y no pudo discutir con el hombre.

—Cuando hizo la reforma para los Maitland, ¿vio a alguien más alrededor de la granja?

Luke frunció el ceño y tamborileó con los dedos sobre la mesa por un momento.

—Solo un par de trabajadores; creo que habían estado con ellos durante un tiempo. Parecían bastante amigables.

—¿Ha tenido algún contacto con el señor Maitland desde el día que encontró el cuerpo en su campo?

—Me llamó para ver cómo estaba hace unos tres días, lo cual me pareció un buen gesto de su parte. Dijo que esperaba que no me hubiera desanimado por lo que pasó; creo que su esposa aún está interesada en averiguar si hay algo de interés histórico en el terreno. —Luke se estremeció—. Pero yo no la ayudaré. Nunca volveré allí otra vez.

CAPÍTULO 46

—¿Qué opinas, jefa?

Carys se asomó por encima del techo del coche patrulla mirando a Kay, su aliento formando una neblina en el aire frío que envolvía el pueblo.

Una ligera niebla comenzaba a aparecer, creando suaves esferas de luz donde las farolas brillaban desde ubicaciones esporádicas a lo largo de la calle.

—Quiero hablar con Dennis Maitland otra vez.

—¿Esta noche?

—Sí. Sube.

Giró la llave en el encendido y se alejó de la acera mientras Carys se abrochaba el cinturón de seguridad, y aceleró al llegar a la carretera principal. —Cuando hablaste con Maitland, ¿mencionó algo sobre haber escuchado una aeronave sobrevolando en los días previos al hallazgo del cuerpo de Ethan?

—Solo que no escuchó ninguna. Le pregunté si sabía si sus vecinos tenían una avioneta también, pero dijo que no lo sabía.

Kay tamborileó con los dedos sobre el volante y mantuvo un ojo atento en las profundas cunetas a ambos lados de la carretera en caso de que un animal grande decidiera cruzarse frente al coche. A esta hora de la noche, no vería un ciervo hasta que fuera demasiado tarde, y había estado en suficientes escenas de accidentes en sus días como policía para saber cuáles podrían ser las consecuencias de un impacto así.

Después de veinte minutos, giró el coche hacia el patio de la granja de los Maitland, los neumáticos retumbando sobre la rejilla de hierro para el ganado antes de frenar frente a la casa.

Una luz de seguridad se encendió sobre el porche delantero cuando salió del coche, pero las ventanas frontales permanecieron oscuras, sin señales de vida.

Golpeando la aldaba de latón fijada a la puerta de roble, contuvo la respiración.

Con suerte, el granjero no llevaba mucho tiempo acostado.

Sonaron pasos amortiguados desde el otro lado,

seguidos de una maldición murmurada antes de que la voz de un hombre gritara.

—¿Quién es?

—Inspectora Kay Hunter, Policía de Kent.

Un cerrojo se descorrió. Segundos después, unas llaves tintinearon y la puerta se abrió de golpe.

Dennis Maitland las miró fijamente, apretando el cinturón de una gruesa bata, con zapatillas gastadas en los pies y una expresión igualmente fatigada en el rostro.

—Detective, son las once y media, y tengo que levantarme en seis horas. ¿Qué quiere?

—Lo siento, señor Maitland, pero tengo algunas preguntas urgentes que no pueden esperar hasta la mañana. ¿Podemos pasar?

—Esperen un momento. —Rebuscó en los bolsillos profundos de su bata y luego se llevó los dedos a las orejas—. Así está mejor. Audífonos. No puedo oír bien sin ellos.

—Entonces, ¿cómo...?

—Yo lo desperté para ver quién estaba en la puerta. —La voz de una mujer flotó escaleras abajo antes de que la esposa de Maitland apareciera, sin parecer muy complacida—. Estábamos dormidos.

—Lo siento —dijo Kay—, pero como le dije a su

esposo, estamos en un punto crítico de nuestra investigación.

—Liz, ve a encender la estufa de leña en la sala —dijo Maitland—. Hace demasiado frío para estar aquí parados, y la calefacción se apagó hace horas.

Su esposa puso los ojos en blanco y luego hizo una seña a Kay y Carys. —Vamos, entonces. Aunque no voy a poner la tetera, no podrá volver a dormirse si toma cafeína a esta hora de la noche.

Kay captó la expresión de Carys mientras la seguían y esbozó una pequeña sonrisa.

Sabía que molestaría a los Maitland con la visita tardía, y si hubiera podido esperar lo habría hecho, pero necesitaba desesperadamente algunas respuestas.

Se sentó en el sofá que la esposa del granjero le indicó y esperó mientras la mujer avivaba las llamas antes de colocar un par de troncos en la estufa y cerrar la puerta de hierro.

Un cálido resplandor emanaba a través del cristal, y pronto pudo sentir el calor llenando la habitación.

—Seré lo más breve posible —dijo una vez que los Maitland se acomodaron en sillones a cada lado de la estufa—. Cuando Carys habló con usted en los días posteriores al descubrimiento del cuerpo del señor Archer en su campo, usted declaró que no sabía si los propietarios de las tierras colindantes a las suyas tenían una avioneta, ¿es correcto?

Maitland frunció el ceño. —Así es, sí.

—Señora Maitland...

—Llámeme Liz.

—Liz, ¿tiene conocimiento de alguna aeronave que pertenezca a sus vecinos?

—No, pero tampoco tenemos mucho que ver con ellos. No socializamos con ellos, y nunca he estado en sus propiedades. No tengo razón para hacerlo.

—¿Dónde estaba usted en los días previos al hallazgo del cuerpo del señor Archer? Veo en la declaración de su esposo que mis colegas uniformados tomaron ese día que usted no estaba y había estado fuera durante cinco días.

—Estaba visitando a un proveedor —dijo Liz—. Estamos a punto de empezar a cultivar lavanda para el aceite, y necesitaba asegurarme de que íbamos a recibir las semillas a tiempo. Las estoy importando de Europa, y he tenido todo tipo de problemas con el papeleo. Los proveedores tienden a poner las necesidades de sus clientes a largo plazo antes que las nuestras.

—Le dije que debería haber optado por una de las variedades comunes que ya se cultivan en el condado —dijo Dennis—. Habría sido más fácil.

—No quiero algo "común" —Liz hizo un puchero —. Ese es el punto.

—¿Cuándo regresó? —dijo Kay.

—El jueves por la mañana. Después de que Dennis me llamó para contarme lo sucedido, estuve indecisa sobre si debía dejarlo todo y volver, pero él me convenció de no hacerlo.

—Había invertido tanto tiempo en construir una relación con los proveedores, no quería que arruinara sus posibilidades de conseguir un buen precio —dijo él, extendiendo la mano y dando una palmadita en la rodilla de su esposa.

Kay miró hacia la estufa cuando uno de los troncos crepitó y estalló antes de asentarse contra la puerta de cristal con una lluvia de chispas, y luego se volvió hacia el granjero.

—¿Desde hace cuánto tiempo usa audífonos?

—Culpo a todos estos años operando maquinaria ruidosa —dijo con una sonrisa pesarosa—. No puedo oír nada sin estos. Aunque, dada la opción de lo que hay en la televisión, no creo que sea tan malo. Al menos puedo leer mi libro en paz.

—¿Por qué diablos querría saber eso? —dijo Liz.

Kay la ignoró. —¿Y se los quita todas las noches?

—Sí. Solemos subir alrededor de las nueve y

media y leo durante media hora más o menos antes de apagar la luz.

—Nada lo despierta —dijo Liz—, ni siquiera sus propios ronquidos. La mayoría de las veces, no oye la alarma sonar a menos que recuerde subir el volumen si yo no estoy.

Kay se recostó contra los cojines, notando la mirada de asombro de Carys.

—Entonces, señor Maitland, ¿podría preguntarle si una avioneta pasara volando a baja altura por la noche, usted no la oiría?

CAPÍTULO 47

Kay sorbió de un vaso de café para llevar y miró a través del parabrisas la entrada de la granja frutícola de los Ditchens, a unos cientos de metros más abajo por la carretera.

La niebla se había disipado del campo en la última media hora, y un sol brillante atravesaba bolsas de nubes proyectando sombras sobre el camino. Un frío húmedo se aferraba al interior del coche patrulla, y ella movió los dedos de los pies dentro de sus botines para intentar mantenerse caliente.

A su lado, Carys hablaba por radio, coordinándose con la Sala de Control de la Mandos mientras esperaban que un coche patrulla se uniera a ellas.

Giró la muñeca, su mirada captando las manecillas de su reloj.

Las ocho en punto.

—¿Cuánto tardarán en llegar?

—Diez minutos. —Carys colocó la radio en su soporte en el salpicadero—. También tienen al equipo de Harriet en espera.

—De acuerdo. ¿Dónde están Barnes y Piper?

—Aparcados a cerca de un kilómetro y medio de la granja de conejos de los Peverell, justo al otro lado de este camino. Hay dos coches en camino para apoyarlos, pero no harán nada hasta que tú des la orden.

Kay terminó su café y puso el vaso vacío entre los asientos delanteros.

—¿Le has dicho a Gavin que te vas?

Su colega suspiró.

—Aún no. No estoy segura de cómo hacerlo.

—Bueno, no lo dejes para muy tarde. No querrás que se entere por otra persona; ya sabes cómo es la comisaría una vez que empieza un rumor. —Un destello blanco apareció en el espejo lateral, y ella hizo un gesto a Carys para que arrancara el coche antes de abrir el canal de radio—. ¿Barnes? Podéis proceder.

Carys revisó sus espejos, luego se puso delante del coche patrulla rotulado de la Policía de Kent y aceleró por el camino hacia la granja de los Ditchens.

Kay apretó los dientes cuando Carys giró el vehículo hacia la entrada, apenas tocando el freno, y se desabrochó el cinturón de seguridad cuando el coche se detuvo.

El coche patrulla frenó junto a ellas, y los dos ocupantes salieron de un salto antes de caminar hacia la casa de la granja.

Carys le dio un golpecito en el codo.

—La oficina está allí.

—De acuerdo. Revísala, asegúrate de que no haya nadie dentro y luego precíntala hasta que los equipos de búsqueda estén listos para examinarla.

Mientras Carys se alejaba, la puerta principal de la casa se abrió y Kay vio a un hombre de unos cincuenta años dar un paso atrás sorprendido al ver a los dos oficiales uniformados de pie en su puerta.

Se giró al oír el sonido de otro motor de coche.

Momentos después, un segundo coche patrulla se detuvo junto a ella, con el sargento Harry Davis al volante, su rostro sombrío.

—Buenos días, Harry. No sabía que te unirías a nosotros. —Asintió hacia el policía Phillip Parker mientras este bajaba del asiento del pasajero y cerraba la puerta.

—Pensé que podrías necesitar un par de manos

extra, jefa. —Echó un vistazo por encima del hombro hacia la casa—. ¿Han entregado la orden?

—Ahora mismo. ¿Quieres coordinarte con ellos? Yo hablaré rápidamente con el señor Ditchens antes de echar un vistazo alrededor.

—Suena bien, jefa.

Kay caminó por el patio embarrado hacia la casa, donde Hugh Ditchens estaba de pie en el umbral de su hogar, con los ojos abiertos de asombro.

—¿Es usted la detective a cargo de todo esto? —dijo, con los brazos cruzados sobre el pecho—. ¿Qué está pasando?

Ella mostró su placa.

—Inspectora Kay Hunter, y sí, estoy a cargo. Mis oficiales registrarán su propiedad en relación con un asesinato que estamos investigando actualmente.

La boca de Ditchens se abrió y se cerró antes de que encontrara su voz de nuevo.

—Eso es absurdo. ¿Es esto sobre el tipo que encontraron muerto en el campo de Maitland? ¿Qué ha estado diciendo Maitland sobre mí?

—¿Qué puede decirme sobre el sendero entre su huerto y la granja de conejos de los Peverell?

—¿Qué? —Parpadeó—. Es un antiguo camino de arrieros. Lo mantenemos como cortafuegos entre las propiedades.

—¿Los incendios son un gran problema aquí?

—Mire, es una precaución de seguridad, eso es todo. El sendero también ayuda a espaciar las variedades de árboles para facilitar la propagación. Cultivamos variedades específicas para los mercados de Londres, restaurantes locales y ese tipo de cosas, así que no podemos permitir que se crucen.

Kay entrecerró los ojos mirándolo.

—Muy bien, señor Ditchens. Si así es como va a ser. Asegúrese de quedarse aquí donde uno de mis oficiales pueda verlo, y por favor, absténgase de usar su teléfono móvil.

Dándose la vuelta, se dirigió pisando fuerte hacia donde Carys esperaba junto al edificio bajo usado como oficina, la puerta cerrada y una cinta policial azul y blanca cruzada sellando la entrada hasta que el equipo de búsqueda uniformado estuviera listo para entrar.

—¿Qué dijo?

—Un montón de tonterías sobre que el sendero es un cortafuegos, o una forma de evitar la polinización cruzada de los árboles.

—¿Te apetece dar un paseo entonces, jefa?

Kay sonrió.

—Creo que nos vendría bien algo de aire fresco,

así que ¿por qué no? ¿Por dónde queda el sendero desde aquí?

—Detrás de ese cobertizo de maquinaria con el tractor fuera.

Ella marcó un ritmo rápido, con su colega más baja unos pasos detrás mientras se dirigía hacia la estructura de acero corrugado.

Una puerta de madera de cinco barras separaba el patio del primer huerto, y mientras la abría, levantó la mirada hacia las copas de los árboles para ver el primer rubor de los cerezos en flor.

En cualquier otro día, el paseo entre los árboles frutales habría sido idílico, pero sus pensamientos seguían volviendo a Ethan y Shelley y las condiciones que debieron haber soportado.

Esperó mientras Carys la alcanzaba.

—No hay edificios aquí —dijo—, así que ¿dónde mantuvieron a Ethan y Shelley?

—Tampoco veo señales de que alguien haya acampado aquí —dijo Carys. Señaló delante de su posición—. Ahí está el comienzo del sendero; se puede ver dónde los árboles empiezan a espaciarse.

Kay se puso en marcha una vez más.

En algunos sitios, la hierba más alta entre los árboles había sido pisoteada, y le hizo un gesto a

Carys para que se apartara. —Este sendero por aquí ha sido usado recientemente. ¿Puedes usar esa cinta para formar una barrera entre estos árboles hasta que tengamos una idea de cómo va la búsqueda en la granja?

Tomó el extremo que Carys le ofreció, hizo un nudo y esperó mientras su colega hacía lo mismo, y luego avanzó una vez más, bordeando el área que habían acordonado.

Se detuvo al borde del camino, con el corazón acelerado mientras sus ojos recorrían el suelo. —Llama a Harriet, vamos a necesitarla aquí.

—¿Qué has encontrado, jefa?

—Mira.

Esperó hasta que la agente estuviera a su lado, y luego señaló los profundos surcos paralelos a unos metros de donde estaba parada.

Las dos líneas desaparecían a lo largo del camino de hierba, las marcas se volvían más tenues a medida que pasaban por debajo de la cadena que separaba las dos granjas, y se dirigían en línea recta hacia la propiedad de los Peverell.

—Algo pesado cayó aquí, y luego continuó por este camino. No vi ninguna línea profunda en el otro extremo.

—Un avión aterrizando —dijo Carys—. Maldita sea, jefa. Lo has encontrado.

Kay miró a lo lejos. —Pero no lo hemos encontrado, ¿verdad? No había nada en la granja de conejos. Y no he oído nada de nuestro equipo aquí. Habrían venido a buscarnos si su búsqueda hubiera encontrado un avión.

—Bueno, definitivamente aterrizó aquí. —Carys caminó hacia los árboles que bordeaban el límite izquierdo, luego se detuvo—. Jefa, las puntas de esta rama han sido arrancadas. ¿Quizás rozadas por un ala?

—Se necesitaría mucho valor para aterrizar aquí, ¿no? Es decir, es lo suficientemente ancho, pero tendrías que saber lo que estabas haciendo.

—Tal vez por eso los surcos son tan profundos aquí. Siempre hemos asumido que el avión volaba de noche, así que eso lo haría más difícil, incluso para un piloto acostumbrado a aterrizar aquí. —Carys volvió a donde estaba Kay y se protegió los ojos del sol bajo de la mañana—. ¿Este camino es lo suficientemente largo para rodar y despegar?

—Cuando llegue Harriet, pídele que uno de su equipo mida la longitud, y luego comprueba eso con uno de tus contactos de los aeródromos con los que hablaste.

—Lo haré. ¿Arrestamos a Ditchens?

Kay miró a través del huerto hacia la casa. —Llévalo para interrogarlo. Yo iré a la granja de conejos de los Peverell para ver cómo les va a Barnes y Piper.

CAPÍTULO 48

—Nunca volveré a comer conejo.

Barnes se arrancó los guantes protectores de las manos y los dejó caer en el cubo de desechos biológicos peligrosos que le ofrecía uno de los agentes uniformados, y frunció el ceño ante las jaulas que podía ver a través de la puerta abierta del edificio anexo.

—Estos no son para consumo humano. Son para comida de perros y gatos. Las granjas de conejos apropiadas de por aquí que abastecen a los restaurantes son mucho más humanas —dijo Gavin—. Este lugar es una vergüenza.

—¿Te pusiste en contacto con el Departamento de Medio Ambiente, Alimentación y Asuntos Rurales?

—Sí, y con el ayuntamiento. —Su colega

frunció el ceño—. Dijeron que estaban faltos de personal y luchando por atender las quejas que ya tenían en el sistema sobre varios lugares del condado, pero que enviarían a alguien en algún momento.

—Increíble. —Barnes negó con la cabeza y sacó su teléfono móvil cuando emitió un pitido—. La jefa está en camino.

—Dios, espero que encontremos algo. No nos lo agradecerá si esto es una pérdida de tiempo otra vez.

—Nunca es una pérdida de tiempo, Piper, ya lo sabes. Ahora, ¿quieres mostrarme ese matadero? Bien podríamos echar un vistazo mientras estamos aquí. ¿Dónde están los dueños, por cierto?

Gavin hizo un gesto hacia la casa a lo lejos de los edificios anexos.

—Los uniformados tienen a Helen Peverell dentro. Su marido no está aquí; ella dice que debería volver en un par de horas.

—¿Dónde está él?

—En la oficina de correos de Tonbridge, aparentemente —Gavin abrió la puerta del matadero —. Han enviado a alguien allí para buscarlo.

Barnes buscó su pañuelo y se cubrió la nariz.

—Dios, cómo apesta aquí.

—Supongo que si están vendiendo la carne para

comida de mascotas, no tienen que preocuparse tanto por la higiene.

—Apuesto a que el ayuntamiento dirá lo contrario. Este lugar es enorme, ¿no? Quiero decir, solo están usando un tercio del espacio aquí —señaló las puertas sólidas al final del edificio—. ¿Esos son los congeladores?

—Sí. Matan a los conejos en esa esquina, despiezan la carne en esas mesas galvanizadas al fondo, y luego la carne se almacena en los congeladores hasta que la recogen para distribuirla a los proveedores de comida para mascotas. Es como una línea de producción, ¿no?

Barnes hizo una mueca ante la descripción, pero podía ver por qué su colega lo describía de esa manera. Se giró al notar movimiento junto a la puerta y una agente uniformada se asomó.

—¿Está bien si empezamos la búsqueda aquí, oficial? —dijo ella.

—Adelante. Nos quitaremos de en medio en un minuto.

—Gracias, oficial.

Se guardó el pañuelo en el bolsillo y cuadró los hombros.

—Bien, voy a echar un vistazo rápido, y luego saldremos a esperar a la jefa.

—De acuerdo —Gavin se alejó, sus zapatos resonando en el suelo de hormigón mientras cruzaba hacia el lado opuesto del espacio abierto, con la cabeza inclinada mientras leía las actualizaciones de otros miembros del equipo de investigación en su teléfono móvil.

Barnes metió las manos en los bolsillos de su abrigo y comenzó a recorrer la pared, su mirada captando los cuchillos afilados y las hachas alineadas junto a las estaciones de trabajo y las tablas de cortar apoyadas en un fregadero galvanizado.

Las moscas zumbaban alrededor de un gran contenedor cubierto directamente detrás de las estaciones de trabajo, y levantó la tapa de uno, retrocediendo al instante.

Docenas de pieles de conejo llenaban el contenedor de acero, el pelaje enmarañado ensangrentado y manchado de orina.

Volvió a colocar la tapa en su lugar, un escalofrío recorriendo sus hombros mientras avanzaba hacia los congeladores, y luego envolvió su pañuelo alrededor del mango de acero incrustado en una de las puertas y miró dentro.

Una nube de aire helado escapó, enfriando su rostro y erizando los pelos de su nuca.

El hedor disminuyó aquí, aunque la vista de todos

los pequeños cuerpos rosados congelados alineados en filas ordenadas le revolvió el estómago.

Había tantos.

—¡Ian, ven aquí!

El grito de Gavin resonó por todo el matadero.

Barnes cerró de golpe la puerta del congelador y se apresuró pasando junto al equipo de búsqueda que hizo una pausa en su trabajo, con una mirada expectante en sus ojos.

Encontró al agente agachado junto al frente del edificio en la esquina más alejada, su emoción era palpable.

Una fila de sacos que contenían heno y pellets de comida para los conejos había sido apoyada contra una hilera de estantes vacíos, y Gavin estaba mirando fijamente la pared.

—¿Qué has encontrado?

—Estos estantes estaban llenos cuando registramos el lugar el martes; sacos como los del suelo estaban apilados a lo largo de ellos. El equipo miró entre los sacos como parte de su búsqueda, pero no vieron esto.

Barnes ajustó sus pantalones de traje y se agachó junto a su colega, sacando sus gafas de lectura del bolsillo antes de examinar las maderas entre los estantes.

Un tenue conjunto de marcas de arañazos había sido cortado en la superficie de madera con una hoja afilada, representando una aproximación tosca de un paracaídas entre alas abiertas que habían sido talladas con una mano inestable.

Contuvo la respiración mientras leía las palabras inscritas debajo.

Ayuda.

—Maldita sea. Ese es el tatuaje de Ethan, ¿no?

CAPÍTULO 49

—¿Listo?

Gavin golpeó el borde de la carpeta manila contra su muslo, con la mandíbula apretada mientras miraba la puerta de la sala de interrogatorios número dos, y luego exhaló. —Creo que sí. Gracias, jefa.

Kay sonrió. —No hay problema. Voy a depender aún más de ti en el futuro, ¿te das cuenta de eso, verdad?

—Lo sé.

—¿Cuándo te lo dijo Carys?

—Justo después de que vosotras dos aparecieran en la casa de los Peverell. No puedo creer que nos deje tan pronto.

—Están ansiosos por que empiece lo antes

posible. Estoy segura de que ella está igual de ansiosa por comenzar.

Él frunció el ceño. —Desearía que se quedara aquí. ¿No hay puestos de oficial disponibles en Kent, jefa?

—Créeme, lo verifiqué. Sharp también lo hizo. No hay presupuesto para ascensos en este momento en la zona; todos los fondos se han asignado para entrenar a nuevos policías lo antes posible para cumplir con los objetivos establecidos por el gobierno. Espero que no estuvieras esperando un aumento de sueldo este año tampoco.

Guiñó un ojo y luego abrió la puerta y cruzó hacia la mesa y las cuatro sillas colocadas contra la pared del fondo.

Helen Peverell estaba sentada con las manos en el regazo, la cabeza inclinada. Un mechón grueso de cabello le cubría el rostro y había estado llorando. Con la boca torcida, levantó los ojos hacia los dos detectives mientras se sentaban frente a ella y se limpió un rastro de rímel aguado de la mejilla.

Su abogado, un hombre delgado de unos cincuenta y tantos años con el pelo muy corto y una expresión tensa, miró con severidad a los detectives mientras les entregaba su tarjeta de presentación.

—Gracias, señor Brackenridge —dijo Kay, y

luego esperó mientras Gavin presionaba el botón de grabación en la máquina junto a su codo y leía la advertencia formal.

Una vez hecho esto, abrió la carpeta manila y extrajo tres fotografías de Ethan Archer, colocándolas sobre la mesa frente a Helen. —¿Conoce a este hombre?

La mujer se mordió el labio y luego negó con la cabeza.

—Responda para que quede registrado en la grabación, por favor, Helen —dijo Kay.

—No.

—¿Está segura? —dijo Gavin—. Mire de nuevo.

—No lo conozco.

El agente sacó una cuarta fotografía de la carpeta. —¿Reconoce este tatuaje?

—No.

—¿En serio? Aquí hay otra imagen del mismo. Se parece bastante, ¿no? —dijo Gavin. Se inclinó hacia adelante y lo señaló con el dedo—. Esta fotografía fue tomada en su matadero hace tres horas. Está en la pared, detrás de las estanterías. ¿Qué hace ahí?

—No lo sé. Nunca lo había visto antes.

—Apuesto a que si lo hubiera visto, lo habría mandado quitar, ¿no es así?

Helen no dijo nada.

—¿Quién está a cargo de reabastecer los estantes, Helen? ¿Usted o uno de sus trabajadores? —dijo Kay.

Se encogió de hombros. —Los trabajadores. Para eso se les paga.

—¿Estamos hablando de los empleados a tiempo parcial que tiene en nómina, o de alguien más? —Kay se reclinó y cruzó los brazos—. Porque alguien movió los sacos después de nuestra última búsqueda el lunes, ¿no es así? ¿Alguien esperaba que volviéramos y que lo notáramos?

Helen tragó saliva, pero se mordió la lengua.

Gavin giró otra fotografía para que Helen la viera. —La escritura es diferente debajo de este tatuaje en su matadero. ¿Puede leer lo que dice?

La mujer lo miró fijamente, luego a su abogado, quien le hizo un gesto para que respondiera la pregunta.

—Dice "ayuda" —dijo, con tono petulante.

—¿Quién podría haber querido ayuda? —dijo Gavin—. ¿Por qué alguien tallaría eso en la pared?

—No lo sé.

—¿Por qué estaban vacíos los estantes hoy? —dijo Kay.

—Hay una nueva entrega de alimentos que llega esta tarde —dijo Helen—. Necesitamos rotar el stock para que los piensos más viejos se usen primero y no se pudran. Los sacos nuevos se colocan debajo del stock viejo, eso es todo.

—¿Y por qué se abandonó el trabajo de tal manera que quedó expuesto este dibujo?

—No lo sé.

—Nos ha proporcionado detalles de los trabajadores a tiempo parcial que emplea, pero mirando su nómina parece que es extremadamente generosa con sus salarios en comparación con otras granjas de la zona. ¿Por qué sería eso?

—Es un trabajo difícil. Es complicado encontrar buena gente —dijo Helen—. Les pagamos bien con la esperanza de que se queden. No hemos tenido a nadie que renuncie en cuatro años, así que eso demuestra que estamos haciendo algo bien.

Gavin sacó un montón de declaraciones de testigos de la carpeta y recorrió el texto con la mirada.

—Ninguno de ellos tiene nada malo que decir sobre usted o su marido. ¿Les está pagando para que guarden silencio sobre sus otros trabajadores?

—¿Qué otros trabajadores?

Kay juntó las manos sobre la mesa. —Helen, hemos hablado con negocios agrícolas similares y somos de la opinión de que el número de trabajadores que emplea legalmente no es suficiente para mantener los niveles de suministro que ha estado manteniendo durante los últimos tres años. Necesitaría al menos otras seis personas a tiempo completo para manejar la granja de conejos además de las que emplea en el matadero. ¿Dónde están esos otros trabajadores?

—No tengo idea de lo que están hablando. Mis empleados son increíblemente trabajadores y diligentes, eso es todo.

Gavin se volvió hacia Kay y alzó una ceja. —Apuesto a que tienen que trabajar aún más duro ahora que dos de los trabajadores no remunerados están muertos.

—Exactamente lo que pensaba, agente Piper. Y en condiciones infernales. —Kay se volvió hacia Helen —. ¿Quién mató a Shelley? ¿Usted o Adrian?

—¡Yo no maté a nadie!

El repentino estallido de la mujer tomó a Kay por sorpresa, y se reclinó. —¿Dónde está su marido?

—Se lo dije al policía en la casa: fue a Tonbridge. Tenía que ir a la oficina de correos.

—Helen, la policía local fue a la oficina de correos. No han visto a su marido. No reconocieron su fotografía en absoluto. ¿Dónde está?

Helen bajó la cabeza y se mordió la esquina de la uña del pulgar. —No lo sé.

CAPÍTULO 50

Laura observó al hombre al otro lado de la mesa y se preguntó por qué alguien con tanto éxito en la vida se vería envuelto en un plan tan atroz como esclavizar a personas indefensas y vulnerables.

Carys estaba sentada a su lado, con la barbilla apoyada en la mano mientras hojeaba despreocupadamente la declaración original de Hugh Ditchens, mientras el hombre estaba sentado frente a ella, con un hilo de sudor goteando por un lado de su rostro.

Habían comenzado a grabar la entrevista unos minutos antes, y después de recitar la advertencia formal, Laura se había quedado en silencio, esperando que su colega comenzara el interrogatorio.

Al principio se preocupó de que Carys quizás

hubiera perdido la noción del tiempo, pero luego se dio cuenta de que la detective más experimentada estaba haciendo esperar a Ditchens.

Así que, en su lugar, observó fascinada cómo el granjero primero se movió en su asiento, luego se aclaró la garganta y finalmente miró a su abogado en busca de ayuda.

—Detective Miles, si tiene algo que decirle a mi cliente, por favor hágalo. —El representante legal las miró a ambas con dureza—. Es un hombre ocupado.

Carys finalmente levantó la vista de la declaración del testigo y sonrió.

—Sí, ha estado *muy* ocupado, ¿verdad?

Pasaron unos momentos más mientras ella anotaba algo, y Laura se mordió el interior de la mejilla al mirar de reojo y darse cuenta de que su colega estaba escribiendo su lista de la compra para la noche.

—Detective Hanway, ¿tiene esas fotografías aéreas, por favor? —dijo finalmente.

—Aquí están. —Laura deslizó su mano en la carpeta manila bajo su codo y sacó dos copias limpias de las fotografías que había impreso para la entrevista.

Ninguna de las marcas utilizadas durante la investigación era visible, así que cuando Carys las colocó frente a Ditchens y su abogado, los dos hombres tuvieron una clara vista de la propiedad del granjero y el campo circundante.

—¿Es propietario de una avioneta, señor Ditchens?

Sacó un pañuelo de su bolsillo y se secó la frente.

—No, no lo soy. Se lo dije cuando me lo preguntó el otro día.

—Esto no es una prueba, señor Ditchens. Si siente la necesidad de cambiar su declaración anterior, ahora es el momento.

—No soy propietario de una avioneta.

—¿Tiene licencia de piloto?

—No.

—¿Conoce algún aeródromo privado en la zona?

—No, no conozco ninguno.

Carys acercó las fotografías aéreas al granjero e indicó el ancho camino que llevaba de su tierra a la perteneciente a los Peverell.

—¿Qué es esto?

—Ya se lo dije. Es un antiguo camino de arrieros. Actúa como cortafuegos hoy en día y me ayuda a evitar la polinización cruzada entre las variedades de árboles.

—De nuevo, señor Ditchens, le recuerdo que

puede cambiar sus respuestas anteriores a mis preguntas si lo desea.

Laura observó cómo la nuez de Adán del hombre subía y bajaba en su garganta.

Un aura de desesperación flotaba en el aire a su alrededor mientras su mandíbula trabajaba, y ella se preguntó con qué verdades estaba luchando.

Contuvo la respiración cuando él abrió la boca para hablar, pero luego cambió de opinión con un leve movimiento de cabeza.

—¿Puedo tener las fotografías tomadas en la propiedad de los Peverell hoy temprano, por favor, agente Hanway? —dijo Carys.

—Por supuesto. —Sacando la serie de seis imágenes de la carpeta, Laura las colocó encima de las fotografías aéreas y esperó.

—Para los propósitos de la grabación, estamos mostrando al señor Ditchens fotografías tomadas en el terreno de su propiedad y en la granja de Helen y Adrian Peverell —dijo Carys, su voz clara y firme—. Específicamente, estas imágenes muestran el camino que va de su propiedad a la suya, una medición tomada del ancho de ese camino representada con una cinta métrica, y una tercera fotografía que muestra profundas hendiduras en el suelo en el extremo más alejado, en la tierra del señor Ditchens, de lo que parecen ser surcos de ruedas. ¿Alguna idea de qué podría haber causado estas marcas, señor Ditchens?

—No estoy seguro.

—Pero están en su tierra. Seguramente querría saber qué las causó. Hay bastante daño en el suelo allí, ¿no es así? ¿No nos dijo que estaba preocupado por los vertidos ilegales?

Él no respondió.

Carys tomó una fotografía de primer plano que se había tomado de los árboles al lado del camino.

—¿Qué causó este daño a sus árboles, señor Ditchens?

El granjero frunció el ceño.

—No lo sé. No había visto eso antes.

—¿Cómo? ¿No revisa los árboles de su huerto con regularidad? Seguramente si algunos de sus cultivos estuvieran dañados, querría averiguar quién lo hizo.

La miseria se reflejó en los ojos del granjero y se pasó una mano por la boca antes de hablar.

—Mire, simplemente no quería causar problemas, eso es todo.

—¿Causar problemas? —dijo Carys, con expresión incrédula—. Estamos lidiando con dos brutales asesinatos, señor Ditchens. Y en este momento, usted es sospechoso de esos asesinatos.

—Pero yo no tuve nada que ver con la muerte de ese hombre. —Su rostro palideció—. ¿Quién más está muerto?

Laura empujó otra fotografía a través de la mesa hacia él sin esperar una señal de Carys.

—Shelley Yates. Veinticinco años. Estrangulada, antes de ser arrojada a un contenedor en Maidstone. Y luego, le cortaron los pies.

—Dios mío.

—Ahora, señor Ditchens —dijo Carys—. Quizás le gustaría contarnos lo que sabe sobre una avioneta que usa el camino que atraviesa su huerto para despegar y aterrizar.

Él miró a su abogado, quien asintió y le hizo un gesto para que continuara, y luego se volvió hacia las dos detectives, todo su comportamiento el de un hombre derrotado.

—Miren, lamento lo de esa mujer, pero no tuve nada que ver con su muerte, ni con la del hombre que fue encontrado en el campo de Maitland. El camino en el huerto... tienen razón, se usa ocasionalmente como pista de aterrizaje para una avioneta, pero no es mía.

—¿De quién es? —dijo Carys.

—De Helen y Adrian. —Se encogió de hombros, con la boca torcida—. Miren, no quería meterme en problemas, eso es todo. A veces los acompaño.

—¿Acompañarlos adónde? —preguntó Laura, con la curiosidad despertada.

—Bueno, principalmente a Francia. Tienen amigos con un viñedo allá, así que... y esto es solo una o dos veces al año, entienda... volamos allá y nos abastecemos de vino —dijo Ditchens, con expresión miserable. Su mirada se dirigió a la mesa y empezó a rascar una marca en el barniz con la uña—. Nosotros... yo... a veces traigo cigarrillos o tabaco para mis empleados. Ya sabe, para agradecerles. Es lo mismo con el vino. Parte lo guardo, parte podría venderlo. Creo que Helen y Adrian podrían hacer lo mismo. No pretendemos hacer daño con esto. Para ser honesto, es solo una pequeña diversión.

Carys levantó la mano para detenerlo. —Un momento. ¿Nos está diciendo que para todo lo que usan el avión es para ir de aquí a Francia para abastecerse de vino y tabaco de vez en cuando? ¿Y estoy en lo correcto al suponer que la razón por la que nos ha estado mintiendo es porque lo han estado haciendo sin declarar los impuestos por exceso de compras cuando regresan aquí?

—Les dije que nos atraparían si no teníamos cuidado.

—¿Quién es el piloto?

—Helen, por supuesto. —Sonrió—. Adrian no tiene la paciencia... ese es todo músculo y fuerza.

—Señor Ditchens, debió habernos dicho esto cuando lo entrevistamos por primera vez —dijo Carys, incapaz de ocultar la frustración en su voz—. Debió habernos dicho la verdad.

—Me doy cuenta de eso ahora, y lo siento mucho. Simplemente no quería meterlos en problemas —dijo Ditchens—. Son una pareja tan encantadora. Tan trabajadores.

CAPÍTULO 51

Kay abrió la puerta de un empujón tan fuerte que el pomo rebotó contra el yeso, y tanto Helen Peverell como su abogado dieron un respingo en sus asientos.

Dejó caer su colección de carpetas manila sobre la mesa, apretando los dientes mientras Gavin encendía el equipo de grabación y proporcionaba la confirmación verbal requerida de que estaban continuando la entrevista anterior.

—¿Dónde está la aeronave, Helen?

La mujer mantuvo las manos planas sobre la mesa, pero sus ojos se agrandaron. —¿Qué?

—La avioneta que usa para volar a Francia varias veces al año. ¿Dónde está? No está en ninguno de los edificios anexos de su granja, eso es seguro dado el número de búsquedas que hemos realizado en los últimos días, así que ¿dónde diablos está?

—No tengo...

—No, Helen. —Kay tomó una respiración profunda para mantener la calma, y luego exhaló—. Basta de mentiras. ¿Mató usted a Ethan Archer?

—No...

—¿Le ató los pies y luego lo empujó fuera de la aeronave mientras aún estaba vivo?

El color de Helen se volvió de un tono grisáceo enfermizo, pero permaneció en silencio.

—¿Y qué hay de Shelley? ¿De quién fue la idea de cortarle los pies?

Parpadeando, Helen se aferró al borde de la mesa, y luego miró a su abogado.

—Toda la verdad, Helen —dijo Kay—. Ahora.

La mujer tragó saliva. —Fue idea de Adrian.

—¿Hacer qué?

—Matar a Ethan.

Al escuchar la brusca inhalación de Gavin ante la admisión, Kay se reclinó en su asiento y cruzó los brazos, sintiendo alivio mientras estudiaba a la mujer. —Muy bien, Helen. Va a contarnos todo. Todo.

—No... no se suponía que terminara así. Cuando compramos la granja por primera vez e investigamos sobre los conejos, parecía tan simple. Casi nadie lo estaba haciendo en el sur de Inglaterra, me refiero a criarlos para alimento de mascotas. Muchas empresas de alimentos para mascotas estaban importando los conejos muertos a granel desde Francia o Bélgica. Allí no tienen controles tan estrictos sobre cómo se alojan los conejos. Luego, el clima político cambió, y hubo rumores sobre falta de suministro y retrasos en los puertos. ¿Puedo tomar un vaso de agua?

Kay esperó mientras Gavin se dirigía a la puerta y hacía señas a un agente uniformado afuera.

Momentos después, regresó con dos vasos de plástico y los colocó frente a Helen y su abogado, quien, Kay notó, vació su agua en tres tragos antes de volver a tomar notas.

Helen tomó un sorbo y sujetó su vaso entre las manos, con la mirada fija en la fotografía del cuerpo tendido de Ethan.

—Continúe —dijo Kay.

—Vi una oportunidad en el mercado y se lo dije a Adrian. Nos posicionamos como una mejor alternativa para las empresas de alimentos para mascotas, señalando que no nos veríamos afectados por nada de lo que estuviera sucediendo políticamente y que podríamos garantizar un suministro ininterrumpido. Es decir, ha oído la expresión "reproducirse como conejos", ¿verdad?

Ni Kay ni Gavin sonrieron.

—En fin, en seis meses ya estábamos en apuros. No podíamos permitirnos pagar más trabajadores; teníamos cuatro personas ayudándonos, pero habíamos acordado unos términos estúpidos cuando negociamos los contratos de suministro por primera vez porque queríamos dar a los clientes una razón para cambiarse a nosotros, y así ni siquiera pensarían en pagarnos hasta que hubieran pasado al menos noventa días. —Llevó el vaso a sus labios con mano temblorosa, luego cambió de opinión y lo bajó a la mesa una vez más, derramando agua sobre sus dedos —. Fue entonces cuando Adrian dijo que podíamos conseguir mano de obra barata. Cuando le pregunté cómo, dijo que podíamos hacer que personas sin hogar vinieran a trabajar para nosotros a cambio de un techo sobre sus cabezas y comida gratis.

—Qué noble de su parte —dijo Kay, sin poder evitar el sarcasmo en su voz—. Sacar a los sin techo de las calles y convertirlos en esclavos modernos.

—¡No era así! —El rostro de Helen se descompuso—. No al principio. Realmente pensé que les estábamos haciendo un favor. Luego nos vimos más ocupados, y Adrian dijo que teníamos que mantenerlos, que podíamos obtener un beneficio mayor si encontrábamos algunos más. Fue su idea pagar más a los cuatro empleados que teníamos a cambio de su silencio. Podían trabajar a tiempo parcial con un salario a tiempo completo, siempre que no se lo dijeran a nadie. Bueno, no iban a hacerlo, ¿verdad? Ellos también lo tenían fácil.

—¿Qué salió mal?

Helen resopló. —Todo. Los clientes renegociaron los contratos, tuvimos que suministrar la mitad más de carne, y... no sé, Adrian se lo tomó muy mal. Empezó a golpear a las personas que estábamos alojando...

—Los esclavos, quiere decir —dijo Gavin.

—Dijo que nunca podríamos arriesgarnos a que se fueran, y que si alguien descubría cómo los habíamos estado tratando durante los últimos tres años, estaríamos en un gran problema. —Helen apartó el agua—. Dijo que la única manera de asegurarnos de que eso no sucediera era darles el miedo suficiente como para que no quisieran escapar. Golpeaba a cualquiera que intentara escapar y hacía que los demás lo vieran.

—¿Y usted, Helen? ¿Alguna vez intentó escapar?

Kay observó cómo la mujer se mordía el labio, luego cerraba los ojos y asentía ligeramente.

—Sí —dijo—. Solo una vez.

—¿Qué hizo Adrian?

Helen abrió los ojos, y fue entonces cuando Kay vio que estaba aterrorizada.

—¿Qué le hizo Adrian, Helen?

—No puedo... me matará.

—Helen, él no puede hacerle daño aquí. ¿Qué hizo?

Los hombros de la mujer se estremecieron mientras las lágrimas caían por sus mejillas. —Me puso un cuchillo en la garganta. Una de las cuchillas de deshuesar que vio en el matadero. Dijo que me despellejaría viva si intentaba dejarlo, o si intentaba contarle a alguien sobre las personas que manteníamos allí.

Kay le dio un momento para recomponerse y esperó mientras se sonaba la nariz.

—¿Cuándo aprendió a volar?

—A principios de mis veinte, antes de conocer a Adrian. —Una sonrisa acuosa cruzó sus labios—. Había querido aprender a volar desde que era adolescente, así que mis padres pagaron por lecciones en mi vigésimo primer cumpleaños.

—¿Dónde?

—En Shropshire, donde crecí.

—¿Se le permite volar de noche?

Helen negó con la cabeza, luego recordó el equipo de grabación. —No.

—Entonces, ¿qué pasó la noche en que Ethan Archer fue asesinado?

—Adrian irrumpió en la cocina alrededor de las diez de la noche del viernes hecho una furia. Dijo que había habido una fuga y que una de las trabajadoras había escapado. Dijo que ella había desaparecido por el camino antes de que pudiera detenerla, pero que había atrapado al tipo que la había ayudado. Luego, dijo que les iba a dar una lección que no olvidarían.

Se detuvo y tomó unos sorbos más de agua.

—Me hizo salir con él al matadero. Había encadenado la muñeca de Ethan a uno de los postes de madera en medio del suelo. Parecía que habían estado peleando; la nariz de Ethan parecía rota...

—Difícilmente una pelea justa —dijo Kay—. ¿Su marido resultó herido de alguna manera?

—No que yo pudiera ver.

—Continúe.

—Cuando le pregunté qué iba a hacer, él... cambió. Tenía esa mirada en sus ojos que he visto antes, cuando me amenazó aquella vez, y creo que Ethan también la vio. Adrian no dijo nada; cogió unas bridas de plástico que usamos para asegurar los sacos de alimento y ató una alrededor de las muñecas de Ethan antes de desencadenarlo. Me dijo que pusiera en marcha el avión; lo había traído volando desde la casa de mis padres esa mañana...

—Pare ahí —dijo Kay—. ¿Usted *posee* una aeronave?

—No, es de mis padres. Yo solo la piloto de vez en cuando. O conduzco hasta allí o tomo el tren y luego vuelo de regreso. Íbamos a ir a Francia al día siguiente.

Kay garabateó una nota para contactar a la Policía de West Mercia en Shropshire para incautar la aeronave para un examen forense, al darse cuenta de que la historia de Helen explicaba por qué no habían podido encontrar ninguna aeronave registrada u oculta localmente.

—¿Cómo metieron a Ethan en la aeronave?

—Adrian... Amenazó con matar a los otros si Ethan no hacía lo que le decía. Creo que él sabía que iba a morir, pero estaba demasiado débil para huir en ese momento... —Se interrumpió y se secó las lágrimas con el pañuelo.

Kay apretó la mandíbula ante la abyecta crueldad de lo que estaba escuchando. —Siga.

—Cuando Ethan entró en la aeronave, Adrian le puso la otra brida de plástico alrededor de los tobillos y luego lo golpeó. —Helen tragó saliva—. Siguió golpeándolo, pegándole en la cabeza hasta que perdió el conocimiento. Entonces me dijo que entrara y despegara. Estaba aterrorizada; nunca había volado de noche antes, pero Adrian dijo que todo lo que tenía que hacer era llevarnos lo suficientemente alto sobre el embalse para que él pudiera empujarlo fuera. Dijo que sería un final apropiado para un paracaidista.

—¿Usted sabía a qué se dedicaba Ethan?

—Sí. Lo escuché contándoselo a los otros un día. En ese momento no até cabos; no sabía que intentaría usar lo que sabía entonces para ayudarlos a escapar.

—¿Se lo habría dicho a Adrian si lo hubiera sabido?

—No lo sé. Supongo que sí.

—¿Qué pasó una vez que estuvieron en el aire?

—Es solo una aeronave pequeña. Adrian estaba sentado entre Ethan y yo; Ethan estaba inconsciente y apoyado contra la puerta del pasajero. Yo estaba tratando con todas mis fuerzas de orientarme y leer los instrumentos; despegar fue una pesadilla. Adrian sacó su teléfono móvil; dijo que iba a filmar el momento en que empujara a Ethan por la puerta para mostrárselo a los otros, para enseñarles lo que les pasa a las personas que intentan escapar. Solo estábamos a unos cientos de metros cuando de repente Ethan volvió en sí; se abalanzó sobre Adrian antes de que tuviera tiempo de reaccionar, y yo grité.

Pensé que iba a perder el control. Adrian de alguna manera logró inclinarse sobre Ethan mientras lo tenía en una llave de cabeza y abrió la puerta. Él... lo empujó hacia afuera. —Cerró los ojos—. Logró girarse y aferrarse al marco de la puerta, pero Adrian le pateó las manos para que perdiera el agarre. Todavía puedo oírlo gritar. Yo... no puedo dormir por las noches.

Kay oyó a Gavin moverse en su asiento junto a ella y se giró para ver la cara del agente más pálida de lo que jamás había visto.

—Helen, ¿qué pasó después de que aterrizara el avión?

La mujer usó la manga de su camisa para limpiarse los ojos. —Adrian estaba furioso; dijo que Ethan debería haber caído sobre el agua para que no se encontrara su cuerpo. Cogió una de las furgonetas que usamos para movernos por el lado más alejado de la propiedad; no la usamos en las carreteras, así que no está registrada. Dijo que conocía un sendero al norte de la propiedad de Maitland y estábamos seguros de que Ethan había caído cerca de allí. Estuvo fuera casi dos horas, pero cuando regresó dijo que no podía arriesgarse a intentar mover el cuerpo. Lo dejó allí y me dijo que volara el avión de vuelta a casa de mis padres a primera hora de la mañana. Regresé en tren al día siguiente.

—¿Dónde está la furgoneta, Helen?

—Dijo que la llevó a algún lugar en la Isla de Sheppey y le prendió fuego para que no pudiera rastrearse hasta nosotros. De todos modos, no estaba registrada; solo la usaba para transportar cosas por la granja.

—¿Quién mató a Shelley?

—Adrian, por supuesto. Estaba furioso porque tener que lidiar con Ethan significó que ella se había escapado. Pasó días buscándola, volviendo a Maidstone donde primero la convenció de venir a trabajar para nosotros. Dijo que ella no tenía ningún otro lugar adonde ir y que no podíamos arriesgarnos a que hablara con alguien.

—¿Por qué demonios le cortó los pies?

—Por la misma razón por la que mató a Ethan. Para advertir a los demás.

—¿Cuántos esclavos más están reteniendo en la granja?

—Cuatro ahora. Originalmente eran siete, pero un hombre se enfermó demasiado para trabajar hace unos seis meses. Adrian se lo llevó.

Kay se estremeció ante las palabras de la mujer.
—Usted dijo que le cortó los pies a Shelley "para

advertir a los demás" —dijo—. ¿Qué quiere decir? ¿Qué hizo?

—Los arrojó por las escaleras del sótano y les dijo que eso es lo que les pasa a las personas que huyen.

—¿Qué sótano? —dijo Gavin—. ¿Dónde han estado manteniendo a estas pobres personas?

—Debajo del matadero —dijo Helen. Se pasó una mano por el pelo, derrotada—. Es un antiguo almacén de grano del siglo XIX, ¿sabe? Hay una trampilla en el suelo debajo de una de las mesas de deshuesado. Nos ahorra tener que sacarlos alguna vez del matadero y que alguien los vea.

Kay empujó su silla hacia atrás. —Entrevista terminada a las siete cuarenta y cinco. Gavin, conmigo.

Salió corriendo de la habitación, sacando su teléfono móvil mientras corría por el pasillo, con el agente pisándole los talones.

—¿Adónde vas, jefa?

—De vuelta a la granja, Piper. Hay cuatro personas atrapadas bajo un granero sin comida ni agua, y Adrian Peverell sabrá a estas alturas que su esposa está bajo custodia. No tiene nada que perder.

CAPÍTULO 52

Kay bajó su teléfono móvil a su regazo y observó el campo oscurecido pasar por la ventana del coche a toda velocidad.

Desde la confesión de Helen, había estado en contacto con el comisario Sharp y la Jefatura para proporcionar suficiente personal para ir a la granja de los Peverell y detener a Adrian, además de localizar al resto de los esclavos que él y su esposa mantenían en cautiverio.

Las patrullas uniformadas ya habían visitado los hogares de sus cuatro empleados, llevando a cabo los arrestos mientras los hombres y mujeres estaban cenando o viendo la televisión cómodamente, mientras sus contrapartes no remuneradas intentaban sobrevivir en la miseria, muriendo de hambre.

El abogado de Helen ya estaba trabajando para asegurar que su clienta recibiera cargos más leves que su marido, argumentando que ella había vivido con miedo por su vida.

Kay no quería saber nada de eso.

Quería que ambos fueran encarcelados por el mayor tiempo posible, para que supieran lo que era que les quitaran su libertad. Incluso entonces, estarían viviendo en mejores condiciones que las personas a las que esclavizaron.

—¿Estás bien? —dijo Barnes, cambiando a una marcha más alta y guiando el coche alrededor de una curva cerrada—. Has estado callada desde que terminaste esa última llamada.

—Debería haber atado cabos cuando vi a Adrian esta mañana —dijo ella—. Las llagas en sus mejillas, quiero decir. Lo atribuí al acné o algo así, pero es una reacción alérgica, ¿no?

Barnes soltó una risa sardónica. —Maldita sea, tienes razón. Yo tampoco me di cuenta. Es el pegamento, ¿verdad? El pegamento que usó para fijar la barba falsa a su cara cuando se acercaba a esas personas sin hogar en Maidstone. Es por eso que no lo reconocimos cuando lo vimos en las imágenes de videovigilancia hablando con Jeremy.

—Exactamente.

Su oficial redujo la velocidad del vehículo mientras se acercaban a la granja de los Peverell y la miró. —No habrías salvado a Shelley, jefa. Ella ya se había ido hace mucho cuando nos enteramos por Jeremy.

—Lo sé. —Sus ojos se dirigieron rápidamente a la radio sujeta al tablero cuando cobró vida y los conductores de los vehículos de patrulla informaron sus posiciones—. Dios, espero que no sea demasiado tarde para salvar a los demás.

—El coche de Adrian fue encontrado hace una hora en la carretera principal entre Sevenoaks y Hildenborough, jefa. ¿Crees que todavía está en la zona? Podría estar en cualquier parte a estas alturas.

—Es violento y vengativo, Ian. No creo que vaya a dejar que esas personas queden libres. Podría haber regresado a la granja por cualquiera de los senderos que cruzan este campo, y conoce la zona mejor que nosotros. Al menos tenemos patrullas en las granjas de Maitland y Ditchens en caso de que aparezca por allí.

—¿Crees que los amenazará si lo hace?

—Sí, es por eso que autoricé el uso de pistolas táser si es necesario. No voy a correr riesgos con este bastardo.

—Allá vamos.

Barnes giró el coche hacia la entrada de la granja detrás de un coche patrulla que venía en dirección contraria, y aparcó junto a la casa mientras los reflectores se encendían alrededor del patio de la granja.

—Si estuviéramos en cualquier otro lugar, pensaría que es demasiado cauteloso con su seguridad —dijo.

—Helen dijo que hay cámaras por todas partes, también en la parte trasera de los edificios anexos, en caso de que alguno de los esclavos intente escapar por los campos.

—Maldita sea. Son monstruos —dijo Barnes mientras un oficial uniformado se acercaba a la casa y comenzaba a golpear la puerta principal con el puño.

Momentos después, dos oficiales más se le unieron, blandiendo un ariete que usaron para destrozar la cerradura antes de que los tres desaparecieran dentro del edificio.

—Ponte el chaleco antibalas —dijo Kay—. No voy a correr riesgos dados esos cuchillos que tiene en el matadero.

Se abrochó el suyo sobre la chaqueta, luego salió del coche, sus ojos recorriendo el patio iluminado.

Salvo por los seis oficiales uniformados y Barnes, el patio de la granja estaba desierto.

El viento atrapó su cabello y envió una lona de plástico azul rodando por el suelo de hormigón frente al edificio anexo que albergaba a los conejos.

Contuvo la respiración mientras escaneaba el patio en busca de alguna señal de vida.

Las puertas del matadero estaban completamente abiertas, con un candado tirado en el suelo junto a la puerta derecha, su superficie metálica brillando con la luz. El espacio más allá de las puertas estaba completamente oscuro, y cuando la dirección del viento cambió, captó el hedor de algo que le envió un escalofrío por las venas.

Miró por encima de su hombro al oír un grito desde la casa.

—No está aquí, señora.

—Jefa, eso es gasolina —dijo Barnes mientras se movía a su lado.

Kay bajó la barbilla y murmuró una orden en su radio. —Quiero que todos os extendáis alrededor del matadero. Moveos lentamente, permaneced en las sombras donde podáis. Se cree que el sospechoso ha derramado gasolina y se le considera una amenaza.

Bajó el volumen mientras se escuchaban las respuestas, y saludó al agente Dave Morrison cuando se unió a ella.

—Señora, debería retroceder. Con el polvo del

alimento y la paja almacenados en ese edificio, es altamente combustible.

—Hay al menos cuatro personas atrapadas en el sótano debajo del edificio —dijo Kay—. No voy a ir a ninguna parte. Comunícate con el control y diles que vamos a necesitar a los bomberos aquí por si acaso.

—Lo haré, jefa.

Morrison se alejó un poco y transmitió su mensaje mientras ella contemplaba sus opciones.

Si enviaba a su equipo a entrar precipitadamente al edificio, Adrian podría dañar a los cautivos antes de que tuvieran la oportunidad de alcanzarlos.

Podía oler la gasolina, pero no tenían idea de dónde se había derramado, ni en qué cantidad.

Hasta que supiera dónde estaba, no podía contemplar organizar un rescate en caso de que atacara a un miembro de su equipo.

Debía suponer que se había armado con los cuchillos utilizados para despiezar los conejos, y no tenía idea de si también tenía acceso a armas de fuego. Helen se había cerrado poco después de contarles sobre el sótano, y su abogado se estaba reservando hasta saber qué tipo de cargos se presentarían contra su cliente antes de persuadirla para que hablara más.

—Kay, es él —dijo Barnes.

Su atención volvió de golpe a las puertas del matadero cuando una figura emergió de la penumbra.

Adrian Peverell presentaba una figura imponente mientras avanzaba, blandiendo una larga hoja en su mano derecha que apuntaba hacia ella.

—¡Atrás! —gritó—. ¡Todos vosotros, atrás!

—Cálmate, Adrian —dijo Kay, levantando las manos—. Solo necesitamos que nos dejes ver que esas personas están vivas y bien.

En respuesta, Adrian empezó a reír. Cuando levantó su mano izquierda, dos de los oficiales surgieron de las sombras, con las porras en alto, cada uno gritándole que soltara su arma.

En cambio, su mano izquierda se crispó, y el resplandor de una llama desnuda iluminó su rostro.

—Mierda —dijo Barnes—. Tiene un mechero. Va a quemar todo el maldito lugar.

—Adrian, por favor, hablemos. —Kay oyó temblar su propia voz, la desesperación arañando sus nervios.

Detrás del granjero, enterrado en las profundidades del matadero, escuchó gritar a una mujer.

—¿Qué hacemos? —dijo Barnes por la comisura de la boca.

—Mantenlo hablando. Dave, ¿sigues ahí?

—Sí, jefa —dijo una voz detrás de ella.

—¿Pueden algunos de tus oficiales ponerse entre él y el granero?

—Veré si pueden intentarlo.

—Hazlo. Lenta y silenciosamente. Usa la fuerza necesaria.

—Jefa.

Kay exhaló, esperando que su altura sirviera de algo para enmascarar las acciones del sargento de policía detrás de ella mientras transmitía sus instrucciones en voz baja.

Se concentró en el hombre que se movía de un pie a otro a solo unos metros de donde ella estaba.

—Adrian, sabemos lo que pasó aquí. Sabemos lo que le pasó a Ethan y Shelley. No lo empeores para ti.

Él agitó el mechero encendido hacia ella. —Esa perra. Sabía que no se quedaría callada. Sabía que debería haberme encargado de ella hace años.

Pateó un montón de sacos vacíos frente a las puertas, luego echó la cabeza hacia atrás y gritó al cielo nocturno.

El mechero vaciló antes de que la llama se apagara, y Kay oyó el raspado del metal antes de que el fuego brotara de nuevo del extremo.

—Ha perdido la cabeza —dijo Barnes—. No vas a poder calmarlo con palabras. ¿Está drogado?

—Helen no mencionó uso de drogas.

—Genial, entonces tenemos un psicópata entre manos.

—Adrian, ¿puedes apagar ese mechero? —dijo Kay, manteniendo su voz uniforme a pesar del pronóstico de su colega—. ¿Puedes mostrarnos que esas personas dentro están bien?

El hombre se carcajeó y se acercó unos pasos hacia ella. Extendió su mano hacia atrás, usando el mechero para señalar el matadero, su rostro brillando de sudor bajo los reflectores.

—¡Los quemaré a todos! Eso es lo que haré. —Su rostro perdió su expresión maniática por un momento, su boca torcida hacia abajo—. De todos modos, todo ha terminado. Todo se ha ido.

—Déjalos ir, Adrian. Por favor.

El mechero se apagó de nuevo, y ella vio cómo la ira y la frustración cruzaban sus facciones bajo el resplandor de los reflectores.

Su pulgar se movió, pero pasaron varios momentos antes de que la rueda de chispa funcionara y apareciera una llama.

—Tiene las manos sudorosas —dijo Morrison—. No puede agarrar bien la rueda de chispa.

—¿Dónde demonios están tus hombres? —siseó Barnes.

—Adrian, apaga eso —dijo Kay—. Podemos resolver esto, confía en mí. Pongamos a esas personas a salvo y luego hablamos.

—¡No! —Adrian dio un paso atrás, empujando la llama saltarina en dirección al granero mientras mantenía sus ojos fijos en ella—. Lo contarán todo. Igual que esa perra, Shelley. La advertí, no se lo digas a nadie, le dije, o lo pagarás. ¡Se lo dije!

Una sombra se movió detrás de él, momentos antes de que Kay se diera cuenta de que era uno de los oficiales de Morrison avanzando desde su posición junto a una de las puertas abiertas.

Contuvo la respiración.

Si Adrian se daba la vuelta, si daba otro paso atrás, vería al agente y entraría en pánico, o algo peor.

—¡Adrian! —Barnes levantó las manos—. Vamos, por favor. Ella tiene razón, solo estás empeorando las cosas. No queremos que salgas herido. Apaga la llama y camina hacia aquí.

El hombre gruñó, comenzó a girarse hacia el granero, y entonces dejó caer el mechero, todo su cuerpo convulsionando.

Cayó al suelo, incapaz de amortiguar su caída, retorciéndose de agonía donde yacía.

En unos segundos, todo había terminado.

—¡Alejen eso de él! —Kay corrió hacia las

puertas abiertas y pateó el mechero, enviándolo volando hacia la extensión de concreto del patio, lejos del matadero.

Al volverse hacia el agente, vio la táser que sostenía extendida frente a él, listo para descargarla una vez más si fuera necesario.

Dio un paso adelante, dirigiéndose al hombre tendido en el suelo. —Adrian, has sido sometido con una táser. Si amenazas a mis oficiales o intentas dañar a alguien, mi oficial descargará la táser de nuevo. ¿Lo entiendes?

Peverell asintió, su rostro aún contorsionado mientras se frotaba los brazos.

Al sonido de pasos corriendo, ella giró para ver a Barnes y Morrison corriendo hacia ella.

—Poned a este bastardo bajo custodia y aseguraos de que se establezca una vigilancia contra suicidio las veinticuatro horas en su celda. —Fulminó con la mirada al hombre que ahora se estaba poniendo de pie, ayudado por otro oficial—. Quiero que lo encierren por mucho tiempo.

CAPÍTULO 53

El agarre de Kay se apretó en el mango del paraguas mientras un viento feroz azotaba desde el pueblo y golpeaba al grupo de dolientes reunidos alrededor de la tumba abierta.

A su lado, Adam mantenía el brazo alrededor de su cintura, ambos luchando contra una ola de emociones al estar a solo unos metros de donde yacía su hija bebé en una pequeña parcela decorada con flores frescas.

El comisario Devon Sharp y su esposa, Rebecca, estaban de pie a su izquierda, con las cabezas inclinadas mientras el ministro de la iglesia entonaba la bendición final mientras el ataúd de Ethan Archer era bajado a la tierra por seis hombres que vestían los uniformes distintivos y las boinas del Regimiento de Paracaidistas.

Janice y Andrew Crispin del grupo de apoyo a veteranos estaban de pie uno al lado del otro, más cerca del ministro de la iglesia, con las manos entrelazadas, sus labios moviéndose con las palabras de oración que se elevaban sobre el sonido de la lluvia golpeando contra el paraguas de Kay.

Tan pronto como pudo, les había telefoneado con la noticia de que su investigación había terminado y que Ethan podía ser enterrado.

La pareja había entrado en acción, localizando al antiguo oficial al mando de Ethan y organizando una recaudación de fondos para asegurar que el hombre recibiera un entierro digno de un héroe.

—Amén.

Kay dejó escapar un suspiro mientras los seis paracaidistas se alejaban de la tumba y saludaban a su camarada, luego se giraron y marcharon a una distancia discreta.

—¿Estás bien? —murmuró Adam.

—Se acabó —dijo ella. Se alejó de la tumba mientras el ministro estrechaba la mano de los Crispin y charlaba con ellos.

El día anterior, había hablado con Jeremy y dos de

los voluntarios del refugio sobre los arreglos para el funeral de Shelley.

La madre de la mujer había llamado desde Liverpool, sugiriendo que como su hija siempre había tenido más afinidad con el pueblo del condado de Kent que con el hogar norteño de su familia, debería ser enterrada en Maidstone. Viajaría al sur cuando se hubiera fijado una fecha.

Kay y Adam habían contribuido a los costos del funeral tan pronto como se enteraron de que la madre de Shelley estaba luchando para llegar a fin de mes, queriendo asegurarse de que su hija fuera enterrada adecuadamente, cuando fuera posible. Sabían lo que era perder a un hijo, y Kay se había limpiado las lágrimas mientras escuchaba a la mujer desmoronarse con alivio y agradecimiento al otro lado de la línea.

—¿Tienes un minuto? —Sharp levantó una ceja y señaló lejos de la tumba.

—Claro.

Le dio un apretón a la mano de Adam, le pasó su paraguas a Rebecca y luego se refugió bajo el de Sharp mientras él comenzaba a caminar colina arriba, alejándose de los dolientes reunidos.

—El equipo de Harriet terminó de procesar el sótano bajo el matadero anoche —dijo él—. Encontraron los pies de la chica en una esquina bajo una vieja funda de almohada. Creemos que una de las personas que rescatamos de la granja los cubrió después de que Adrian los arrojara allí.

—Jesús —dijo Kay en voz baja—. Según la declaración de Helen, Adrian dijo que era para servir como advertencia a cualquier otra persona que estuviera pensando en intentar escapar.

Sharp siseó entre dientes. —¿Y dices que hay un video de él empujando a Ethan fuera del avión?

—Sí. Pensó que había borrado el archivo de su móvil, pero Andy Grey, del departamento de informática forense, logró recuperarlo. Ya sabes cómo es: nada permanece oculto por mucho tiempo. Otra de las cautivas que entrevistamos nos dijo que les mostraron ese video, también para asustarlos y que nunca intentaran escapar.

—¿Te ha dicho qué hizo con el otro cuerpo? ¿El hombre que Helen dijo que desapareció cuando enfermó? —preguntó Sharp.

—Aún no. He solicitado más personal para que el equipo de buceo pueda registrar el embalse al norte de las granjas, y hay dos equipos de búsqueda trabajando en la maleza de la reserva natural en busca de áreas de terreno alteradas. Lo encontraremos.

—¿Qué hay de la aeronave?

—Recibimos una llamada de la Policía de West

Mercia esta mañana. La localizaron en la propiedad de los padres de Helen en Shropshire. No la habían sacado del hangar desde que ella la voló de regreso después de que Ethan fuera asesinado. El equipo de Investigación de la Escena del Crimen de West Mercia logró encontrar evidencia de rastros de él en la cabina, y encontraron una uña incrustada en uno de los remaches del ala; el pobre hombre se aferró hasta el final.

—Qué manera de irse. —Sharp miró hacia el estacionamiento al pie de la colina mientras los dolientes comenzaban a dispersarse, luego suspiró—. Hizo todo lo posible por ayudarles a escapar. Realmente era un héroe, ¿no es así?

—Lo era, jefe. Sin duda lo era.

KAY REGRESÓ a la sala de incidentes una hora después, estirando el cuello para ver más allá de las pilas de cajas de archivo amontonadas en escritorios y sillas.

Las instrucciones gritadas pasaban entre los oficiales en cada lado de la sala mientras se recopilaban documentos, se firmaban informes y se realizaban controles de calidad para asegurar que cada parte de la investigación estuviera correctamente catalogada, lista para comenzar el proceso de llevar el caso a los tribunales con la ayuda del Servicio de Fiscalía de la Corona.

Pasarían meses, tal vez un año o más, antes de que las cajas se recuperaran en su totalidad, pero el procedimiento que consumía tanto tiempo aseguraría que todo pudiera ser localizado cuando los expertos legales lo requirieran.

El equipo ya había disminuido en tamaño, quedando un grupo reducido donde antes todo un lado del edificio hormigueaba de oficiales y personal administrativo. Ahora, habían asumido otros casos, otras tareas, y se habían dispersado por las comisarías de la División Oeste.

Se detuvo junto a su escritorio, revisó los mensajes de su teléfono y luego se abrió paso entre dos pilas tambaleantes de cajas hacia el frente de la sala donde se reunía un grupo de personas.

Globos de colores colgaban de la pizarra bajo serpentinas que se entrecruzaban en las baldosas del techo, y una variedad de tarjetas de felicitación sin abrir yacían junto a una selección de bolsas de regalo en un escritorio a un lado.

Habían arrastrado dos mesas por la alfombra y parecía que Debbie había encontrado un mantel sobrante de la fiesta de Navidad en el fondo del armario de papelería, junto con el suministro secreto de cerveza, vino y refrescos que se rumoreaba que se guardaba en un archivador en la oficina de Sharp.

La policía evidentemente había hecho una visita al supermercado calle arriba, dada la variedad de aperitivos de fiesta que estaban dispuestos en platos de papel y ya medio devorados por los hambrientos oficiales que se volvieron hacia ella cuando se acercó.

—No os detengáis por mí —dijo, sonriendo mientras se servía un plato y lo llenaba con una selección de quesos, mini salchichas envueltas en hojaldre y sushi.

—¿Dónde está Sharp, jefa? —dijo Gavin, recibiendo una palmada en la muñeca de Laura mientras su mano se cernía sobre una pila de éclairs de chocolate.

—Oye, deja que alguien más coma —dijo ella riendo.

Kay sonrió. —Viene de camino. Dijo que tenía que hacer algo primero. Estoy segura de que no tardará mucho.

—¿Vas a tomar una cerveza, jefa? —dijo Barnes. Levantó una botella de cerveza sin abrir.

—No puedo, me temo. Estoy de guardia hasta las

ocho de la mañana. Me tomaré un zumo de naranja en un momento, no te preocupes.

—¡Jefa, lo has conseguido! —Carys se acercó con una copa de vino en la mano—. ¿Cómo estuvo el funeral?

—Estuvo bien, ya sabes... dentro de lo que cabe en estas cosas. El Regimiento de Paracaidistas le rindió un buen homenaje y fue una bonita ceremonia.

Hizo una pausa cuando Sharp apareció en la puerta de la sala de incidentes con un enorme ramo de flores en las manos.

—Aquí está —dijo mientras se unía a ellos, entregando las flores a Carys—. Un pequeño detalle de parte de Rebecca y mío. Asegúrate de mantenerte en contacto, de lo contrario me meteré en problemas con ella.

—Son preciosas, gracias, jefe —dijo Carys, con los ojos brillantes—. Dios mío, voy a empezar otra vez.

—Ha estado así toda la tarde —dijo Gavin—. Tendrías que haberla visto cuando estaba recogiendo su escritorio.

Carys se secó los ojos y sonrió. —Prometiste que no se lo dirías.

—Mentí. —Se rio y le quitó la copa de vino—. Te la rellenaré.

—No me atrevo a leer esas tarjetas hasta que llegue a casa —le dijo a Kay—. Sabía que debería haberme puesto rímel a prueba de agua.

Una hora después, se habían pronunciado los discursos de despedida. Sharp logró un equilibrio entre honrar las contribuciones de Carys al equipo y entretener a todos con algunas de sus primeras hazañas como detective en periodo de prueba, mientras que Kay optó por un discurso retrospectivo que hizo que la sala de incidentes estallara en aplausos cuando Carys levantó la mano ante la demanda de que hablara ahora.

—Gracias a todos —dijo, con la voz temblorosa—. No sé qué decir. Os voy a echar de menos.

—¡Dales caña! —gritó alguien desde el fondo de la multitud.

—Espero que sepan lo que les espera —dijo Barnes, envolviéndola en un abrazo.

—Simplemente no vayas corriendo delante de más trenes —dijo Gavin—. Y haznos saber cómo te va.

Laura extendió la mano. —Gracias por todo, Carys. Sé que solo trabajé contigo por poco tiempo, pero aprecio que hayas cuidado de mí.

—Oh, ven aquí —dijo Carys, y abrazó a la agente en periodo de prueba—. Vas a estar perfectamente bien, y vas a arrasar en esos exámenes. Llámame si me necesitas, ¿de acuerdo?

Laura asintió y sorbió por la nariz.

—¿Te echo una mano con esto? —dijo Kay, levantando cuatro bolsas llenas de tarjetas y regalos.

—Por favor... Dios mío, hay tantas cosas —dijo Carys, haciendo malabares con el ramo y una caja de archivo con los objetos personales de su escritorio.

Les llevó otros treinta minutos llegar al estacionamiento, ya que cada oficial uniformado y miembro del personal administrativo en el edificio detuvo a la agente en el camino para desearle lo mejor en su nuevo puesto.

Finalmente, y para el evidente alivio del taxista, Carys subió al vehículo que la esperaba mientras Kay apilaba las bolsas en el asiento trasero junto a ella.

—Oh, Adam me pidió que te diera esto.

Le entregó un sobre y observó cómo Carys le daba vueltas en sus manos, con expresión intrigada.

—¿Qué es?

—Encontró los datos de un refugio de animales local cerca de ti —dijo Kay—. Esos son los papeles de adopción que piden a todos que completen. Pensó que una vez que te hayas instalado en tu nuevo hogar, podrías llamarlos y quizás encontrar un gato, u otro jerbo, para que te haga compañía, y dijo que puedes llamarlo si tienes alguna duda.

Carys sonrió. —Voy a extrañar todos los animales que trae a casa.

—Tú no tienes que vivir con ellos —dijo Kay, y puso los ojos en blanco—. Venga, vete ya, o vas a hacerme llorar.

—Gracias, Kay. Por todo.

Mientras el taxi salía del estacionamiento y pasaba bajo la barrera de seguridad, Kay saludó con la mano hasta que desapareció de vista.

Sorbió por la nariz y luego sacudió la cabeza mientras se dirigía hacia la comisaría. —Esto es el fin de una era, Hunter.

Su móvil comenzó a sonar en el bolsillo de su chaqueta, y miró la pantalla.

—Inspectora Kay Hunter. —Escuchó la voz al otro lado y luego comenzó a correr hacia su coche—. Diles que voy en camino, y asegúrate de que aseguren la escena del crimen.

Una sonrisa sardónica cruzó sus labios mientras giraba la llave en el encendido.

La vida continuaba, y también la necesidad de justicia.

FIN